ひと喰い介護

安田依央

JN030255

集英社文庫

目次

ひと喰い介護

第一章　二〇一一年～二〇一二年

1

くたびれた革製のソファに腰掛け、武田清はぼんやりと夕刊を眺めていた。クッションがへたっているせいで座り心地はあまり良くない。だが、居眠りして時を過ごしてしまっては困る。この程度で丁度いいのだ。

「やれやれ。秋の日は釣瓶落としか」

急速に光を失っていく手許に気付き、老眼鏡を外して庭に目をやる。

そろそろ窓を磨かなければ汚れがひどい。もっとも、今年の夏は猛暑のせいもあって庭の手入れがほとんどできなかった。秋の声を聞いても一向にやる気が出ず雑草が茂るに任せていたから、見えるのは荒れた庭。妻がいた歳月の面影は枯れ果て黄ばんだ草に覆い尽くされてしまっている。もう何年もこんな有様だ。気が滅入る。

時刻は五時になるところだ。

十一月も半ば過ぎ、この時間になるともう日が暮れてしまう。

スクーターのエンジン音が近づいてくるのに気付いて、武田は腰を浮かせかけた。

思い直して座り直す。

「何てことだ。みっともないぞ」

自嘲気味に苦笑していると果たしてブレーキの音がして、程なく玄関チャイムが鳴った。

のっそりと立ち上がり、インターホンを取る。旧式のものだ。受話器越しに相手の声が聞こえてきた。

「こんばんは。夜分遅くに失礼いたします。『株式会社ゆたかな心（こころ）』よりお夕食をお届けに参りました。唐橋直子（からはしなおこ）と申します」

「ああ……」

武田は答え、ガチャリと受話器を置いた。

わざとゆっくり歩いて玄関に向かう。膝が痛むせいもあるが、喜び勇んで出迎えに来たなどと思われては心外である。

それにしても、と武田は失笑した。

夜分遅くとは何事か。どんな閑職のサラリーマンだってまだ会社にいる時間だろう。

これはやはり就寝の早い年寄りの家だと誤認されているのかも知れない。

無礼者めが——。一気に不機嫌になりながら明かりをつけて三和土（たたき）に降りる。

扉を開けると途中で折り返しになった階段があり、その下に門扉がある。坂になった道路まで二メートル近い高低差があるのだ。

見下ろすと門扉の前にお仕着せらしいピンク色のジャンパーを着た女が立っていた。四十代だろうか。どこにでもいそうな主婦パートといった印象だ。

武田が招じると女は「失礼いたします」と明るい声を上げ、軽快な足取りで階段を上って来る。

「初めまして。『株式会社ゆたかな心』より参りました唐橋直子でございます。武田清様でいらっしゃいますか？」

息を弾ませながら武田の視線を捉え笑みを浮かべた女は深々とお辞儀をした。

「ああ。ま、外での立ち話も何だから中に入りなさい」

正直なところ、隣近所に弁当の宅配を頼んだ姿を見られたくはない。

それにしても――。嬉しげに包みを捧げ持つ女を通してやりながら武田は内心考えていた。教養のないおばさん風情か、大学生アルバイトかと構えていた武田からすれば、この女性のきびきびした身のこなしと品のある物言いは少し意外だった。

武田は現在七十二歳。

昭和の男の習いとして武田はほとんど家事をしたことがなかった。専業主婦という役割の妻がいたのだから当然だろう。

妻の闘病中もそうだが、彼女が亡くなった後、もっとも困ったのは食事だった。掃除が至らず埃が溜まっていても死にはしないが、食べることはそうはいかない。

住宅街の奥深くにある武田宅から歩いて行ける範囲にスーパーやコンビニはなく、幹線道路沿いにずらりと並ぶレストランや食堂も到底徒歩圏内ではなかった。

武田はかなり前から膝の痛みと視力の低下を自覚し車の運転を自重しており、妻の死後、病院へ付き添う必要もなくなったことから車を売却してしまっていた。

そんな折だ。一枚のチラシが目に留まった。

自宅まで手作り弁当を届けてくれるサービスがあるという。

いや、それ自体は特段珍しくもない。昨今では色んな業種の企業が宅配弁当事業に参入しているようだ。新聞の記事でも見たし、大手業者によるチラシを目にしたことも何度かあった。

しかし、実際にそれらを頼んでみようという気にはならないものだ。一食六、七百円程度の弁当は一見うまそうに見えなくもないが、よくよく中身を吟味するとたちまち失望させられる。いかにも老人向けのものばかり。「健康に良さそうな」ものには食指が動かなかったのだ。

今朝、たまたまこの会社のチラシに目が留まった理由は写真だ。カリッと揚がった天ぷらに、ぴりりとした辛みが舌に拡がりそうな麻婆茄子、彩りも見事な炊き合わせ。見ているだけで唾液が溢れて来た。

ついで武田の心を動かしたのは値段だった。

一食千二百円。下手をすれば他社の倍以上の値だろう。

説明を読むと、「一流料理人」の手による作りたて弁当が届けられるとある。武田はほうと声を上げた。

新聞の記事によれば、一般的には冷凍した弁当を一週間分まとめて届け経費を抑えるもの、あるいは作りたてを謳いながらも実態はファミリーレストラン同様のセントラルキッチン方式で大量調理を行い利益を出すものが主流らしい。一体何をもって作りたてと呼ぶのかと思ったら、店舗で温め直したものを容器に詰めて配達する過程を指すというのだから随分と消費者を馬鹿にした話だ。

そんなもの一生頼むことはないだろうと武田は思っていたのだが、どうやらこの業者は他とは違うようだ。この値段ならば案外、本当の意味での作りたてが届けられるやも知れない。

「ふん。騙されたと思って一度頼んでみるか」

いささか高めの値段設定とはいえ、少しでもうまいものが食べられるのならば惜しくはなかった。退職金に年金、資産運用の成果、親から相続した土地の賃料も入って来る武田にとっては仮に毎食これを頼んだところで痛くも痒くもない。第一、痛む脚を引きずって外に出て、マナーをわきまえない家族連れや、騒がしい若者グループに囲まれて食事をする苦行を思えばそれを回避できるだけでも魅力的である。

しかし、気になることがあった。サービスの運営母体の名である。

『お弁当宅配・株式会社ゆたかな心』。何の会社かと思ったがどうやら介護事業者らしく、グループが運営する施設名が裏面に列挙されている。

武田は一瞬にして苦い気持ちになった。自分はまだそんな年齢ではないと思うのだ。だが、そのチラシのデザインや文字の並びは、折り込みチラシでよく見るような介護施設や老人ホームの案内とは一線を画しており、スマートさが感じられた。

実は、武田には定年後の再雇用期間中、起業を企てた時期がある。妻の闘病により計画は頓挫(とんざ)してしまったが、起業者向けのセミナーなどに参加して学び、育てた知識があるのだ。何気ないチラシの中に武田はそこはかとなく革新的な気風を嗅ぎ取っていた。

チラシの文面をよく読めば、この弁当は月単位の契約ではなく、おためしがてら単発で頼むこともできるようだ。

「話のタネにもなるしな」

一人呟(つぶや)き、固定電話の子機を手にしかけたところでやはり気が変わった。なるほど写真はいかにもうまそうに見える。しかし、今時写真などいくらでもごまかしが利くだろう。しょせんは介護施設の作るもの。到底、自分の口に合うとは思えなかった。

どうせ年寄りにはこんなもので十分だろうと言わんばかりの介護食めいたものがやって来てがっかりするに違いない。自らの勝手な想像ながら、不当に年寄り扱いされたような気がして、武田はむかっ腹を立てた。

「ふんっ、馬鹿馬鹿しい」

納戸を開け、三日前の朝夕刊や他の折り込みと共に古新聞の束に重ねかけ、武田はふと動きを止めた。空腹を思い出したのだ。

では、昼食は何を食べる？

とりあえず買い置きのパンでも？

ぱさぱさとした食感の記憶が口中に拡がり、うんざりした。バターは切らしてしまったし、先日スーパーで買ったオレンジジャムは甘みが足りない。

それで？　夕食はどうする？　明日の朝は？　昼は？　夜は？　思わず溜息が出た。

これから先、死ぬまでの日々、一体何百回、こんな思いをしなければならないのだろう。何百どころか、下手をすると何千回にも及ぶかも知れない。延々と食事の心配をし続ける自分を想像すると恐ろしくなる。

武田は思い直し、チラシを手にしたままゆっくりとした歩調でリビングに戻った。子機を取り上げると、一際大きな文字で書かれたフリーダイヤルの番号を押す。

コール音が聞こえるまでのわずかな時間、不意に実家の父親が入っていた老人ホームのことを思い出し、我知らず険しい顔になった。

そのホームの職員は無教養な田舎者ばかりで、利用者に対する礼儀を欠いていた。ぞんざいな口の利き方は当たり前で、武田の父に対し、できの悪い子供であるかのように叱責し、平気で見下すような発言をした。

当時の父は認知症が進み、問題行動を起こして職員の手を煩わせることも多く、ある程度はやむを得ないと思いながらも、父の尊厳をないがしろにされた気がして猛烈に腹が立った。とはいえ今ほど介護施設が沢山あった時代ではなく、田舎のことゆえ選択肢も限られている。他に受け入れ先も見つからず、利用者家族としては人質を取られているも同然だ。強い態度に出ることも憚られ、武田は歯噛みしながら結局声を上げずじまいだった。

あんな連中が弁当を持って来るのか？　まるで悪い冗談じゃないか。

いや、今は時代が違うのだ。対応が悪いようなら責任者に取り次がせて指摘の一つもしてやればいい――。そんなことを考えたのも束の間、ワンコールで繋がった。

「お電話ありがとうございます」

涼やかで落ち着いた女性の声だった。応対もそつがない。

更に武田が電話した時には当日配達の受付時間を過ぎていたらしいのだが、その事実を告げられ、自分の非であるにもかかわらず不機嫌になった武田に、相手は融通を利かせてくれた。

なるほど、これは社員教育がしっかりなされているようだ――。

その印象は今、この目の前にいる唐橋直子という配達員にも共通する。

「本来であれば、こんな弁当、僕なんかが頼むべきものじゃないんだろうが、ま、一度ぐらいはね、後学のために頼んでみるのも悪くなかろうと思ってね」

言い訳めいた物言いに直子は何か言いたげな顔をしたが、思い直したように笑みを浮かべる。何とも感じが良かった。

電話をした際、受付担当者に訊かれたのは住所、名前、生年月日だ。

「年齢が必要なのか？　年寄りには刻み食でも用意するつもりかね」

臍を曲げる武田に電話の相手は慌てた様子もなく「いいえ、とんでもない」と言った。

「記録を残す際に同姓同名の方がいらしては困りますので、お誕生日を同時にお伺いするようにしております」

「記録を残す？　こんなことでいちいち個人情報を記録するつもりかね」

「失礼致しました。ですが、好き嫌いやアレルギーなどをお申し付け下さればできる限り対応させていただきますし、もし今回のお弁当が武田様のお気に召して、今後もご縁を賜るようでしたら、次回以降の大切なお客様データとなりますので」

たとえば、と電話の女が挙げた例はこうだ。

数ヶ月ぶりに単発の注文があった場合、運悪くその日のメニューが前回とかぶってしまうようなこともあり得る。そんな不運の主を落胆させないよう、特別に料理を変更するといったこともあるそうだ。嫌なら無理強いはしないと言うが、受けられるサービスの可能性を失うのも癪(しゃく)な話である。第一、どうせならば優良顧客として遇されたいではないか。武田は思い直して正確な生年月日を述べた。

武田自身はまだまだ現役のつもりなのだが、年齢だけを見れば既に高齢者の域に達しているだろう。一人暮らしの身で弁当の宅配を頼むなど、まるきり哀れな年寄りのようでどうにも外聞が宜(よろ)しくない。

「この近所でお宅の弁当を頼んでいる家はあるの？」

武田の問いに直子は一瞬驚いたような顔をしたが、すぐに笑顔に戻った。作り笑いとは思えない。自然な表情だ。

直子は丸顔で鼻が低い。ファニーフェイスといえるだろう。スタイルもやや太り気味で背が低く、お世辞にも良いとはいえなかったが、肩の線で切り揃(そろ)えた髪は手入れが行き届いており、薄い化粧もあいまって清潔感を漂わせていた。

「はい。五丁目の方(ほう)で二軒ほどご利用いただいております」

「ほう」

武田が住むのは最寄り駅から見て町内最奥にあたる一丁目だ。五丁目はここいらより更に高台にあり、大邸宅が多かった。

これはいささか滑稽（こっけい）な感想だと武田は毎度自戒するのだが、五丁目の連中と肩を並べるのは正直なところ悪くない。

この街が産声を上げたのは四十年以上前の話だ。にもかかわらず当時の暗黙の序列のようなものがいまだに身体（からだ）に染みついているらしかった。今の時代にそんなことを言っても誰もピンと来ないのではないかと思いはするが、何かの折に当時の複雑な感情がこうやって顔を出すのだ。

武田が暮らすのは都心から電車とバスを乗り継いで一時間ばかり、ニュータウンの一角だ。

武田は三十代で家を建てた。

高度成長の波に乗って宅地開発が盛んに行われ、郊外のベッドタウンに大量の住宅地が供給されたのだ。それまで手つかずだった丘陵地を切り開いて新しい街が作られると若い夫婦が殺到し、人気のある土地は高い倍率で抽選となった。

武田も土地を買い、誇らしげに二階建てのマイホームを建てた。会社が用意した低利の住宅融資制度をめいっぱい利用したのだ。

それは自分の生涯を会社に捧げることを意味したが、元より他の選択肢など考えもしなかった時代だ。迷いはなかった。

だが、高度成長などはるか遠い昔の話となった今、武田自身が老いたように街も老い、かつて希望に満ちたニュータウンには老人の姿ばかりが目立つようになっている。

街の名が何であろうと、五丁目だろうと一丁目だろうと、みな一様に年を取った。

それでも、やはり格差はある。

比較的利便性の高い駅近くの物件や大邸宅の建ち並ぶ辺りは建て替えられたり、そのまま子女が移り住んでいることも珍しくないようで、それなりに若さと活気を保っていた。往時（おうじ）とは比べるべくもないが地価もそこそこの水準に留（とど）まっている。

しかし、残念ながら武田の住む辺りは不便さゆえに空き家ばかりが増えていく。駅から離れた急勾配の坂に建つ住宅は年寄りには住みにくいのだ。

かつて親しく付き合った隣近所の人々は遠方に住む子供たちに引き取られたり、どこかの老人施設に入ったりで、知己（ちき）らしい人はもうほとんど残っていない。

武田の隣家も片側は空き家だ。もう一方には数年前に越してきた老夫婦と娘、孫の一家が住んでいた。この隣人家族が善人には違いないのだろうが、いささか騒がしく、武田はあまりいい印象を持っていなかった。

一人暮らしの老人を気にかけてやらねばという余計な使命感が垣間見（かいまみ）えて鬱陶（うっとう）しいのだ。

「老人扱いするな。俺はあんたたちと違ってまだ若いんだ」

何度も喉元まで出ながら呑み込んだのは武田の矜持ゆえだった。賑やかな隣人一家から見れば武田は孤独な老人と映るだろう。それゆえの僻み根性だとか、ねじくれた偏屈者とか思われるのは業腹で、武田は自宅でコンサルタント業を営んでいると述べ、折に触れ隠居生活ではないことを強調していた。

「武田様、もしかして今日はお出かけでしたか？」

直子が言う。無駄話という体ではない。ウエストポーチから伝票を取り出し慣れた手つきで判子を押しながら軽い世間話といった調子で訊くのだ。

「ああ、ちょっとばかり仕事の打ち合わせに出かけていてね」

「それはお疲れ様でございます」

邪気のない笑顔で頭を下げられ、武田は少々気恥ずかしくなった。

直子がそう訊いた理由は分かっている。武田がスーツにネクタイ姿だったからだ。出かけていたというのは嘘だった。普段着姿だった武田は少し前、弁当が届く時間に合わせてわざわざ着替えていたのだ。

着替えようとしてはたと困ったのはワイシャツだ。前回、会社のＯＢ同期会に出かけた時にクリーニング済みのものを使い切ってしまった。夏の話である。そのまま洗面所の洗濯かごに放っておいたものを拾い上げ、アイロンをかけるのも面倒なので何度か手で引っ張って皺を伸ばしたつもりだ。

クンッと臭いを嗅いだが問題なさそうに思った。たかだか弁当を持って来る人間相手にいい格好をする必要などあるまいと自らの心配をはねのける。

しかし、そう考えると、そもそもスーツに着替えたこと自体、自意識過剰な気がして恥ずかしくなった。

ふと顔を上げた直子は下駄箱の上に鎮座するクリスタル製の置き時計に目を留め「あら」と声を上げた。

「これはもしかして武田様の会社からのものですか？」

ほう、気付いたか。なかなかどうしてこの女、見所があるではないかと武田は感心した。

「ああ、それは退職時に贈られたものでね。玄関に一つ時計があると出かける時に便利だろ」

武田の名の下に退職記念の文字、更には社名が刻まれている。

「すごいです。双和商事というと、超一流の会社ですよね」

「なんだ。あなたも知っているのかね」

「もちろんです。日本人で知らない人なんていないと思いますよ！」

直子の表情に興奮が垣間見えるのを武田は微笑ましく思った。正直なところ直子はこれまであまり厳しく敬語を求められるような環境にいなかったのか、取り澄ましたような言葉遣いの後ろから素顔らしいものがチラチラ見えていた。あまりの感激ぶりに彼女は取り繕うのも忘れてしまったようである。

あっと気付いた様子で、直子は表情を立て直した。

「で、では、武田様は今は嘱託か何かでお勤めなのでしょうか？」

退職した会社に、という意味だろう。

「いや。退職後は起業を目指していてね。色々やっていますよ」

「わあすごいですね。尊敬してしまいますわ」

「いやいや、まだまだこれからでね」

弁当代、千二百円を渡すと、直子は両手で受け取り頭を下げた。

「武田様のお気に召すかどうか分かりませんが、料理長始めスタッフ一同が心をこめてお作りしたお弁当です。お楽しみいただけますと幸いです」

「ああ、そうか。食べてみよう」

直子はまだ話したそうな様子だったが、武田が話を切り上げると深追いはせず、頭を下げて帰って行った。

「やれやれ」

久々に他人と話した高揚感に口許が緩む。

弁当を手に持ったまま慎重にリビングのソファに腰を下ろし、テレビ台の上に飾られた妻と自分、幼い娘が並んで写っている写真に目をやる。

はたと、自分がスーツを着たままであることに気が付いた。着替えようかとも思ったが受け取った弁当はまだほんのりと温かい。先に食べることにした。

プラスティック容器の蓋を開けると、色鮮やかなおかずに柔らかめに炊かれた白米、香の物、小さく切ったオレンジなどが詰まっている。

急に空腹を思い出し、武田はがつがつと貪(むさぼ)るようにして弁当を食った。

うまい。無論、それなりの格式ある店が供するでき立ての料理には及ぶべくもないが、そこらの外食チェーンや弁当店に比べれば格段にうまかった。

一度に食べきってしまうのがもったいない。武田は手を止め、ふうと息を吐いた。

◆◆◆

『株式会社ゆたかな心』の本社オフィスは市役所に近いビルの五階にある。

ごちゃごちゃした印象の雑居ビルが建ち並ぶ中、これといった飾りもなく目新しさもないビルは野暮ったく見えるが、オーナーは大手の不動産会社で、堅実かつクリーンな経営を旨としている老舗(しにせ)中の老舗だ。

他に入居しているテナントは一階路面店のメガバンクを始めとして一流企業の支店ば

かり。入居審査も厳格で、大手以外が入居するのは至難とされていた。真偽の程は定かではないものの、経営状況はもちろん、会社の姿勢や経営者の人格までも審査対象にしているとの噂（うわさ）だった。

社長である香坂万平（こうさかまんぺい）の念願叶（かな）って『株式会社ゆたかな心』がここに移転してきたのは昨年のことである。

正直なところ介護事業者がこんなビルに入居することに旨（うま）みはない。むしろ自社が経営する老人施設のどこかに本社機能を置く方が経済的かつ利便性も高いのだ。

しかし、万平はこのビルにこだわっていた。彼はもう十年以上も前——実のところ別の業種の会社を経営していた時分からこのビルに入居することを一つの目標としていたのである。

そのビルの一室で、武田清からの最初の電話を受けたのは砂村千草（すなむらちぐさ）だ。

この会社には電話窓口専門のオペレーターが二人いる。弁当宅配の他、各施設への入居相談、介護ヘルパーの派遣などといった問い合わせに答えるための一次窓口なのだ。専門の会社へ委託が検討されたこともあるが、会社の重要な「顔」であると同時に、臨機応変な対応を求められるポジションだという判断の下、今もって自社雇用を続けている。

部屋の片隅を簡単に仕切ったブースの中で電話を取るのが彼女たちの仕事だが、休憩中や回線が塞がっている場合は自動的にこちらの回線に流れてくる仕組みだ。

千草は経理と総務の担当である。

決して電話のプロではなかったが、オペレーターの不在時に電話を受ける率がもっとも高いことから、いつしかそつのない対応ができるようになっていた。

とはいうものの千草は電話応対が苦手だった。細かい数字や文字の並ぶ書類と向き合ってこつこつ作業をしている方が性に合っている。数をこなすうちに随分慣れたが、受話器を取る前にはいまだに緊張した。

経理や総務関連の電話ならば相手は限定的だが、こちらの電話はそうではない。一体どんな人種から、どのような内容でかかってくるのか、まったく予測のつかない怖さがあった。

電話応対の肝は相手を読むこと——。いつしか千草はそう考えるようになっていた。

果たして相手は何者で、何を求めているのか。

感覚を研ぎ澄まし、電話線の向こうにいる人物の年齢、立場、ものの考え方や性格などを想像するのだ。短いやりとりからそれらを見抜き、もっとも適切な言葉を選ばなければならない。

こちら側のどのような物言いに好感を抱くのかは顧客次第の面がある。きりりとしたビジネスライクな対応を好む人もいれば、いっそ庶民的に砕けた態度が喜ばれることもある。

千草は武田清と話しながら、頭の中で彼の姿を思い描いていた。

定年退職してから行き場をなくした老人？　自尊心がとても高そうだ。これは厄介な相手かも知れない。いや、地雷がどこにあるのか分かっている分、逆に楽な相手か。

通話を終えた千草は無意識に肩がきゅっと上がっていたのを鎮めるように受話器を置いた。

ふぅと息を吐きながら、地図を見、地域の担当者の携帯に連絡を入れる。

当日受付終了後のことであり、イレギュラー対応だが、珍しいことではない。この段階で見込み客を取りこぼすのは得策ではないので、できる限り相手の意向に添うようにしているのだ。

本来、電話オペレーターにここまでの権限はない。イレギュラーな事態について便宜をはかるためには会社中枢の許可が必要だった。たまたま電話に出たのが千草であればこそ即答することができたのである。

もっとも、と千草は考えていた。

武田清が住む地域を見れば、無条件で許可されただろう。

ニュータウンの奥にある昭和、しかも日本経済が高度成長期と呼ばれた時代の分譲地だ。弁当は一つ。七十代男性の単身生活とすれば、とうの昔にローンなど完済した定年退職者の可能性が高い。更に、分譲当時の時代背景や立地を考えると、それなりの企業の社員か公務員、羽振りの良い会社経営者であった公算が大きかった。

　武田が住まう地域の担当は唐橋直子という女だ。

　たかが弁当配達と侮（あなど）るなかれ、会社はこの係の採用と教育にもっとも力を入れている。誠実さや勤勉さはもちろん、何よりも高いヒアリング能力が求められるポジションなのだ。


　十二月の初旬。

　千草はバスを降り、道路を挟んで向かいに建つ五階建ての建物を見上げた。

　スペイン辺りの古城を思わせる重厚な造りの壁に洒落（しゃれ）た格子で縁取られたバルコニーが並んでいる。入居者の趣味で色とりどりの花を咲かせるプランターが手すりに並ぶ。冬枯れの中、ここだけヨーロッパの街並みを見るようだ。

　高級有料老人ホーム、プリマベーラの威容である。プリマベーラとはスペイン語やイタリア語で春を意味する単語だ。数年前に破綻（はたん）した事業者から『株式会社ゆたかな心』が経営権を引き継いだのだ。

　職員用の駐車場に上司の愛車である白のセダンが停（と）まっているのを確認し、ぐるりと敷地に沿う形で進む。片側に民家の並ぶ細い道を三分ほど歩くと、古ぼけた一軒の建物に行き当たる。

一見、何の変哲もない普通の民家だが、ガレージ部分には揃いの色に塗られたスクーターが五台ばかり並んでいた。

数年前まで別の所有者が暮らしていた家だ。確かに人が住んでいた頃の残滓が随所に見える。千草は玄関扉を抜け、靴を脱いで框を上った。

オフィス向け備品のカタログで千草が選び持ち込んだ揃いのスリッパの一足に黒タイツを穿いた足を滑り込ませ、ぺたぺたと廊下を歩く。

「お疲れ様です。本社の砂村です」

台所を覗く。シンクと冷蔵庫、食器棚に挟まれた三畳ばかりの空間に前の住人が残していったテーブルが置かれており、休憩中の中年女が二人、菓子を食べながらくつろいでいた。挨拶を交わし、隣の応接間に通じる木製の扉をノックする。

「どうぞ」と声が返ったのを確認し、そっと扉を開けて入室すると、ここは少し雰囲気が異なった。小さなテーブルセットを新調し、遮光カーテン、照明も調光機能がついたものに替えたのだ。

窓から冬の午後の弱い光が射し込む室内で新海房子と唐橋直子が面談中だった。

新海房子はケアマネージャーにして会社の役員でもある。チーフ、チーフと呼び習わされているが、一体それがチーフマネージャーの意味なのか、チーフヘルパーなのか、彼女の秘書的な役割を果たしている千草にもよく分からなかった。

「まあそうなの。退職後にコンサルタントをなさっているのね」

ペンを走らせながら房子が頷く。

話題になっているのは新規の顧客、武田清のようだった。

この元民家は弁当配達員の待機所だ。直子たちは隣にあるプリマベーラの厨房で作られた弁当を契約者宅へ届ける手はずとなっている。当初はプリマベーラ内の事務室を拠点としていたのだが、手狭な上、高級感を売りにするホームの裏にピザ屋よろしく配達用のスクーターがたむろしているのもまずいので、かつての所有者より寄付されたこの建物に移動させたのだ。

房子は週に一度、必ずここを訪れ、配達員の全員と面談する。

もっとも、事前に配達員から提出された報告書をチェックしているので、多くの場合、面談は短時間で終わる。

「では唐橋さん。武田様のお宅に伺った際、あなたはどんな印象を受けましたか?」

「どんな……」

唐橋直子は言葉に詰まっている。戸惑うのも無理はない。直子がこの任に就いて三ヶ月。ここまで熱心に房子がヒアリングを行うのは初めてだった。

「唐橋さん、あなたもそろそろ新たな高みを目指さなければ」などと言いつつ、房子の求める情報は武田清のことに集中していた。

「ええと、そうですね。随分古いというか、お家が全体的に傷んでいる様子でした。あと、お庭も草ぼうぼうであまり手を入れられていないのかなと……」

「まあ」

房子は気の毒そうな顔をする。

「どうですか唐橋さん。あなたは武田様の体力や気力に問題があるように感じましたか？」

「いえ……。足、そう。膝がお悪いようで痛むらしくて、歩くのは億劫そうにも見えますが、体力は年相応の感じでしたし、気力もどちらかというと溢れているといいますか。ぶっちゃけていうと、偉そうな態度で会社の自慢ばかりされています」

「唐橋さんっ」と房子が悲鳴のような声を上げた。

「ぶっちゃけなんて言葉遣いはいけませんとあれほど言ってるのに。何ですかあなたは。ちょっと止めて頂戴よ？　絶対にお客様の前でそんなこと言わないでよ」

無意識だったのだろう。指摘された直子はみるみる青ざめていく。

「もっ、申し訳ございません」

「もうっ。頼むわよあなた」

房子は大袈裟に頭を抱えて見せた。

「いいですか唐橋さん。研修でもお話ししたようにお弁当の宅配はそれ自体はまったく利益が出ない事業なんです」

房子の言う通りだ。本来、弁当の宅配は数を頼みに利益を出す業態なのに、彼女らが配達している数は多くはない。たとえ一食千二百円の値をつけても全体としては大赤字だった。

「では何故、私たちがこれをやっているか分かりますか唐橋さん」

直子は研修で教えられたことを必死に思い出しているのだろう。

「ファン！　そう、ファンを増やすためです」

「そうですね。あなたもご存じのようにプリマベーラは富裕層向けの老人ホームです。選りすぐりのスタッフたちによる、五つ星ホテルにも匹敵する質の高いサービスと一流料亭出身の料理長が腕を振るうおいしいお食事。お弁当はいわば物言わぬ営業マンなの。それをフォローするのがあなたたち配達員です。私が言っている意味が分かりますか？　たとえばお弁当を頼んで下さる方に、ああ、あそこの食事はおいしい、あそこの配達員はきびきびした態度で大変に親切だったと思っていただければ将来、我々のお客様になって下さるかも知れない。そういうことよ」

「はい」

直子の素直な返事に房子は頷く。

「そして、それは社会貢献でもあるの」

「社会貢献？　ですか……」

流れるように喋(しゃべ)りながら房子が視線を落としているのは直子が書いた報告書だ。

「そう。一貫した我が社の姿勢を示すことでお弁当を頼む方お一人だけではなく、社会全体への関わりが持てるのです」

「はあ……」意味がよく分からないのだろう。直子は居心地が悪そうだった。

窓辺に立った房子はカーテンを閉めながら後ろを振り返り言う。

「唐橋さん。あなた、さっき武田様のことを偉そうだと言ったわね。それがお客様に対して適切な言葉遣いかどうかはご自分で考えなさい」

突き放すような言い方に直子はしゅんと肩を落とした。良くも悪くも素直な人間なのだろう。

房子が手許のリモコンを操作すると、暗くなった室内にＬＥＤの照明が灯(とも)る。

「あなたがそういった不適切な感想を抱くのを止めることは私にはできません。自分で変わってもらわないと」

恥じ入っているのか、はい、と小さな声で答える直子に目線を固定したまま房子は言った。

直子は俯(うつむ)いているので気付いていないだろうが、房子の表情を見たならぎょっとしたことだろう。無表情といってもいい程だ。顔面には何の感情も顕さず、じっと直子の様子を窺っている。

「一番いいのは、本心から相手を尊敬することよ。いずれあなたの人格が磨かれればそのようなことも可能になるでしょうけど、今すぐには無理よね。人間は感情の生き物ですからね」

慈悲深い声の調子に直子は恐れ入っているようだが、房子は無表情のまま観察を止めない。

「ただ言うまでもないことだけど、それを素直に表に出すことは絶対に許されません。分かっているわね？」

神妙に頷く直子の姿に満足した様子で房子は「けれど」と言った。

「人間とは面白いものね。逆もまたしかりです。武田様の言葉や態度の裏を嗅ぎ取りなさい。そうすればきっとあなたの助けになるわ」

「嗅ぎ取る……ですか？」

ぽかんとしている直子に房子の顔が笑いの形に変わる。お手本ともいうべき自然な笑顔だ。

「いいこと、唐橋さん。五感をフルに活用するのよ。どう？　武田様のお宅は玄関を入るとどんな匂いがしますか」

「どんな匂い……」

「色々あるはずよ。たとえば食べ物の匂いはもちろん、線香や芳香剤。良い匂いとは限りません。ゴミの臭いだったり物の腐った臭い、下水、排泄物（はいせつぶつ）、とその家その家の匂いがあるはずです」

「ああっ、そういえばそうかも知れません」

うんうんと頷く直子に房子が説明したのはこうだ。

弁当の配達員は多くの場合、玄関先まで立ち入ることを許されている。そこで挨拶のほか、他愛（たわい）のない会話を交わすのだ。

その際に五感をフル活用して異常の有無を見極めるべしというのである。

もちろん相手の表情やちょっとした声色の変化から感情を読み取るのが基本だが、情報は家そのものにも存在する。

「たとえば高齢の方の一人住まいでゴミの臭いが顕著ならゴミを捨てるのが億劫になっているとか、捨てに行けない理由があるのかも知れない。あるいは、これまでなかった排泄物の臭いを嗅いだなら、排泄コントロールがうまくいかなくなっている可能性はないかと考えてみるのです。一見些細（ささい）な変化の中に重要な手がかりが潜んでいるものなの」

直子は、はああと感心したような声を上げた。

「分かりましたね、唐橋さん。毎回僅かな時間ではありますが、自然な形で耳にした言葉、目にしたもの、嗅ぎ取った匂いに鈍感ではいけませんよ。そしてそれを報告書にして情報を共有する。この重さの意味が分かりますか？」

素直に分からないと首を振る直子に対し、房子は過去に『株式会社ゆたかな心』が関わった独居老人の例を挙げた。

彼には家族がなく、親戚とも没交渉、近所付き合いもしていなかった。そんな彼を認知症が襲う。当初はどうにか一人で暮らしていたが、外部が介入した際には既に手遅れだった。認知症は悪化し、家の中は荒れ果て、当人とはまったく意思の疎通ができなくなっていたのだ。

こうなると、その人がどんな個性の人間で、どのような暮らしを望んでいたのか分からないし、手がかりになるようなものも見いだせなかった。

そんな悲劇を繰り返したくはないと房子は辛そうな顔をして言うのだ。

「他愛ない触れ合いの中の気付きが、いつか重要な意味を持つかも知れない。そういう意味での社会貢献なのですよ」

すっかり感じ入った様子の直子を前に、房子は不意に思いついたように言った。

「そうだ。ね、直子さん。今日はあなただけ特別に五感を研ぎ澄ませる訓練をしましょうか」

パート勤務とはいえ、直子は向上心が強い女だ。常にどうすればもっと相手に喜ばれるのか、会社における自分の評価が上がるのかを模索し続けている感があるのだ。応じないはずはなかった。

特別扱いに喜びを隠さない直子に深呼吸をさせると、房子は手許のリモコンで照明を調節した。薄暗くなった室内で直子に呼びかける。

「さあ、直子さん。五感の記憶を呼び起こしてみましょう。順番は問いません。思い出すままに武田様ご自身とお宅の様子を挙げていって頂戴」

懸命に記憶を辿(たど)り直子が繰り出す言葉に房子は相槌(あいづち)を打つばかりで積極的に言葉はかけない。時折、キーワードを投げかけることで直子の記憶を誘導する程度だ。

「そう。では直子さんはその時、何を思いましたか？」

弁当を手渡した際の武田の手が冷たかったという話をしたところだ。

「お味噌汁(みそしる)を。お味噌汁でもお弁当と一緒に召し上がれば身体が温まるのではないかと」

ああ、と房子は声を上げた。

「あなたは優しい人ね、直子さん。では武田様はご自分ではお味噌汁はお作りにならないのね」

「はい。台所のものにはあまり手を触れたくないとおっしゃってました」

「それは何故？　料理がおできにならないのかしら。それとも、男子厨房に入るべからずというお考えからかしら？」

「分かりません」

そう言ったきり机の上の一点をじっと見つめていた直子は、ぽつりと言った。

「もしかすると、亡くなった奥様の思い出を上書きするのがお嫌なのかも」

房子が表情を変えたのが分かる。

「どういうことかしら？」

直子ははっとしたように、いえと言った。

「私が勝手に思っただけなのですが、奥様のお料理、特にお味噌汁の味を懐かしむような感じがあって。一度、自分でも作ったんだけど、まったく違うものができて……。いえ、それなりのものができたとおっしゃったんですよ。でもそれ以降はお作りになるのをやめてしまった」

味噌汁が嫌いなのかと訊くと、嫌いではないと答えたらしい。

「だから私、もしかすると、ご自分の味で上書きしてしまうのを恐れてらっしゃるのかなという気がしたんです」

「素晴らしいわね直子さん」

そう言いながら房子は素早く走り書きしたメモを千草に寄越（よこ）した。

千草は頷き、そっと部屋を出る。

その後、どんな話になったのか千草には分からないが、十分後に戻ると、丁度面談が終わるところだった。房子に命じられた買い物を手渡しながら、直子はと見やれば、自分でも意識していなかった感覚から思いがけず心の深部にアクセスしたのだろう。何やらぼんやりした様子だ。

それでも研修で叩き込まれた美しくも丁寧なお辞儀をし扉を開けて退出しようとする丸っこい後ろ姿に「直子さん」と房子が呼びかける。

「これを、あなたからと武田様に差し上げて頂戴」

「え、いいんですか？　そんな特別扱いをしても」

「いいのよ。武田様はあなたにとって一等大切なお客様ですから」

意味が分からなかったのだろう。素直に受け取りながらも直子の顔には大きな疑問符が浮かんでいるように見えた。

◆◆◆

武田は玄関先に通帳を並べていた。上がり框に座る武田と目線を合わせるため唐橋直子は三和土にしゃがんでいる。

メガバンクのもの、信託銀行のものと束ねて持ってきたものをざらざらと置くと、直子は途方に暮れたように武田の顔を見上げた。

「本当に沢山お持ちなのですね」

心底感服した様子に武田は頷き、これは会社からの給与振り込み用に使っていたもの、これは企業年金と厚生年金の振り込み用、これは不動産賃料の入るもの、こちらは株の配当金が振り込まれるものと順番に説明していく。

「どれでもいい。お宅の会社に都合のいいものを選びなさい」

「あ、ありがとうございます。ですが、やはり年金の受け取り口座などの方が不意の残高不足などがなくて安心ではないでしょうか」

直子の小賢（こざか）しい言葉に武田は失笑した。

「馬鹿を言っちゃいかん。リスク回避に分散しているだけで、どの口座にも最低でも一千万は入っているんだ。弁当如（ごと）きで残高不足なんか起こしてたまるものか」

「ああっ、失礼いたしました」

青くなり無理な姿勢で土下座をせんばかりの直子を武田は鷹揚（おうよう）に許す。

無理もない。この女性は根っからの庶民らしいのだ。安い時給で働いているのだ。考えてみれば当たり前だった。

武田が弁当の宅配を月契約に変えることにしたのは直子が持って来たカップ味噌汁がきっかけだった。

十二月に入ったある日、いつものように配達に来た直子が弁当と共に何かを差し出して来た。

「あの……。武田様、出すぎたこととは存じますが、これをお持ちしましたので、もしよろしければお召し上がり下さい」

「何だねこれは」

武田とて、カップの味噌汁を見たことがなかったわけではない。

しかし、急にこんなものが届くとは。サービスにしても、弁当の内容を考えるといささか安っぽいのではないかという気がした。

「あの。その、ええと。これは会社からではなくて、私個人からのもので……。私たちもお昼休憩にお弁当と一緒にいただいたりしているんですけど、結構おいしいんです。あ、武田様はお口が肥えていらっしゃるのでこんなインスタントのものでは、失礼だとは思ったのですが、温かいお味噌汁があれば身体も温まるのではないかと思いまして」

赤くなりながら必死に言う直子の姿に武田は絆(ほだ)された形である。

「いや、ありがたくいただくことにするよ。気持ちが嬉しいじゃないか」

実際に食べてみると、インスタントと馬鹿にしたものでもない。弁当と共に食べる味噌汁は直子の言う通り、武田の身も心も温めた。

直子の真心に背中を押される形で武田は月契約を決めたのだ。

翌日そう伝えると、直子は素直に喜んだ。

「あなたの心配りに感心したからだと会社に言ってやりなさい。いや、本当にありがたかったよ。この家は隙間風がひどくて寒いものだから」

「リフォームはなさらないのですか？」

直子が訊くのはもっともだ。

築四十年以上経つ家屋だ。当然のことながら何度も手を入れる必要に迫られていた。近所では丸ごと建て替えてしまう家も珍しくなかったが、武田は最低限の補修を施すだけにとどめている。

言うまでもないことだが改修資金がなかったわけではない。

隣近所に比べると明らかにみすぼらしい状態で建つのが我が家であるという状況はどうにも面白くない。資金不足で手が出せないのだろうと勘繰られているかと思うと不愉快だった。

武田と妻には幼くして亡くなった一人娘がいる。彼女の思い出はあまりに少なく、わずかな年月、娘と暮らした場所をそのままに残したいという妻の望みを無下にはできず、多少の不便は覚悟のうえで大規模な修繕は避けて来た。そして武田は妻亡き今もそうしているのだ。

とはいえ、坂道に建つ武田の家は道路から階段を上って玄関に辿り着く設計だ。若い頃に痛めた膝がまるで時限爆弾のように痛み出した時から、出るにも戻るにもひどい苦痛がついて回るようになってしまった。

屋内の状況もまたしかり。昭和四十年代、まだ日本全体が若く希望に満ち溢れていた時代に建てられた家だ。段差だらけで老いへの配慮など微塵もない。縁の高いバスタブに浸かることにも難渋し、数日に一度のシャワーさえ億劫に感じるようになっている。どうせ出かける予定もなければ人と会う約束もないのだ。衛生上は多少問題があるかも知れないが、自分自身は気にならなかったし、他人に不快を与えるわけでもないのだから構いやしないだろうと考えていた。

十分な金があるのは今、通帳を前に説明したばかりだ。直子からすれば一体何故リフォームをしないのか分からないだろう。

「いや、いいんだ。必要ない」

にべもない武田に直子は少しばかり痛ましげな顔をした。

「もし、よろしければ本社の方で優良な業者を紹介できると思うのですが」

直子は直子なりに、武田が適切な業者の選定をできずに放置しているとでも思ったのだろう。

「ああ、その時は頼もう」

ふと話題を変えるような調子で直子が言った。

「あの、武田様。お風呂などはどうされていますか？」

彼女には他意などなく、ただ水回りのリフォームを勧めるつもりだったのかも知れない。だが、武田はこれにカチンときた。

「何でそんなことを訊くんだ。私が風呂に入ってないとでも言うのか」

思いがけず声が大きくなる。武田の反応はあまりに過剰で、まるで風呂に入っていないことを自ら白状するようなものだっただろう。

「お前に一体、何が分かると言うんだ」

武田は娘のこと、妻の思い、日々の無聊(ぶりょう)まで、感情任せに直子にぶつけた。

直子が誇張ではなく三和土に土下座しているのを見て、我に返った武田はぎょっとした。

「おいっ。何をしているんだ。誰が土下座などしろと言った」

「申し訳ございませんっ。差し出がましいことを申し上げました。どうかお許し下さいませ」

「とにかく顔を上げなさい」

「いいえ、こんなことで武田様のお怒りが収まるとは思いませんが、どうかどうかこの通り」

丸い肩を縮こめ小さくなっている様を哀れに思ったが、振り上げたこぶしを収めることはできず、直子を追い出し鼻先で扉を閉めた。

翌日、責任者という女がお詫びにやって来た。直子よりは年長だろう。特別美人ではないものの、どことなく愛嬌がある女だ。

直子は責任を感じ、自ら自宅謹慎を申し出たそうだ。

「別にそこまでしてもらうことはないんだがね。分かってもらえればそれでいい」

「ああ、何とお心の広い」

新海房子と名乗る女は武田の赦しに深々と頭を垂れた。

武田は前日より直子の何が無礼だったのか、会社としては従業員をいかに教育すべきか、更には再発防止策までをもまとめていた。

手書きの紙を渡すと、房子は心底驚いたようだった。

「は。何と素晴らしい……」

言葉に詰まりながら眩いものでも見るかのような眼差しを武田に向けてくるのだ。

「まさしくこれこそが私どもに必要な気付きなのです。ああ、私どもの至らなさ、未熟さをこうも的確に指摘していただけるとは。何と有り難いことでしょう」

「大袈裟なことを言いなさんな。こっちもお宅の弁当を食べられなくなるのは困るんでね」

房子は心底感服した様子で、武田のコンサル対象を訊いてきた。

喋ってみて分かったのだが、さすが責任者というだけあって、房子は直子に比べるとはるかに格上の人間だった。武田の仕事内容もよく理解できるようで、打てば響くような反応に、気の利いた一言を添える。実に良い聞き手なのだ。

それからしばらく、直子の謹慎が続く間中、房子自ら弁当を配達にやって来た。

責任者による部下の不始末の埋め合わせは武田を上機嫌にさせると同時に、身の上話の口をなめらかにさせる。

武田はかつての会社の話をし、亡くなった妻や娘の話をする。

房子は相続や老後の資産運用といった事柄にも明るいようで、様々な助言をくれた。

直子も決して悪い人間ではなかったが、武田の相談相手の器ではなかったのだ。

房子も同様のことを思うのだろう。

「武田様。唐橋のことをお許し下さいますか。あの者も懸命なのですが、私どもの教育が足りずあのような無礼を働いてしまいました。本当にお詫びの言葉もございません」

改めて頭を下げられ武田は首を振った。

「いや、その話はもう止めにしよう。無理もない。彼女は家庭の奥さんなんだろ？　経験が足りないのも仕方ないさ」

畏まった表情にどうにか笑みを浮かべた様子の房子は言った。

「そういえば、唐橋が申しておりました。武田様にインスタントのお味噌汁をお届けしたとか。唐橋は唐橋なりによかれと思ったのでしょうが、まったく、武田様ほどの方にそんな安物をお届けするなんて。お気を悪くされたのではありませんか？」

「いや、そんなことはないよ。たまにはあんなものも悪くない。気持ちが嬉しいじゃないか」

バスに乗って出かけたスーパーで自ら同じものを買い込んで来たことは伏せ、武田は鷹揚に頷いて見せる。

房子から思いがけない誘いを受けたのはそれから数日後のことだ。

「武田様、一度、我が社の施設を見学にいらっしゃいませんか？」

「施設？　老人ホームだかデイサービスだかかね。そんなのはまだ必要ないぜ」

こんな勧誘があるとはいやらしいやり方じゃないかと、すっかり気分を害した武田が言うと、房子は、はっと驚いたようだ。

「いいえ、いいえ。違うんです。そうではありません。先日の武田様のご提言を拝読した弊社代表の香坂がいたく感激いたしまして、是非武田様にお目にかかってお話を伺ってみたいと申しますものですから」

房子は困った顔をした。

「武田様はお忙しい方だからと諫めるのですが、何とかお目にかかれないかと、それはもう毎日熱病にかかったような有様で」

「代表というと、社長さんかね」

思いがけぬラブコールに俄然興味が湧いた。

「お宅の社長、どんな人なの？」

房子の話は興味深かった。

その名を香坂万平、三十五歳。

若き起業家は介護業界に新風を吹き込もうとしている、とんでもない風雲児らしいのだ。

そんな男が先日の提言書はもちろん、房子から聞かされた武田の会社員時代の功績に感激し、是非、話をしてみたいと言い募っているという。

武田は誰もが知る大企業の人事部で、最後は担当部長にまで上り詰めた男だ。

中でも、武田が中心となって作り上げた社員の目標設定と評価基準を制度化した考課システムは画期的なものと評価され、改良こそされてはきたものの、武田の定年間近までずっとそのシステムがベースとなっていた。

今もってそれこそが武田の矜持である。

『株式会社ゆたかな心』代表取締役社長、香坂万平は馬鹿である――。

利用者も同業者もそう言うのだと、房子の口から聞いた時には驚いたが、本人に会って意味が分かった。

万平は男が惚れる男だった。ある種の親しみというか、大したヤツだという称賛を含んだ上での馬鹿呼ばわりなのだ。

万平は両親兄弟共に医師である家庭に生まれながら、医療にできることの限界を感じ、一念発起して介護事業を立ち上げた変わり種だそうだ。

彼は自らが理想とする、高齢者も、そして介護事業者も共に豊かに暮らせる社会を目指し、この会社を立ち上げた。その理想の実現のためには自らの報酬を全額返上してしまうことも厭わないというのだから痛快だ。

武田自身が起業を企てた折、直面したのがサラリーマン時代との感覚の違いだった。

一国一城の主になったとばかり、解放感に浸ったのも束の間、たちまち困惑した。上の決裁を待つこともなく、何もかも自分で決めなければならないのだ。迷いは許されず、責任のすべては自ら負わねばならない。

更にダメージが大きかったのは、自分の持つ人脈が意外に乏しいことを実感させられたことだろう。結局、会社という後ろ楯を失った自分はあまりにも非力だった。

武田の売りはかつて評価を得た人事考課システムを軸とした人材育成のノウハウであ

る。妻の闘病を支えることを口実に武田は早々に市場から撤退したものの、未練があったのも事実である。

商品は悪くない。機が熟していなかっただけなのだ。武田は自分の定年前に既に自分の作った考課システムが時代遅れとなり、グローバル化の波に呑まれて役目を終えたことを知ってはいたが、それでも周回遅れの中小企業にならば十分に自分のノウハウは活用可能であり、コンサルティングによって成果を挙げられるのだと思い込んでいた。一から人脈を築き直し、提案の方法を磨けば、まだまだ通用するのではないかと思うと悔いが残る。

そんな状況で新進気鋭の青年社長と対面する機会を得たのだ。

市役所に近いビルの五階にあるオフィスだ。決して新しい建物ではないが、信頼できる不動産会社の持ち物である。

ほう、このビルを選ぶとは――。

武田は感心した。業界の風雲児と持ち上げられる若き経営者だ。浮ついた部分があってもおかしくないのに、ここを本拠と定める堅実さが好ましい。

オフィス内も落ち着いた印象だ。社長室で対峙（たいじ）すると、香坂万平は少年のように目を輝かせて武田を見た。まるで憧（あこが）れの人に会ったようなまなざしを向けられ、面映（おもは）ゆい思いがした。

万平は例の件に関して丁寧な謝罪を述べ、再発防止についての考えを述べると、是非、武田の考案した考課システムについて教えを乞いたいとねだる。

「僕はね、武田さん。人材こそ何物にも代え難い宝だと思ってるんですよ。いや、失礼なことをしてしまったあなたに向かって何を言うかと詰(なじ)られても仕方ありませんが、だからこそ、恥を忍んでお願いしたいんです」

万平の会社では同業他社と比べ、ヘルパーたちに破格の報酬を約束している。それをモチベーションに利用者に対し丁寧な接遇を行い、結果的に顧客満足度を上げることができるのだと彼は熱っぽく語った。

利用者の豊かな生活は、それを支える介護者の豊かさがなくては成り立たない。それが彼の持論なのである。

なるほど、この男は馬鹿かも知れないが、とてつもなく面白い——。理想を掲げ、困難な目標を小気味よく突破していく万平の姿は眩(まぶ)しく、武田は久々に胸が躍るのを感じていた。

その面談は次の約束があると房子が呼びに来たことで中断されたが、武田は不快には思わなかった。理想を追う若き社長は多忙を極めているものだ。

「必ず、また。近いうちにお時間を下さいね」

そう言って武田の手を握り、万平は急ぎ足で部屋を出て行く。彼を見送る新海房子の態度からは社長に対する全幅の信頼と、傍らの武田を社長の盟友として遇する姿勢が感じられ、何とも好ましかった。

2

直接のきっかけとなったのは武田が自宅の玄関先で転倒したことだ。三和土に打ち付け右手首を骨折してしまい、日常の動作が不自由になった。折しも二月だ。古い家なので暖房効率が悪いこともあり、武田は万平の会社の持ち物であるマンションの部屋に仮住まいをすることに決めた。

転倒した日の夕方、新海房子は謹慎から復帰していた直子から知らせを受けたらしく、顔色を変えて飛んで来た。

いつも落ち着いた物腰の彼女が控えめながら涙を見せたことに武田は驚いていた。

「ごめんなさい。私、もし武田様が誰の目も届かないところで倒れたり、取り返しのつかないことになっていたらって考えると恐ろしくって」

涙を拭（ぬぐ）った房子は、意を決したように唇を結んだ後、武田に対し一時的な転居を勧めた。

「冗談じゃない。老人ホームにはまだ早いよ」

武田の言葉に、房子は首を振った。

「いいえ、そうではなくて。介護施設ではなくて、弊社には選ばれた人たちが集まるサロンのようなところがあるんです」

その名もクラブ・グレーシア。会社の持ち物であるマンションの一室を数人でシェアする形態らしく、自宅の不具合を改修中の人や、武田のように家の雑事から解放されることを望む人が一時的に身を寄せる。ヘルパーが常駐しているのでメイドよろしく身の回りの世話はしてもらえるし、ホテルよりも楽に過ごせ、心からくつろげると好評だという。

「何よりも弊社に近うございますので、香坂も時々顔を出すことができますでしょう。武田様にお話を聞かせていただければさぞかし彼も勉強になることでしょう」

その言葉に武田は心を動かされた。

「そうか……。じゃあ手が良くなるまで、いや、冬の間だけでも厄介になるかな」

「あぁっ。香坂も喜びますわ」

邪気のない笑顔で嬉しそうに声を上げる。房子の表情には見る者を安堵させ、信頼させるに足る何かがあった。

社長である万平への好意のほか、武田はこの女性に全幅の信頼を寄せていたのだ。以前、直子の代わりに弁当を届け続けていた房子に訊いたことがある。

武田は房子を玄関先ではなく客間に通すようになっており、気分良く話していると何時間も経っていることがあった。それでもいささか話し足りない思いがあり、わざと試すような物言いをしたのだ。

「あなたも忙しいだろうに。こんなに何時間も油を売っていていいのかね」

武田の問いに彼女は少し困ったような顔をして言った。

「あの……ごめんなさい。私、早くに父を亡くしているものですから、最初にお目にかかった時から武田様が実の父のように思えて。一方的にこんな思いを押しつけられてもご迷惑なのは分かっているんですけど」

「そうなのかね」

照れ隠しにぶっきらぼうに言いながら、武田もまた親身に寄り添ってくれる房子の姿に亡き娘の面影を重ねていた。

娘の美代（みよ）が生きていれば房子よりは幾分若いものの、こんな感じなのだろうかと思った。聡明（そうめい）で頼りがいがあり、それでいて決して出すぎることがない。理想的な娘像だ。

「そうだわ」

和室の畳に座り武田の支度を手伝っていた房子が思い出したように言う。

「武田様。しばらくご自宅を留守にされることをどなたかに連絡しておかなくてよろしいですか？」

案ずるような房子の顔に武田は、ふむと考える。

武田にはわざわざ連絡してくるような親戚はいなかった。没交渉なのだ。そんな中、一人だけ武田を気にかけてくれる姪がいる。

「汐織という姪がいてね」

汐織は武田を気遣い、時々顔を見せてくれる。もっとも、どうやら最近は忙しいようで訪れる頻度も少なく、やって来ても慌ただしく帰ってしまうことが多かった。

寂しい気持ちはもちろんあるが、汐織には汐織の家庭があるのだ。

「では、その汐織さんに連絡を……」

言いかける房子を遮り、武田は首を振った。

「いや、やめておこう。怪我をしたなどと言うと心配して飛んで来かねない。彼女も忙しい身だからね。この程度のことでわざわざ煩わせることもないだろう」

汐織の前では頼れる叔父でありたいのだ。

「素敵な姪御さんなんでしょうね、きっと」

房子はほほほと笑う。

「そんなお顔をなさってましたよ」

「や、そうか」

姪に甘い素顔を見破られたようで気恥ずかしく、しかし同時に汐織を自慢する相手が見つかったことが嬉しくもあった。武田は房子に問われるままに汐織について語り、楽しい気分で自宅を後にしたのだ。

◆◆◆

「さて、皆さん。本日は大変おめでたいお知らせがあります。お楽しみにね。まずは開会を宣言いたしましょう」

新海房子の言葉にざわめきが起こる。既にその内容を知る者も多いのだろう。何人かがチラチラとこちらを振り返り、思わせぶりな視線を寄越してきた。

最後列で社長の隣席に座る富永伶子(とみながれいこ)は上品な笑みを浮かべ彼女たちに小さく会釈を返す。

本社近くの貸し会議室を借りて『株式会社ゆたかな心』の全体研修が行われている。全体研修とはいってもシフトの関係で全員が一堂に会することは不可能なので、都合三回に分かれている。一回目の今日は三十人ほどが集まっていた。

来週の二回目、その翌週の三回目にも伶子は参加することになっている。お披露目なのだ。

まずは恒例の社訓の唱和だ。正面のスクリーンに見慣れた文字列が映し出されている。

配属先がどこでも必ず朝礼で唱和することになっているので大抵のヘルパーたちは暗記していた。

――ゆたかな心とは、介護を受ける高齢者はもちろん、そのご家族も、介護事業者である私たちも心豊かに暮らすこと。

私たちは常にその心を忘れず、介護にあたります。この心を忘れると、ともすれば、介護は作業になってしまいます。しかも、その作業はきつい、汚い、喜びのない作業です。だけど、介護者がそう考えながらやっていたとしたらどうでしょう。介護を受ける方もそのご家族も誰も豊かな気持ちになどなれません。

私たちは王侯貴族(おうこうきぞく)にかしずくのではない。ただただ、自分自身の大切な親に奉仕をさせていただいているのだという気持ちを片時も忘れることなく、少しでも快適に過ごしていただくためのお手伝いをするのです。

現実に自分の親を介護するのは辛いことです。どうして、あんな立派だった父や母がこんなことに、と思うから。

だから、どうぞ皆さんは私たちにお任せ下さい。私たちは皆さんに代わって、大切な方々のお世話をします――

一同が着席するのを待って、エグゼクティブヘルパーの地位にある日垣美苗(ひがきみなえ)がマイクの前に立つ。

「皆さん、おはようございます。エグゼクティブの日垣でございます。もうご存じの方もいらっしゃるでしょうけど、本日はとても良いニュースがございます。明日付けで私たちの大切な仲間である富永伶子さんがエグゼクティブに昇進されることが決定しました」

会場が大きな拍手に包まれる。

伶子は促され、美苗の隣に立った。

羨望と憧れの入り交じった視線を一身に受けるのが面映ゆく、笑顔が少し引きつるのを感じる。

「富永さん、この度はおめでとうございます。私もようやく一人だけで担ってきたエグゼクティブの重責が半分になってほっとしています」

冗談めかした美苗の言葉に参加者たちが沸く。伶子にも覚えがあるが、誰かの昇進はひどく気分が高揚する出来事だ。

いつかは自分も、次は自分も、と自らを励まし、ちょっぴり嫉妬したり――。

ここにいるヘルパーたちも様々な思惑を抱いていることだろう。

だが、実のところ今回の伶子の昇進は異例尽くめである。祝福以上に反感を買っていることは分かっていた。

この会社は所属ヘルパーたちにランク付けをしている。

エグゼクティブはランクの最上位だった。パートなども含め百名近くいるヘルパーの中でも現在美苗一人しかいない最難関なのだ。

続いてゴールド、シルバー、ブロンズと並ぶ上級ヘルパー。四種合わせて全体の一割にも満たない。八割を占めるのは肩書きを持たない「ヒラ」だ。「色なし」と呼ぶこともある。残る一割には「ヒラ」にさえなることができなかったアシスタントヘルパーたちがいる。

伶子は異例の抜擢(ばってき)を受け、過去最速でエグゼクティブに上り詰めたのだ。誇らしさと緊張に身の引き締まる思いがした。

明日から伶子はクラブ・グレーシアという特別な場所に転属となる。そこで求められるのは介護ヘルパーとしてよりもむしろ、五つ星ホテルのコンシェルジュに匹敵する高いおもてなしの技術だ。

「さ、富永さん。ご挨拶をどうぞ」

美苗がそう言って、伶子を安心させるようにそっと肩に手を触れる。

伶子はとっておきの微笑を浮かべ、抑え難い胸の高鳴りを感じながらマイクの前に歩み出た。

件名　本日の介護日誌をお送りします。

添付　①渡辺和夫(わたなべかずお)様 0218.pdf　②武田清様 0218.pdf
宛先　本社・新海チーフ
お疲れさまです。本日付でエグゼクティブヘルパーを拝命しました富永でございます。
まだまだ至らない点も多いと存じますが、利用者様のお気持ちに添ったお世話ができるよう精進(しょうじん)して参りたいと存じます。
香坂社長、新海チーフ、そして本社の皆様方にはどうぞ厳しくご指導いただきますようお願い申し上げます。

件名　Re: 本日の介護日誌をお送りします。

宛先　エグゼクティブ・富永ヘルパー
富永さん、エグゼクティブヘルパーへの昇進おめでとうございます。

あなたならきっと、利用者様のお気持ちに寄り添った素晴らしい介護ができると信じております。香坂社長も大変に期待されていますよ。どうぞ、あなたの力をめいっぱい発揮して下さいネ！

渡辺様分の日誌、確認しました。この調子でお願いします。

武田様は介護が必要な利用者ではないですが、お怪我をされていることもありますし、長く健康診断を受けておられないそうで、健康状態が把握できていません。全担当ヘルパーに申し送りますが、トイレの回数と水分摂取について、できる限り記録するようにして下さい（もちろん、尿量の測定なんてできませんから回数だけで結構です）。

優秀なあなたには説明するまでもないでしょうけど、これは脱水症状を心配してのことです。ご自分の家とは違って、お茶一杯飲むにも遠慮してしまうゲストもいらっしゃいますから、なるべくこちらからこまめな水分摂取の声がけをするようにして下さい。

寒い時期ですし、何かあったら取り返しがつきません。近いうちに久慈医院で健康診断を受けていただけるよう誘導します。

その件も含めて、武田様が落ち着かれるまでしばらくはなるべくこまめに顔を出して、新海が話をするようにしますので、富永さんはそのやり方を覚えて下さい。

あなたはゴールドランクのヘルパーとしては大変に優秀でしたし、だからこそ香坂社長からの抜擢もあったのですが、エグゼクティブともなると、また別の対応が求められるものです。こういうものは実践経験を積んで覚えていくしかないですヨ。

練習と思って（武田様を練習台にしてしまって申し訳ないですが！）気付いたことはどんな小さなことでもなるべく詳しく報告して下さい。

最後に昨日の事前カンファレンスで説明した注意点をもう一度おさらいしておきます。
◎武田様は大企業で高い地位まで上り詰めた方です。プライドに配慮。くれぐれも介護対象者として扱っているカンジが出ないように気をつけて。あくまでゲストですヨ！
◎武田様は奥様を亡くされてから慣れない家事に奮闘され、ずいぶん寂しい思いをされてきたようです。私たちは家族のように親身に寄り添い、武田様の豊かな生活を実現できるよう、コンシェルジュとしてできる限りを尽くしましょう。
あと、言うまでもないと思いますが、私たちがこんなやりとりをしていることを武田様に知られることのないように。
※以前にそれが原因で色なしヘルパーまで降格されたゴールドランクの人がいました！　親しくなると口も軽くなりがちですから、くれぐれも注意!!
五つ星ホテルならスタッフ全員がお客様の情報を共有したうえで完璧なサービスをするものですが、その舞台裏を見せてしまっては台無しです。自分の噂話をされているとゲストが感じるようではコンシェルジュ失格。

介護対象でないゲストへのサービスは色々と難しい点もあり普通のヘルパーには荷が重いことですが、あなたはエグゼクティブとして認められた人です。あくまでもさりげなく、最高のお世話をするよう頑張りましょう！

新海房子

◆◆◆

クラブ・グレーシア。

武田はベランダに出て、街を見下ろしていた。武田が住む市の市役所庁舎に近い場所に建つマンションの上層階だ。

つまらない景色だ。安普請のビルや小さな家々がごちゃごちゃと密集しているばかりで見るものもない。交通量の多い幹線道路に高速道路。海があるはずの方向に海の青は見えず、工場が建ち並ぶのが霞んで見えるだけだ。空気が悪く、スモッグのせいなのか見通しも利かない。

二月も終わり近いが、まだまだ春は先だ。ワイシャツにカーディガンを羽織っただけの軽装に急に寒さを覚え、武田は背を丸めて室内に戻り、窓を閉めた。

室内は暖かい。寒くもなく暑くもない。湿度も含め、快適な温度が二十四時間保たれている。隙間風の入る自宅ではストーブを焚いてもこうはいかず、常に厚着をして過ごしていたのだ。気密性の高いマンション内の快適さには驚いたが、一歩外に出ればあまり居心地の良くない土地柄ではあった。

大規模なベッドタウンを抱える中核市ながら、市役所のお膝元ともいえる中心部は驚くほど寂れていた。

一週間ばかり前。ここへ来る途中、新海房子がわざわざ駐車場に車を置いて駅前のショッピングモールやそこから放射状に延びる商店街を案内してくれたが、武田はまったく魅力を感じなかった。安っぽいチェーンの飲食店に、どこにでもある量販店が軒を連ね、パチンコ店、ゲームセンター、消費者金融の看板ばかりが目立つ。歩いている人間も、これまで武田が付き合って来た良識ある人々とは一線を画しているようだった。汚い金髪に黒い根元が見える髪をした不健康に太った中年女が部屋着のようなスエットに銜(くわ)え煙草(タバコ)で自転車に乗っている。かと思えば、昼間から一体何をしているのか路地裏でたむろしている十代とおぼしき少年たちの姿も見え、武田の顔を歪(ゆが)ませた。

武田の住むベッドタウンにあるショッピングモールの方が扱う品物も洗練されているし、歩いている人間も総じて高齢ではあるものの、よほどまともに見える。

そもそも武田は妻の存命中から、ちょっと洒落たもの、より上質なものが欲しければ隣接市にあるデパートや娯楽施設の建ち並ぶターミナル駅まで出かけるのが習わしだった。

市役所といっても近くの出張所で大抵は事足りる。ここは武田にとって通過点に過ぎない駅だったわけだ。いや、武田だけではあるまい。ベッドタウンに住む比較的豊かな暮らし向きの住人たちは車でも電車でもこの駅を通過するのだ。それなりに豊かながらも老いたニュータウンとはまた異なる意味で、世の中から取り残されたような場所だと思う。

それにしても、と武田は嘆息した。仮にも市の中心部がこんな疲弊した田舎の過疎地みたいな有様では、納税者としては心許ない限りだ。

「まったく、この市もダメだね。中心が空洞化しているんじゃないか。福祉行政なんか相当お粗末なんじゃないかと心配になるよ」

武田が言うと、お茶を持って来た新海房子が背後で感心したような声を上げた。

「本当にその通りですのよ。現場の感覚からしましたら、どうしてそんなこともできないのかしらと呆れるようなことが多くって。よその市に比べると福祉に関してはまだまだ立ち後れているようですわ」

「困ったものだね。それでは安心して年が取れないよ。私なんかは他の人に比べてずいぶん高い税金を払っていると思うが、払い損になりそうでいけない」

「そうなっては大変ですから。香坂も何とか現場の要望を市にうまく伝えて変革できないかと、今年度から市の福祉行政委員を拝命しているんですのよ」

「ほう。市の仕事を？」

房子によれば、市の福祉行政について提言を行う有識者の集まりらしく、報酬といっても交通費程度のもの、半ばボランティアのようなポジションだという。

「それはまた。立派な志だけど、香坂君ほどの逸材をそんな所に拘束するのはもったいない気もするね。誰か彼に代わって出るような人材はお宅の会社にはいないのかい」

房子は、さ、熱いうちにどうぞと茶托に載せた茶を勧めながら頷いた。

「私もそう言ったんですけど、やはり香坂としては代表の自分が真剣に向き合う態度を見せなければ、硬直化したお役所は動かせないと感じているようでして。何とかこの壁を壊してみせるんだと意気込んで、どうにか時間のやりくりをしながら今のところ休まずに参加するようにしているようですわ」

「へえ、そうなのか」

やはり香坂万平という男は見所があるようだ。若さと情熱の眩しさに武田は万平の肩を叩いてやりたい気分になった。

「とはいえ、香坂君も身は一つしかないわけだからね。若いうちは気力で突破できることもあるかも知れないが、それでも無理は禁物だ。あなたたちが気をつけてあげなければいかんよ。彼ほどカリスマ性のある男は唯一無二の存在だ。代わりは利かないんだからね」

「武田様にそう言っていただいたと聞けば香坂も感激すると思いますわ」

房子はにっこり笑って頭を下げた。

「よしなさい、単なる老婆心だよ。そんなこと言わなくていいさ。それよりあれだな。彼は思っていた以上に忙しいようだね。無理して私の所へ来なくていいと言ってやってよ。こちらから本社の方に出向いたっていいんだし」

『株式会社ゆたかな心』の本社が入るビルは武田のいるマンションから歩いて十分程度の場所にある。こちらは暇な怪我人なのだ。散歩がてら歩いて行けばいいと思ったのだが、房子によれば万平が会社の自分のデスクにいることはほとんどないようだ。

　彼の主な執務場所は移動の車内であり、多くの時間を現場の視察や関係業者との折衝に費やしているとのことで、その合間に空いた時間を見つけてはここへ寄って武田に会いに来るらしい。

　そのせいだろう、万平の来訪はいつも突然だ。一昨日は夜の九時過ぎに挨拶がてらだと言って顔を見せたし、昨日は午前中にふらりと現れ、ヘルパーの富永が淹れたコーヒーを飲みながら小一時間ほど話をした。

　万平がいつやって来るかは分からない。武田に会う目的ばかりではなく、取引先や友人などを伴って応接室代わりにここを使うことも少なからずあり、結果一日に二度、三度と訪ねて来ることもあった。

　必ずしも自分がいる必要もないと思うのだが、目を輝かせて武田との会話を楽しみ、助言を心強く思っているらしい万平を見ると、貴重な機会を逃したくはなく、ここへ来てからというもの、武田はほとんど外出をしていなかった。日がな一日彼が来るのを待っているような始末だ。


「武田様、どうぞ」

茶碗（ちゃわん）の蓋を取り、富永伶子の淹れた煎茶（せんちゃ）を啜（すす）る。

「いやあ。実にうまいね」

武田の言葉に万平が破顔する。

「お茶は日本人の心ですからね」

ここへ来て一週間、これほど茶を楽しみにするとは思わなかった。

新海房子はもちろん、昼間の常駐ヘルパーである富永伶子、夜の交替要員である松下（まつした）ちさと、彼女らが休みの日に代わりにやって来るヘルパーでさえほぼ同レベルの茶を淹れてくれた。

無精な一人暮らしではなかなか茶を淹れようという気にもならず、そこらのスーパーに並んでいる手頃な煎茶を買って来て、適当に湯を注いで飲むような、特にうまくもないものが当たり前になっていた身に沁（し）み渡る。

茶葉の種類も豊富で、玉露に焙（ほう）じ茶、煎茶、紅茶とすべて上質なものを揃えているうえ、何より彼女たちの仕事がすこぶる丁寧で誠実、実にうまい茶を淹れた。温度も濃さも武田の好み通りなのはもちろん、どうやら外の気温や体調に合わせて微妙に調整してあるようだ。

武田が特に感心したのはコーヒーだった。

自ら車を運転して武田をここまで案内して来た房子が持ち込んだ老舗デパートの紙袋の中には高級茶葉のほか、ちょっと気の利いた茶菓子に、コーヒー豆が何種類か入っていた。驚いたことに彼女らは手回し式のコーヒーミルで豆を挽き、挽き立ての豆をドリップしてコーヒーを淹れてくれるのだ。

このマンションはリビングがとにかく広い。二十畳はあるだろう。シェアハウスであると共に、万平の会社のサロン的な運用をしていると聞いていたが、なるほどそれに足る風格と調度品を備えている。そこにコーヒーの芳香が漂うのだ。何とも豊かな気分になった。

「いや。最初に君から彼女たちを五つ星ホテルのコンシェルジュと思ってくれればいいと聞かされた時には、正直なところ鼻白んだもんさ」

「無理もないですよ」万平は頷く。

「どれほど教育に力を入れようと、あくまで介護ヘルパーだからね。それを五つ星ホテルのコンシェルジュとはいくら何でも大言が過ぎるぜと思ったんだが、いざここへ来てみると、あながち外れてもいなかったかと考えを改めているところさ。実に細やかで心配りが行き届いている」

「武田さんにお褒めいただけると嬉しいです」

万平は恐縮しつつ、にっと人好きのする笑顔を見せる。

さすが武田の人事考課システムに興味を示すだけのことはあり、万平は実にユニークな発想で会社を運営していた。介護業界の風雲児と呼ばれるのも大いに頷ける。

武田は介護のことには門外漢であるが、万平の分かりやすい説明と房子の話を聞いて、大体のことが分かるようになっていた。

万平の会社『ゆたかな心』では実際に現場で介護に従事するヘルパーたちをスキルや経験に応じて独自にランク付けし、階級に見合った資格手当を支給している。

こういった給与体系自体は企業人の感覚としては何ら珍しくないように思われるが、これがそうでもないらしい。

一般的に見て、介護ヘルパーの待遇はあまり良いものではない。介護業界全体がその傾向にあるようだ。武田は決して財務関係に明るいわけではなかったが、それでも資料を読み解く限り、介護事業は思う程には儲からないようだということが分かる。

人件費の占める割合が極めて高く利益が出にくい構造なのだ。

介護に従事するヘルパーたちの賃金を抑えることでかろうじて赤字を回避しているといったレベルの事業者が多く、中小はもちろん、有名大手でさえ、さして変わらぬ惨状らしかった。

結果、介護業種は低賃金が当たり前で、仮に志の高い若者が入社してきたとしても続かない。それはそうだろう。そもそも非正規雇用の従業員が多いことを加味したとしても、年収二、三百万円がボリュームゾーンだというのでは結婚して子を育てるとなるとなかなか厳しい。

そんなわけで、介護の担い手は主婦のパートが多くを占め、場合によっては多少問題のある人材でも採用せざるを得ない状況なのだという。

今後は外国人労働者にも門戸が開放されていくのかも知れないが、まだまだ道は遠いだろう。

このような状況では優秀な人材を雇い入れるのは難しい。

そこで、万平が考えたのがヘルパーたちにランク付けをする例のスキームだった。

「しかし、エグゼクティブとはまたすごい名前をつけたものだ」

介護業界にはいささか不似合いな単語に苦笑を禁じ得ない武田に、万平は気を悪くするでもなく、まっすぐな視線を外さなかった。

「ヘルパーごときに大袈裟だとお思いかも知れませんが、僕は彼らに今までの常識を大きくぶち破るような存在になって欲しいと願っているんです。僕はね武田さん。介護業をきつい、汚い、危険に加えて給料が安いとかいうネガティブな４Ｋ評価から、究極のサービス業に格上げしたいと思っているんですよ」

「ほう……」

万平の語る理想は壮大だ。それでいて決して夢物語ではないのだと思わせる気迫があった。

まず、この会社の基本は社名にもなっている「ゆたかな心」だ。どのランクであっても、また現場のヘルパー以外の、たとえば管理部門や営業の人間であっても、全員が胸に深く刻んでいる理念なのだという。

万平は自分の手帳を差し出し、印刷された社訓を見せてくれた。武田の目には社訓というよりポエムか何かのように映らないでもなかったが、この若きカリスマがまっすぐな心で作ったものだと知れば感動的であった。

「今から見ると青臭くて文章も幼稚でお恥ずかしいですが、創業当時の志を忘れないようにするためにあえて手を入れてないんです」

万平は照れたように言って、髪に手を入れ、がりがりと頭を掻(か)いた。

「そうか。しかし、介護報酬は安いんだろう？　理想は立派だが、それでランクに見合った好待遇を約束するのでは、いくら究極のサービス業とぶち上げても収益が上がらんのじゃないかな。社長の報酬を削ればいいという考えじゃ事業の継続性が危ういぞ」

武田の言葉に万平は嬉しそうに笑う。

「さすがは武田さんですね。僕もある時、そう気付いて差別化を考えたんです」

そう言って仕立ての良いスーツを着た長い足を組むと、途端に若き実業家然とした、きりりと鋭い顔つきになった。

「それが究極のオーダーメイド介護です」

「オーダーメイド介護？」

万平は力強く頷く。

「たとえばですが、入居時に何億と支払わなければならない超のつく高級老人ホームがあるとします。僕も何軒か見学に行きましたけどね。そりゃあ立派でしたよ。建物も環境も。だけど、その立派な箱を作り維持するためにはそれだけお金がいるわけです。住環境にお金を出すのももちろん結構ですが、肝心なのはそこじゃないんじゃないかと僕は思ったわけですよ」

「ほう。なかなか面白いね。では何が肝心だと？」

「その時、思いましてね。あそこの職員たちが本当に最高級の人材かというと疑問だなあと」

「いや、しかし、そこは皆それなりの社員教育を受けているだろう」

たしなめるような武田の言葉に万平は頑是無い若者よろしく首を振る。

「もちろん、最低限はクリアしてますよ。しかし人材としては特別優秀でもないし、必ずしも好待遇ってわけじゃないんですよね」

「そうなの？」

「そうですよ。ま、実際のところ、そうした施設は人数配置に余裕があったりして楽な面はあるかも知れませんがそれだけですよ。失礼のないように利用者様と接することができさえすればいいわけで、介護内容自体は誰がしてもさほど変わりませんからね」

「つまり彼らにはそもそも高給に見合うほどのスキルは求められていないというわけか」

「まさに！　その通りですっ」

かぶせ気味に喋る万平を武田は微笑ましく思った。言いたいことが次々に溢れ出してくるのだろう。万平の言葉は止まらない。

「でもね、武田さん。僕は人間、最後に必要なのは物理的な環境じゃない。やっぱり血の通った人間のサービスだと思うんですよ」

万平から『株式会社ゆたかな心』に所属するヘルパーたちのモデル給与を見せられ、武田は思わず唸（うな）った。

諸手当や勤務状況によって差が生じるものの、時給ベースでいうと最上位のエグゼクティブは五千円、ゴールド二千五百円、シルバー二千二百円、ブロンズ二千円。エグゼクティブならば年収一千万を超えるケースもあり得る。決して超高額とまではいえないものの、ご丁寧に資料として付属している一般的な介護職の平均給与の表と見比べればその高さは一目瞭然だ。数多の「ヒラ」のヘルパーたちの時給は千円から千三百円程度というから、よその施設の平均給与とさして変わるまいが、上り詰めさえすれば破格の待遇が受けられるわけである。

「なかなかのものだねこれは……」

　エグゼクティブのモデル給与に嘆息する武田に万平は満足げに笑った。

おっと、まだまだ及第点はやれないぞ――。武田は挑むように万平を見る。

「君の言う究極のオーダーメイド介護とやらがこの奇跡的な待遇を可能にするからくりを是非聞かせてもらいたいものだね」

　表情を引き締め頷くと、万平の口調がフランクながらも鋭いＣＥＯとでも言いたくなるような調子に変わった。聞き手の興味を逸らさない話し方を心得ているらしい。

「まず知っておいていただきたいのですが、介護というのは何も介護保険の枠内に収めなければならないというものでもないんですよ。その気になれば保険の枠外で自由に受けることができる。ただ単に『究極』と呼び得るようなサービスを提供する事業者がいないのと、総じて利用者の皆さんがなるべくお金を使いたがらないというだけのことで」

「そりゃそうだろう。いかに金持ちだといっても、無駄な金は使わないに越したことがないと思うのが人情だよ」

「それが本当に無駄金であれば、ですよね」

万平はテーブルの上の茶碗を手に取り、ソファに身を預ける。

「やっぱり自分の財産は自分のために使うべきだと僕は思うんです。お金を持って死ねるわけではないんだし。一生懸命働いてそれなりの蓄えがある人なら人生の最後に多少の贅沢をしたって罰は当たらないでしょう」

「そりゃ、私のような孤独な身の上ならそうかも知れないが、大抵の人は残る配偶者なり子供なりのことを考えたりするだろう」

「そうですね。いや、何も全財産使い果たせって勧めているわけではないんですよ。ただ、本当にご自分が快いと感じる介護を受ける権利は誰にでもあるのではないでしょうか」

「快い介護といっても、それこそ環境と職員が最低基準をクリアしていれば、年寄り連中はそんなものかと満足するんじゃないか」

実際、武田の父親の最期を考えれば、それだけでも十分過ぎておつりがくる。例の施設の決して快くはない記憶に、つい苦い顔をした武田に向かって万平は人好きのする笑みを浮かべた。

「ねえ武田さん。高級老人ホームも大いに結構なんですが、そもそも何故ホームに入らなきゃならないんでしょうね？」

「そりゃ、自宅では暮らせなくなるからだろうさ」

「そうですね。介護する家族の負担は元より、一人暮らしで不安であるとか、住宅が高齢者に住みよくはできてないとか色々の理由ですが、だからといって、必ずしも他人と一緒に暮らさなければならないものなのでしょうか」

どんなに高級なホームで、プライバシーが守られてはいても多かれ少なかれ集団生活であることは免れないと万平は言うのである。

「持って行ける荷物も最低限ですからね。大抵の方は愛着のある家財を処分して行かざるを得ないのが実情です」

「そりゃあ、私だって最期まで自宅にいたいが……。なかなかそうもいかんのだろう」

「そこでですね」と万平はいたずらっ子のように目を輝かせた。

「不可能を可能にするのが究極のオーダーメイド介護なんです。ね、武田さんいかがです？　自宅でもどこでも最高級老人ホームの生活が送れるとしたら、素晴らしいことだと思いませんか」

万平は嬉しげに「究極のオーダーメイド介護」を説く。

自宅で最期まで暮らしたいのならそれもよし、条件的にそれが難しいようならば適当なマンションや家屋を改装して居住空間とし、一切の制限のない気ままな暮らしを送ることが可能になるのだという。

懐疑的な武田の反応に万平はやれやれと言わんばかりだ。

「だって、武田さん。考えてもみて下さいよ。高いところなら入居の際に支払う額が軽く一億を超えてしまうんですよ。そちらに回すお金を人的なサービスに回せばどんなことだって可能になるじゃないですか。まさしく夢のサービス。お好きな場所でオーダーメイド。薔薇色の老後をお約束するというのはちょっと言い過ぎでしょうか」

屈託なく夢を語る姿が眩しく、武田は視線を外した。

「そりゃ実現できれば素晴らしかろうが、我々のような庶民には縁のない話だね」

とんでもないと万平は首を振る。驚いたことに彼はこの構想で恩恵を受けるのは富裕層だけに留まらないと言うのである。

万平の理屈はこうだ。

究極のオーダーメイド介護を実現するためにそれこそ五つ星ホテルのコンシェルジュ並みのサービス訓練を受けた人間が必要になってくる。エグゼクティブクラスにもなれば、その月収は通常のヘルパーでは考えられないような額になるのは前述の通りだ。彼女らに憧れる下位のヘルパーたちは日々研鑽を積み、ランクアップを目指そうとする。そうなれば、必然的に介護保険で賄われる普通の介護の質も高まるというのである。

「つまり、富裕層に対して高ランクのヘルパーたちがオーダーメイドサービスを行うことで全体の底上げができて、一般層の人々までもが、ゆたかな心で過ごせるというわけですよ」

「なるほど。面白いね。きちんとオーダーしてくれる資産家さえ見つかれば、画期的なスキームだろう」

万平の非凡な発想に度肝を抜かれた格好で、ようよう武田はそう言った。

「武田さんも是非、オーダーメイド介護の快適さを味わってみて下さい」

クラブ・グレーシアはエグゼクティブのトレーニング施設を兼ねているというのだ。

「おいおい、俺はそんな資産家じゃない。アテにされても困るぜ」

武田の軽口に万平は愉快そうに笑った。

「そんな下心はありませんよ。武田さんには是非感想を聞かせて欲しいんです」

万平が帰った後、マンションの室内を改めて見回す。間取りそのものはいささかバランスを欠いた印象だ。リビングの広さに比べ、居室部分が貧弱なのだ。

居室は三つ。うち一つは玄関脇にあり、ヘルパーが使用している。一度、火急の用があって訪ねたが、元は納戸らしく窓のない部屋で、予備のリネン類や様々な器材を収めた棚の奥に仮眠用のベッド、小さな机などが置かれた秘密基地のような小部屋だった。

もう一方の部屋がどの程度なのかは知らないが、武田にあてがわれた部屋など六畳程度の広さしかなく、家具といえばチェストが一つ、あとはベッドがあるきりだった。まさしく寝るためだけに用意されたような部屋である。

　だからといって不満はなかった。何しろこのリビングの居心地がすこぶる良く、武田は一日の大半をここで過ごしているのだ。

　ベランダに近い側には重厚な革張りソファのセットと大画面の薄型テレビが据え付けてあり、音響機器もかなりのものでホームシアターとして好みの映画などを楽しむことができるようになっていた。天井まで届く棚にはずらりとブルーレイのケースが並び、チェスや囲碁、将棋などの遊戯道具もある。

「なるほど、お好きな場所でオーダーメイド介護か」

　クラブ・グレーシアでは特に要望がなければ武田が頼んでいた配食サービスや系列の施設で出されているのと同じ食事を供される。これは週単位で契約した料金に含まれていた。

　ほかに食べたいものがあれば、実費ながら豊富な出前リストの中から頼むこともできる。腐っても市の中心部だけあって、何を頼んでもそこそこのレベルのものが届くようだし、究極はコンシェルジュという彼女たちに材料を買って料理をしてもらうことも可能だそうである。

　短期の滞在でそこまで手を煩わせるのもどうかと思い、武田は遠慮しているが、ルームシェアの相手である老人に対して彼女たちが手料理を用意しているのを見かけることもあった。

　もっとも、その老人とはまるで生活時間が違い、先方は一向に部屋から出て来る様子がなく、武田はまだ顔を見たこともなかった。


「先住者がいるんだろ？　挨拶をしなくていいのかい」

　ここへ来た初日、武田の問いかけに房子は困ったような表情を浮かべた。

「お気遣いありがとうございます。ですが、渡辺様はちょっと難しい方で、決まったヘルパー以外と顔を合わせるのをものすごく嫌がられるんです」

　同居人が気難し屋だと聞いて、武田は驚いた。介護施設というよりはサロンの側面が強いと聞いていたのだ。もっと友好的な人間が住んでいるのだろうと漠然と想像していた。

「暴れたりするの？」

　房子は慌てて首を振る。

「いえいえ。そんなことは。普段はとてもお静かに過ごされてますし害はないんですよ。そこは安心していただいて大丈夫です。ただ、少しニンチが入ってまして、慣れないお顔を見ると興奮するのか叫び声を上げたり、眠れなくなったりなさるので」

　こちらで遠慮せよということらしかった。

「ご気分を害されましたか？」

武田がわずかに不快を覚えたのを敏感に見て取ったらしく、房子は気遣わしげに訊いた。

「いや、ちょっと意外な気がしただけさ。介護施設じゃなくてサロンのようなところだとあなたは言っただろ」

「申し訳ありません」

房子は迷う様子もなくすっと頭を下げた。

「本来のクラブ・グレーシアの趣旨からすると少し違うんですけれど、何分にも他者と生活時間を合わせるのが難しい方なものですから、通常の施設にお入りいただくのは困難で。こちらならば二十四時間自由にお過ごしいただけますし、コンシェルジュの目も行き届くのでお住みいただいているのですけど、武田様のようなお元気な方からするとやはりご不快なのでしょうか。ああ、といっても、今、渡辺様に動いていただくのも難しいですし、どうしましょう……」

困り果てた房子の様子に武田は矛を収めることにした。別に武田が彼の世話をするわけではないのだ。むしろ気の合わない同居人よりは、引きこもりよろしく部屋から出て来ない老人の方がよほど気楽だろうと思われた。

「いや大丈夫だ。向こうの方が先に住んでおられたんだから、後から来た私がとやかく言うことではなかった。すまなかったね」

鷹揚に笑ってみせると、房子は感に堪えないという面持ちで武田を見た。

クラブ・グレーシアには今のところその老人と武田の二人が住んでいる。さすがヘルパーというべきか、彼女たちは武田の健康管理まで引き受けてくれるというのだ。風邪(かぜ)を引いたわけでもないのに朝夕の検温や血圧測定は余計だと思うが、自分の健康状態を把握しておくのは悪くない。なるほど、これならば高級ホテルに長期滞在するよりいいかも知れないと武田は思っていた。滞在費は日額四万円と消費税だ。朝食と夕食はここに含まれているし、昼食を希望するのなら一食千円で供される。

この会社に相応(ふさわ)しい人事システムについて助言するため日夜知恵を絞る武田はそれなりに多忙だし、いつ訪ねてくるか分からない万平との数少ない邂逅(かいこう)のチャンスを逃したくない。武田はほぼ毎食、ここで食べていた。常駐のヘルパーが味噌汁やすまし汁などを欠かさず作ってくれるのも嬉しいことだ。

もちろん安くはないが一時的な滞在である。基本の食事やクリーニング代などはもちろん、他の細々したもてなしの経費を考えれば決して高いとは感じなかった。

「やあ、武田さん」

仕事帰りだという仁川(にかわ)が寒い寒いと言いながらリビングに入ってくる。

い。

「今日は冷えるねえ。いやあ参ったよ」

クラブ・グレーシアを訪れる客人には二種類あった。

万平が伴ってくる気の置けない来客のほかに仁川のような「会員」たちがやって来るのだ。彼らは万平が「オーダーメイド介護」の概念を広めるために作った『NPO法人ゆたかな老後』の賛助会員だそうで、特権的にここに立ち寄ることが許されているらしい。

彼らは純然たるサロンとしてこのクラブを捉えているようで、買い物に出たついでなどに、ふらりと立ち寄り、コンシェルジュと称する上級ヘルパーたちが淹れる茶を飲み、時に武田や他の会員と囲碁や将棋をして遊ぶ。基本的に定年退職後の同世代が多く、アルコールを囲み盛り上がることもあった。みなそれなりにたしなみのある紳士ばかりで決して乱れたりはしない。節度のある酒宴も好ましいものだった。

その日は佐野（さの）という元公務員と中小企業の創業者だという仁川の三人で飲んでいた。トイレに立った武田がほろ酔い機嫌でリビングに戻ると、佐野が難しい顔をしてヘルパーの富永と話し込んでいる。富永は丁度交替の時間で帰り支度をしていたところを呼び止められたらしく鞄（かばん）を肩にかけたままの姿だ。

武田がここに来て既に一ヶ月近くが経っているが、この佐野という男は今日が初見である。新任である富永とも面識がないようで初対面の挨拶をしていたはずだ。

「佐野さん、どうかされましたか？　何か不都合でも？」

仮住まいとはいえ、住む者の気安さで、いっぱしの主よろしく取りなそうとする武田に佐野は表情を曇らせたまま向き直った。

「いや、大したことではないんですが……。そうだ、武田さんは渡辺さんにお会いになったことがありませんか」

「渡辺さんというとあの？」

思わず廊下の方に目をやる。廊下の一番奥にある引き戸がその部屋の出入り口だ。いつ見てもぴたりと閉ざされ、武田はそこが開いているのを見たことがなかった。

「ああ、何でも慣れない人とは会いたがらないという気難しい方だそうで、まだお目にかかったことがないんですよ」

そう答えると、つるりとした禿頭（とくとう）の佐野は不思議そうに目をぱちぱちさせた。

「え？　それ渡辺さんのこと？　じゃあ人違いかな。私の知る渡辺さんは饒舌（じょうぜつ）で愉快な健啖家（けんたんか）でしたよ。丁度今の武田さんみたいに一緒に飲み明かしたのもつい一昨年（いっさくねん）の話なんだけど。いや、渡辺さんがいらっしゃるなら一緒に飲まないかとお誘いしようと思ったんですがね、こちらのお嬢さんが会わせるわけにはいかないとおっしゃるもんだから」

「佐野さん、そりゃ人違いだよ。聞いた話と全然違うじゃないか。そこの渡辺さんとやらを下手に引きずり出して精神不安定にでもなられたら、後々俺ら出入り禁止になっちゃうよ」

仁川の言葉にそれもそうだなと佐野はソファに戻り、富永も挨拶をして帰って行った。

3

介護ベッド脇の椅子(いす)に腰かける。

富永伶子は自分の手の指を握り、いたずらに指の腹を擦(こす)り合わせていた。

伶子はこの四月で四十八歳になる。

短大を卒業後、一般職ＯＬとして働いていた会社で知り合った夫と結婚。家庭に入り専業主婦となったが、三年前、二人いるうちの下の子供が他県の大学に進学したのを機にパートに出ることにした。経済的に不足はなかったが、羽ばたいていく子供たちや次々に再就職を果たす学生時代の友人の姿に、自分だけが置き去りにされたような疎外感を覚え、焦りを感じていたのだ。

元々、仕事をするのは嫌いではなかった。ただ当時は、結婚すれば女性は家庭に入るものとの風潮がまだ強く、そんなものだと思っていた。いざ子育てを終え、高齢だった夫の両親を見送ってしまうと、趣味の手芸以外さしてすることがないことに愕然(がくぜん)とした。

自分の実家の親はまだまだ元気そうだし、何より健康に問題がなければ残りの人生は四十年近くもあるのだ。

とはいえ再就職は容易ではなかった。伶子がＯＬだった時代とは違い、パソコンが使えないことには何一つ始まらないのだ。簡単な操作ぐらいはできるがとても事務系の仕事で求められるレベルではない。

そんなある日、求人誌を見ていた伶子の目に留まったのは弁当の宅配業務だった。どうやら介護事業所からの求人らしく、いわゆる介護ヘルパーの募集と同枠内に並んで掲載されている。

数ある介護業種の求人の中で、『株式会社ゆたかな心』は異彩を放っていた。同業他社に比べると総じて待遇がいいこともあるのだが、大枠の広告スペースの多くを割いて書かれた社訓のような文章が大層目を引く。

ゆたかな心とは——で始まる、魅力的な言葉は伶子の心の琴線に触れた。自分の親に奉仕するつもりで介護を行うというその会社の姿勢が気に入ったのだ。

とはいえ、いきなり介護ヘルパーとして就職するのはハードルが高い。夫の親の介護で、ある程度の経験はあるものの仕事にするのは難しそうだ。その点、同時募集の弁当宅配なら取っつきやすいように思われた。こちらの時給も他社より三割ほど高く、基本時給にプラスして能力給がつく可能性もあるという。但し、その仕事の応募条件として挙げられているのは少し不思議なものだった。

普通免許が必要なのは分かる。「聞き上手な人」「他人の気持ちが思いやれる人」までも分からないではなかったが、「今、幸せな人」となると、少し首を傾げざるを得なかった。しかも、この「今、幸せな人」なる条項はヘルパー募集の方には書かれていないのだ。

夫の勝也に相談すると、同じように首を傾げた。

「不幸なオーラを背負った人間に弁当を配達されても嬉しくないってことなんじゃないの？　そういう意味では君は合格だけど、こっちの能力給ってのが気になるな。これってインセンティブのことだろ。弁当の宅配先を開拓するために飛び込み営業して契約を取らせるつもりなんじゃないかな。どうだろうね、奥様業の長い君には向かないんじゃないの」

そう言われると少しばかり腹が立ち、伶子はあえて挑戦してみることにした。夫にそんな意図はなかったのかも知れないが、妻を庇護下に置くことで下に見ているようなニュアンスを感じたのだ。

果たして伶子は面接を突破し、首尾良く弁当宅配の職を得たのだが、いきなり一ヶ月間もの研修があって面食らった。昼三時間、夕方三時間のパートにそこまでやる必要があるとは到底思えなかったのだ。

求められるのは単に弁当を配達することだけではない。そこで利用者様のお話し相手を務めることに意義があるのだと言われ、立ち居振る舞いから傾聴技術、基本的な介護知識まで一通り教わった。

後で聞いた話だが、弁当宅配業務はヘルパーよりもはるかに狭き門らしい。実際、千円からスタートとされている介護ヘルパーと違い、こちらの時給は最低額が千五百円に設定されている。もちろんバイクや車に乗って配達するので危険手当的なものはあるだろう。しかし、基本誰にでもできる仕事と思われがちなうえ高時給に惹かれ毎度応募者が殺到するものの、なかなか条件に合う人材はいないそうで、伶子の時も五十人近い応募者から採用されたのは伶子一人だった。

研修の後半には、元一流ホテルのコンシェルジュだという女性を講師に招いての接遇研修があり、ゴールドやシルバーといった上級ヘルパーたちと合同で受講する機会もあった。

どうやらこの会社のヘルパーは一般的なイメージとはずいぶん違うらしいということが伶子にも分かって来た。事実、彼ら上級ヘルパーのサービス力は高く、優雅な立ち居振る舞いも上品な話し方も、介護職というよりは接客のプロと呼ぶ方がしっくり来る。

彼らの話を聞くうち、自分もヘルパーとして上を目指してみたいという気持ちが高まるのを感じた。

とはいえ、まずは与えられた役割を果たすべきだと考えた伶子は誠心誠意、弁当の宅配に打ち込み、着実に顧客の信頼を得ていった。実際には夫が心配したような営業ノルマなどはなく、評価基準は顧客満足度と会社側の査定によるのだ。中でも伶子はかなりの高評価を受けていた。

査定をするのはチーフである新海房子だ。

チーフと呼び習わされていたので、伶子もそう呼んでいるが、何のチーフなのかはよく分からない。ケアマネージャーらしいが、思い返せば面接にも研修にも必ず彼女は立ち会っていた。

多忙な社長に代わり、現場を実質的に動かしているのは新海房子ではないかという気さえする。

そうとなればかなり忙しいはずだが、彼女は実にこまめに現場に顔を出した。

ああ、早く時間にならないかしら——。

伶子はベッドで眠る老人の顔に視線を落とす。何かに耐えるように強く寄せられた眉間(みけん)の皺を見ていると辛い。

彼の呼吸に異状のないことを確認すると、伶子は目を逸らした。壁に張られたビニルクロスの細かい地模様を眺めて数える。

クラブ・グレーシア、二号室と呼ばれる八畳ほどの部屋だ。白っぽいフローリングの床に白地のクロス。介護ベッドは木目調だが、寝具も白。清潔な色調に囲まれながら、ただ時間が過ぎていくのを待つ。

時刻は午前十一時を回ったばかりだ。

チェストの上にはワイヤレスチャイムの受信機が置いてある。一号室の住人である武田が何か用事を言いつけてくれればいいのに、と思うが、二十分前に食後のお茶を淹れたところだ。チーフである新海房子から頻繁にお茶やコーヒーを勧めるよう指示されてはいるものの、いくら何でもまだ早いだろう。朝の遅い彼が昼食を要求するのは二時近いし、サロンの来客も午前中にはやってこない。

クラブ・グレーシアに配属されたヘルパーは、よほどイレギュラーな業務が発生しない限り、一時間のうち最低でも三十分は二号室に詰めることになっている。

介護を必要とする老人がいるのだ。放置できないのは当然だが、適当な間隔で見回ればいいだけのこと、一日の半分以上もの時間詰めておく必要もないのではないかと思ったが、それがお客様の「ご希望」なのだ。

『株式会社ゆたかな心』は究極のオーダーメイド介護を売りにしている。つまり、ここに眠る老人がオーダーしたのが一時間のうち半分は傍（そば）に誰かが付き添っていることだったというわけだ。

高い理想を掲げる会社だ。所属ヘルパーたちは自分の親に対するのと同じレベルで利用者に尽くせと研修で叩き込まれ現場に送り出される。しかし、そういった情緒的な部分だけではまだ弱い。会社が提唱しているのは五つ星ホテルのコンシェルジュ並みのもてなしだった。

一年間、弁当宅配の仕事を続けた伶子は会社側の奨めもあって、上級ヘルパーを目指すことになった。通常の介護研修に加え、コンシェルジュ業務が務まるようサービスに磨きをかけるのだ。

宅配担当時の働きが認められ、通常はヒラのヘルパーからスタートするものを、伶子にはいきなりブロンズの肩書きが与えられた。その後、異例の速度で社内ヘルパーの最上位であるエグゼクティブの地位に到達したのだ。会社の理想を体現できる能力の持ち主だと認められればこそである。

クラブ・グレーシア二号室の利用客、渡辺和夫に対しても同様。伶子は実に献身的に尽くしていた。

渡辺はある意味、手のかからない利用者だ。一年半ほど前に骨折した右足の予後が良くなく、脆くなった背骨もちょっとした衝撃ですぐに折れてしまうため自力で動くことは難しい。足が達者な認知症患者ならば徘徊や異常行動が懸案となるが、彼の場合はせいぜいベッド上での弄便が不安視される程度だった。

もっとも、認知症高齢者の弄便は大抵の場合、悪気があってのことではない。おむつが気持ち悪いのに、どうすればいいのか自分では分からなくなっているから起こるものであり、渡辺のように手厚い見守りがなされていれば、まず起こり得ないことなのだ。

突然真っ赤になって、もじもじと身じろぎを始める彼を見れば、何が起こったかは一目瞭然だ。伶子は優しい声で老人を宥(なだ)め、時にむずかる老人の口に飴玉(あめだま)を一つ放り込んで、彼の好む昔話をしながらおむつ替えをした。

完全に子供返りした渡辺は伶子を母と誤認しているのか、「おかあちゃん」と呼び甘える。幼子のように邪気のない老人を見ていると、たまらなく愛(いと)おしく、伶子は内心、どうかこの人がこのまま幸せにいられますようにと願わずにはいられなかった。

時間だ。伶子は引き戸を開けて部屋を出た。二号室の入退室には注意が必要だ。出入りは周囲を十分確認した上で迅速に行い、即座に戸を閉め、室内が見えないようにすべしと定められていた。武田や来客たちを不快にさせてはいけないという配慮からである。

外に出ると、ほっとして肩から力が抜けるのを覚える。

ほとんど眠った状態だとはいうものの、閉ざされた部屋で利用者と一対一で向き合い過ごすのだ。無意識に緊張しているのだろう。

豪奢(ごうしゃ)な内装の割に建物の造り自体はさほど良くなく、二号室を除けば防音性に優れているわけではない。窓を閉めていても外を走る車の音や近くの小学校の校内放送などが聞こえてくるし、冷蔵庫のモーター音だとか給湯器の音など、室内にも様々な音が満ちている。滞在客である武田がリビングで鳴らすラジオの音は元より、来客時には、楽しげな笑い声が響くこともあった。

それがどうだろう。一度この部屋に入り後ろ手に戸を閉めた途端、ぴたりと喧噪（けんそう）が消えるのだ。世界から切り離されてしまったようでちょっと心細ささえ感じる。

だが、老人にとっては静かな揺籃（ゆりかご）だ。彼の眠りを妨げるものは何一つここへ入ることは許されない。

ただ、付き添う伶子としては少々息苦しさを感じるのも事実だった。

いや、息苦しいのは当然かと思い直す。

臭いがあるのだ。使用済みおむつの管理は厳重にしているものの、サロンでもあるマンションの他の部屋に置くわけにはいかない。可燃ゴミの回収日まで二号室内に留め置くほかはなく、隠しきれない排泄物の臭いが漂う。消毒薬に消臭剤の匂い、老人の口臭に満ちた密室で、聞こえて来るのは壁の掛け時計が時を刻む音、老人の鼾（いびき）と唸りを上げる動物めいた声だけだ。四方から押し寄せる静寂の存在感が圧倒的に大きく、押し潰されそうになる。

もしかすると、自分は試されているのかも知れないと伶子は考える。

見るものは自分だけという白い密室で、果たして自分はエグゼクティブとして相応しい振る舞いをしているのか。あるいは自らに恥じない姿勢で居続けることができているか。この機会を借りて己と対話し、心根を正せと言われているような気がした。

「やっぱり厳しいところだわ……」

思わず呟く。

『株式会社ゆたかな心』は素晴らしい会社だ。高い理想を掲げ、実践するため皆が一丸となって働いている。富永さんの奥さん、みのりちゃんや優君のお母さんなどではない。富永伶子自身を高く評価し、エグゼクティブの地位を与えてくれたのもこの会社だ。だが、地位が上がれば求められる資質はより高いものになり、与えられる試練も大きくなる。

これも私のことを買って下さっているからだ。期待に応えるためにもより一層の精進をしなければ――。

伶子は胸を張り、顔を上げてグレーシア内の隅々にまで目を配りながら歩みを進める。

「富永さん、ちょっと」

武田に呼ばれ、伶子はリビングでそわそわしている様子の武田の許へ駆けつけた。

大企業の出身だという彼は社長である香坂万平と親しい様子で、社内の人事考課システムについて色々とアドバイスをしているそうだ。

「香坂君はいつ来るんだろうか。あなた知ってるかね」

「申し訳ありません。生憎存じませんが、一度本社に問い合わせてみましょうか」

苛立つのか、忙しなく視線を動かし武田は「いや」と言った。

「忙しい彼のことだ。煩わせてはいかん。しかしお宅の会社、誰も社長のスケジュールを把握できてないんじゃないか。そんなんでいいのか」

「申し訳ございません」

同様のやりとりを毎日のように繰り返している。無駄にも思えるが、武田は訊かずにはいられないようだった。

香坂は伶子たちヘルパーに対しても愛想のいい男で、ルックスの良さも手伝って女性ヘルパーたちから人気があるのだが、武田という老人もずいぶん彼を買っているようで、ここへやって来てからというもの、一日千秋のごとくひたすら香坂を待っている。

夫にその話をすると、「ふうん。その社長、人たらしってヤツか」と言った。

「ちょっと変なこと言わないで。失礼よ。香坂社長は本当に素晴らしい人格者なんだから」

伶子の剣幕に夫は肩を竦め「素晴らしい人格者ねえ」と揶揄するように復唱した。

腹が立ったが、我が夫ながらこの男にはそんな風に人を動かす力はない、小物風情の程度の低いやっかみだと考え、喉元まで出かけた言葉を呑み込み胸の内へと収める。

それにしても、と伶子は考えていた。

男たらしでも女たらしでもなく人たらし。下世話な語感の言葉ではあるが、香坂という男を語るのにこれほど相応しい言葉もないような気がする。

伶子の配属先であるクラブ・グレーシアは香坂社長が立ち上げたＮＰＯ法人の会員のために開かれたサロンでもあった。そのＮＰＯは香坂の提唱する「究極のオーダーメイド介護」という概念を広め、実践することを目的とする組織だ。趣旨に賛同した人々が一定額の寄付を行うことで賛助会員の資格を得るのだ。彼らの寄せた金はこのサロンの運営費のほか、オーダーメイド介護の担い手である伶子たちヘルパーの養成にも充てられていた。

賛助会員には寄付の見返りとしていくつかの特典が用意されているが、その一つがクラブ・グレーシアの利用権だ。もっとも、本来は現在のように毎日利用できるわけではない。今の期間、それが許されているのは伶子がいるためだ。

伶子は利用者である渡辺の介護と武田の身の回りの世話を行うと同時に、サロンを訪れる客人たちをもてなし、コンシェルジュとしての接遇技術を磨く目的でここにいる。当然の準備として、訪れる客人たちのプロフィールを伶子は事前に把握していた。香坂が連れてくる取引先の情報はもちろん、賛助会員についても社内データベースにその項目があり、ゴールド以上のヘルパーにはアクセス権限が与えられているのだ。

会員たちは、投資家やコンサルタントなど起業家としての香坂個人の人脈によって集まった者から、納入業者やリフォーム業者など介護事業所としての取引先、ほかに香坂が講師を務めたセミナーなどで彼の理想に触れ、共感した個人などだ。

彼らの大半は香坂より年上なのだが、香坂のカリスマぶりに心酔しているように見えた。夫の言う人たらしそのものだろう。

中でも武田はまさしく香坂にたらし込まれているというに相応しい状況だった。ここへ来てからというもの、彼は滅多に外出をしない。病院や銀行など、どうしても出かけなければならない用事がある時には後ろ髪を引かれる様子で、直前まで出るのを渋る有様だ。

「武田様、いかがです？　少しお散歩にでも出られては？　お怪我の方が心配でしたら私もお供いたしますが」

彼が来て一月ほど、三月に入り寒さが緩んだ頃を見計らってそう声をかけたが、武田は首を縦に振ろうとしなかった。

「あまり閉じこもってばかりではお身体に毒ですわ」

「ああ、ありがとう。でも、もう少し大事を取ろうと思う」

利用客の思うまま、気分良く過ごしてもらうのがコンシェルジュの仕事だと研修で叩き込まれている。そう言われては引き下がるほかなかった。しかし、こんなことをしていて身体にいいはずがない。おまけに武田はサロンを訪れる会員たちと盛り上がるまま、近隣の飲食店から出前を取り、味の濃い料理を食べて酒を飲んでいるのだ。口出しすることもできずに気を揉む怜子にとっては、サロンを訪れる客たちが武田の悪友にも見えた。

中でもひどいのが仁川という男で、六十代だという年齢からはにわかには信じ難い脂っこいボリュームのある食事を好み、武田にも勧める。さすがに仁川も毎日来るわけではないが、他の客人とて怜子に手料理を作らせるのは気が引けるようで、結局、出前やケータリングを頼むことになる。迎える武田の側からすれば毎日、塩分や脂質の多い外食を続けている状態なのだ。

仁川という男は商売人らしく腰が低く如才ない。それでいて、抜け目のない感じがして怜子はあまり好きではなかった。もちろん、コンシェルジュの立場として好き嫌いなど表情には出さないが、笑顔や身振りがどこか大袈裟で作り物めいていて油断ならない気がするのだ。

武田と自分がここへ来て二週間を経た頃だろうか。給仕をしていた怜子はこんな会話を耳にした。仁川は香坂のカリスマぶりを褒めちぎった後、内緒話でもするかのように声をひそめて言ったのだ。

「香坂社長、いつも言ってるよ。武田さんは本当に凄いってさ。この前なんか、あんな人がうちの会社の顧問になってくれたらいいだろうなって言ってたよ。いやあ、正直、あんたが羨ましいや。あの社長にあそこまで言わせるんだから大したもんだ。ホラ、今日は俺のおごりだ。どんどん飲んで食ってよ」

データによれば、仁川は介護用品や福祉用具を扱う会社の社長だ。香坂と彼が親しく話しているところを見たことはないのだが、『株式会社ゆたかな心』を中心とした子会社や関連企業など、事業展開のすべてで彼の会社と取引がある。

言われた武田の方はといえば「いやいや、そんなこともないだろう」などと謙遜するそぶりを見せながらも、まんざらでもない様子だ。

「顧問だなんて、僕ももう年だし。そこまではなかなか。ここでちょこちょこアドバイスするぐらいで精一杯じゃないか」

「またまた、ご謙遜を。武田さんならまだまだ現役でいけんじゃないの。さ、ぐいっといきましょうや」などと調子のいい酌を受け、非常に機嫌の良い様子で、勧められるままに塩分や脂質の多い料理に舌鼓を打っている。

「そういえば香坂社長、言ってたな。武田さんがいるから俺は今、過去最高の頻度でグレーシアに寄ってるんだってさ。色々学ぶことがあるんだってね。仁川さんも教えてもらっちゃどうだと来たよ。いや、ウチなんか零細企業だしさ、そんな大層なもんは必要ないし、第一、難しいこと言われても分かんねえよな」

頭を掻く仁川に、武田は首を振った。

「いや仁川さん。中小企業にこそぴったりの人事システムなんだよ。何なら、一度ゆっくり話をしてみようか。何かしら役に立つ提案ができるだろう」

何やら難しげな話を始めた武田に、仁川は「いやあすごいね」「さすがは香坂社長が見込んだだけのことはある」などと持ち上げる。

何故なのだろうと伶子は思った。傍で聞いていると、仁川の言葉はあまりに過剰だ。単なるお追従（ついしょう）に留まらず、何らかの意図を持って武田を誘導しているようにも思える。たとえばまるで、武田をここに足留めしておきたいような……？

いえ、そんなことはないわよねと思い直す。しかし、確かに香坂は事前の連絡なしに突然、ここへやって来ることが多い。彼に頼りにされていると感じた武田がすれ違うのを避けようとすれば、できるだけここにいるのが得策ではあったのだ。

件名　昨日の介護日誌をお送りします。
添付　①渡辺和夫様 0426.pdf　②武田清様 0426.pdf　③武田様バイタル推移グラフ.pdf
宛先　本社・新海チーフ
お疲れさまです。昨夜はお先に失礼しました。あの後、問題はなかったでしょうか。

ところで、昨日の午後にお話しさせていただきかけた件、来客準備でバタバタして結局お話しできないままになっちゃいましたね。すみませんでした。お話ししたかったのは武田様のご健康の件です。チーフもご覧になったと思いますが、昨夜のメニューはご高齢の方にはいささか不適当なのではないかと思うのです。あんなものが毎日では若い人でも健康を害するのではないでしょうか。

バイタルについて、計測を始めた日からの数字を改めて見比べてみました。夫に手伝ってもらいエクセルでグラフを作ってみましたのでよろしければご確認下さい（計測データは毎日ではありません。武田様のご気分や時間の関係でところどころ抜けがあります）。明らかに血圧の上昇傾向が認められますよね。

ドクターでもない私が言うのは違うと思いますが、食生活と運動不足が原因なのではないでしょうか。

午後にチーフにお目にかかった際にも申し上げましたが、武田様の現状はあまりにも閉じこもり過ぎです。このままでは筋力が低下し、思わぬ病気や怪我を招きかねない状態です。

元々、武田様がここに来られたのは手のお怪我が原因だったんですよね？　回復されているのにいつまでも出かけられないのはどうかと思うのです。一度、ドクターか看護師を交えてのカンファレンスを行い、ご本人への健康指導という形にできないかと考えているのですが、いかがでしょうか。

あと、もし可能でしたら、ここへ訪ねてこられる会員の皆様、特に仁川様にチーフから一言お声がけいただけないでしょうか。

出すぎているとは思いますが、利用者様に健やかにお過ごしいただくために必要なことと考えご提案させていただきました。

◆◆◆

ガンッ。激しい音がして、千草はびくりと肩を跳ねさせた。

恐る恐る音の出所を見やると、新海房子が顔を赤くして怒りに震えていた。ガンガンガンッと、すごい勢いで何度もこぶしを机に叩きつけている。

「何なの、これは。何なんだこれは」

『株式会社ゆたかな心』の本社業務は一応九時始業と決まっている。とはいえヘルパーの急な欠勤や利用者からの連絡など、早朝から対応すべきことも少なくないので早出の当番も週に一度は回ってくる。

そんな中、房子には勤務時間の縛りなどなく、特に朝は気ままに出てくることが多い。

今日などは十一時近くになって社長の香坂万平と一緒に現れた。

昨夜はクラブ・グレーシアで酒宴が催され、房子も顔を出していたはずだが、それで遅くなったのか、あるいはその後、どこかで万平と落ち合ったのか。

昨夜の酒宴がどのようなものだったのか千草はまだ聞いていないが、今朝現れた時の房子の機嫌の良い顔を見ればなかなかの上首尾だったのではないかと思われた。

ところがデスクにつき、パソコンを立ち上げるや否や、この反応である。

一瞬にして急降下した房子の機嫌に五人ばかりいた社員たちが身を小さくするのが分かる。

元々、房子がここにいる間、社員たちが私語を交わすことはほとんどなかった。世間話に類する他愛のない会話でさえも突如房子が激高したり、彼女の虫の居所次第では揚げ足を取られ、不当に責め立てられる羽目になりかねないからだ。

気まずい沈黙の支配する中、誰もが房子と目を合わせないよう下を向いている。

「砂村さんっ。ちょっと見てちょうだいよこれっ」

ああ、やはり自分か——。諦めと同時に千草はのろのろと立ち上がり、房子のデスクに寄った。

「どうかしましたか？」

「見なさいっ、このメール。あなたこれ、どう思うの？」

まるで自分のミスであるかのような口調で責め立てられる。仕方なく開いたままになっている画面を覗き込むと、富永伶子からのメールだった。

日課である介護日誌に加え、昨夜クラブ・グレーシアで催された酒宴の報告がてら、武田清の健康状態を案ずる旨が綴(つづ)られている。

極めて常識的な内容だ。まともな神経の持ち主ならば、誰だって同じことを感じるに違いない。彼女の指摘は至極まっとうなものなのだ。

だが、これは悪手だった。千草は口にすべき言葉を慎重に選びながら考える。

「あーこれはちょっと……。富永さん、勘違いしちゃってるんでしょうかね」

「でしょう。まったくあの女、自分を何様だと思ってるんだろう」

房子は怒りに任せ、キーボードを殴るようにして叱責の返信メールを書いている。

千草は急ぎの仕事を思い出したかのように装って自席に戻りながら、房子の表情を盗み見た。

やはりそうだ。怒りに我を忘れているようでありながら房子の顔には隠しきれない喜色が浮かんでいる。

ああ。富永さん、ついに地雷踏んだか——。

千草は富永伶子の不運について思いを巡らせていた。

伶子は「すべて持っている」女だ。

何不自由ない結婚生活、誠実な夫、優秀な子供たち。持ち家、年に数度の家族旅行。

物質的にも時間的にも恵まれた女であることは千草も立ち会った面接の時から分かって

いた。

いや、もしかすると彼女は何もかも持ちすぎていたのかも知れない。

千草はこの会社が現在の体制になってから、一体、伶子たちの世代の女性がどんな気持ちでいるのだろうかと考えてみたことがある。

というのも、『株式会社ゆたかな心』が募集する弁当宅配の配達員に応募してくる中で最終選考に残るような人たちのほとんどがこの世代の女性なのだ。

もちろん、こちらがあえてそのような資質の持ち主を求めているせいもあるのだろうが、「今、幸せな人」という条件に、胸を張って手を挙げるような人材には中年以降の女性たちが多かった。

ちなみに、募集要項に「今、幸せな人」という条件を付け加えたのは房子である。


「それはいかがなものでしょうか……」

遠慮がちに異論を差し挟んだのは求人広告代理店の営業だった。本人は知らないだろうが若い男性だったのが幸いし、房子の直接的な怒りを買わずに済んだ彼は言う。

「何と申しますか。こう言われてしまいますと心理面で二の足を踏むというか。この段階で応募者を振り落としますと、結果、優秀な人材が来ないことに。それはもったいないのでは……」

「その程度の人材なら来なくていいわよ」

房子に一蹴されてもめげずに食い下がる。

「しかしですね、私なんかでもこう言われると、うーん、ちょっとどうなんだろう。俺で大丈夫なのかなぁと迷っちゃいますよ」

冗談めかして笑いを交えながら彼は続けた。

「こう。何と言いますか、御社に勤めることで新たな幸せを手に入れるのではダメなのか、つまり新生活に希望を抱いての応募は許されないのか、とですね。ま、ありていに言いますと、クレームが生じかねないのかなあと思うわけで」

「あら、おかしなことをおっしゃるわね。弁当宅配は我が社の事業の柱です。収益がどうということではありません。まだ見ぬ方々とお弁当を通してご縁を結ぶためのもの。単なる配達員とはわけが違うんです。一期一会の出会いを通して我が社のファンになっていただくための大切な役割なんですよ」

珍しく房子は怒りを見せず、滔々と語った。

若い営業が畏まる様子が彼女の自尊心をくすぐったのかも知れない。

「私が言っている幸せとは物質的な豊かさではありません。たとえ貧しい暮らしをしている人でも心の持ちよう一つで幸せを感じることはできるでしょう。そんな風に思える人材を求めているんですよ。それでクレームが来るというなら、どうぞ来なさい。いくらでも説明して差し上げますわ」

さすがにここまで言われては営業も白旗を揚げざるを得なかったようだ。

結局、原案通りに出稿する運びとなったわけだが、千草は房子の言葉を聞きながらほとほと感心していた。

これだけ聞けば房子がそれなりの覚悟を持って、というか考え抜いた結果この言葉を使ったようにも思えるが、実のところそんな大層な話ではないのだ。

そもそも富永伶子がヘルパーの最高位であるエグゼクティブに抜擢されたのは房子の推薦があったからだ。いや、推薦という言葉は適当ではないかも知れない。この会社の中では房子の意向は絶対だからだ。房子が黒といえば白いものでも黒になる。

結果、伶子は異例のスピードで昇進した。もちろん、彼女の能力や資質は条件を満たしていたが、同程度の人材はゴールドやシルバーといった高位のランク内に何人もいるのだ。

経験を加味するならば、彼らの方がはるかに上であり、事実誰もが彼らのいずれかがその地位に就くのだろうと思っていたはずだ。そんなベテラン数人を抜き去っての昇進だった。

では房子が特別伶子に目をかけていたとか、気に入っていたかというとそんなことはない。むしろその逆だ。

房子は富永伶子が嫌いなのだ。

その理由を完全に理解するのは千草には難しいが、一度、房子が機嫌のいい時にぽろりと漏らした言葉がある。

「ああいう女はダメよ砂村さん。恵まれてる自分に気付きもしないであれも欲しいこれも欲しいじゃ幸せになんかなれるはずがないんだから」

くくと含み笑いをしながら言う房子の顔を見て、千草はぞっとした。笑っているはずなのに、瞳に宿るのは薄暗い侮蔑(ぶべつ)だったからだ。

4

クラブ・グレーシアで武田は客分として過ごしている。

ヘルパーたちの研修施設を兼ねていることもあり利用料は正規の半分でいいと万平には言われていたが、武田は満額支払うことにしていた。週単位の契約から、月初に前月分の使用額がまとめて引き落とされるよう変更手続きを済ませたところだ。

基本的にクラブ側から供されるものは食事であれ茶であれ無料だ。サロンの来客と酒席を共にする際にもクラブ側から補助が出るので、外で飲む時の半分程度の負担で済むし、仲間たちとの割り勘だ。大して懐が痛むわけではなかった。

もっとも、月額にまとめれば軽く百三十万円を超える。当然、安くはない。
しかし、幸いなことに武田の資産は潤沢である。退職金のほか、実親や妻から相続したもの、自宅の土地建物に株などもあり、その総額は評価額ベースで一億五千万円ほどだ。

老人ホームの入居一時金に一億も出せるような真の資産家に比べれば少額だが、中流階級の中ではなかなかに多い方ではないかと自認している。

ここで暮らすために定期預金を取り崩す必要はなかった。企業年金に厚生年金、不動産の賃料などもあって老人一人の暮らしには十分すぎるほどの収入があるのだ。

これといった趣味もない武田にはまとまった金を使う機会もない。仮に数ヶ月間逗留したところで預貯金額に響く心配はなかった。

これまで贅沢らしい贅沢もしていないのだ。気心の知れた仲間たちと、何より若きカリスマ経営者と過ごす時間に対しての投資としては安いぐらいではないかと思われる。

「ここの利用料は私から君へのエールみたいなもんだ。快く満額支払わせてくれよ」

いささか恩着せがましい言い方になってしまったが、万平はがばりと頭を下げた。

「恐れ入りますっ、武田さん。お志に応えるためにもヘルパー研修のカリキュラムをより一層充実させないといけませんね」

過剰な遠慮などしないあたりに育ちの良さを感じる。

骨折した手は年齢のせいか治りが遅く、まだ完全とはいえないもののさほどの不自由はなかった。帰宅しようと思えばいつでもできたが、武田を引き止めているのはここに上質のコミュニティがあるからだった。

クラブ・グレーシアは社会的地位の高い男たちが集まるサロンだ。

武田とて、近所の集まりや趣味の会などに顔を出したことがないわけではない。

しかし、そのような場所に集う人々との付き合いは難しく、結局、最後まで馴染むことができぬままだった。

どこの会社の出身だとか、どの地位まで上り詰めたとかいったことがまったく価値を持たない場所があることに武田は驚いた。

価値を持たないどころか、そうした自己紹介さえあまり歓迎はされないようだ。

このことを指摘され武田は憮然とした。耳打ちしたのは武田と同じような境遇の男で、見るに見かねてのことらしいのだが、到底納得できる話ではない。

「それでは私が何者なのか誰にも分からんじゃないですか」

苛立つ武田に彼は深く頷く。

「いや、お気持ちはよく分かります。私もそう思うんですけどね、何しろどこもご婦人方が権勢を振るってますからね。どうも私らは分が悪いようで。口を噤んでいる方が賢いようですよ」

そう言う男がどうにか溶け込めているのは彼の細君の教育の賜物（たまもの）のようだった。観察していると、男の発言や態度がよろしくないと判断するや、すかさず隣の細君がたしなめたり、口を挟んで言い直したりしているのだ。

ふん、と武田はその男を鼻で笑った。そうまでして地域に溶け込んだり、自分を殺してまでする趣味や娯楽に何の意味があるのかと思ったのである。

馬鹿馬鹿しい――。武田はすぐにそうした場には出かけなくなった。

しかし、クラブ・グレーシアを基としたこのコミュニティは違う。

ここに集う男たちは武田の経歴をきちんと認め、敬意を払ってくれるのだ。

退職以来、久方ぶりに正当な評価を受けた気がして、武田はそうそうこれだ、これこそあるべき社交の姿だと溜飲（りゅういん）を下げた。

更にいえば、彼らは若きカリスマの志に感服し集った連中だ。その万平が教えを乞う相手ということで武田は一段高く見られているようで気分が良かった。

そんなある日の酒席だ。武田を含め五人ばかりいただろうか。

仁川が嬉しげに言う。

「そうそう。この前、寄付金を増額させてもらいましてね」

同席していた男たちは口々に感嘆の声を上げた。

やはり中小企業のこちらは会長だという関口(せきぐち)老人が遠慮ない口調で言う。

「仁川さん、あんたすごいな。もしかして四百ぐらいいっちゃった？」

「いやいや。こんなところで発表するのもお恥ずかしいけどね、一気に積んで五百ですよ」

「五百？　それはまあ何と。すごいな」

いやあ、羽振りの良い会社は違うね、ウチじゃ到底真似(まね)できんなあ、と武田を見ながら頭を掻く痩身(そうしん)の老人に武田は首を傾げた。

「何の話です？」

「寄付金ですよ。ＮＰＯの。あれ？　武田さんご存じないの？」

話を聞いて愕然とした。

彼らがＮＰＯの賛助会員だということは聞いていた。

確かにそのＮＰＯは万平の理想に共感した人々の集まりであり、クラブ・グレーシアの利用が会員特典の一つとは認識していたが、そこに居住することの対価を支払っているせいで、基となる会員制度はどこか自分とは無縁のように感じていたのである。

聞けば、賛助会員には法人と個人の種別があり、個人で一口五万円、法人は十万円とのことだった。年額かと思ったが、そうではなく一度支払えば会員資格が得られるらしい。

「もちろん経済状況は人によって違いますからね。私なんかは細々とした年金生活者ですし、恥ずかしながら最低額でこうして参加させてもらってますよ。いや、正直なところちょっと肩身が狭いんですけどね」

そう言って自嘲気味に笑いながら肩を竦めたのは元公務員の佐野だ。

「仁川さんなんかはやっぱり会社を経営されてるから、五百万とか出せちゃうんでしょう。何とも羨ましい限りですなぁ」

佐野の言葉を関口老人がたしなめる。

「それは違うよ佐野さん。みんな香坂社長を応援する同志じゃないか。気持ちが大事なんだよ。金額の多寡(たか)じゃないっての」

そこまで言って彼ははっとした顔になった。

「けどよ、あれだろ？　仁川さん、あんた会社の経費で落としてるわけじゃないんだっけ」

「わっ会長。それは内密にって頼んだじゃないの。いやーこりゃ参ったな」

仁川が脂ぎった顔を赤らめる。

武田は啞然(あぜん)とした。

「それじゃ仁川さん、個人で五百万も？」

ああ参ったなあと頭を掻きながら、仁川が身悶(みもだ)えている。

「あー恥ずかしい。会長、恨むよ」

冗談めかして言う仁川に関口老人がかかかと笑った。

「すまんすまん。だが恥ずかしがるこたあないだろ。あんたはそれだけ香坂社長の力になってやりたいって気持ちが強いってことなんだから」

武田に比べればまだまだ若いものの、仁川はとうに六十を過ぎている。彼からすれば青二才といってもいいだろう香坂万平を崇め奉る態度を見ていると、万平のカリスマぶりを再認識させられるようで痛快な気分になるのだ。

まるで勝者と敗者の図式だった。同じ経営者とはいえ、万平と仁川は明らかに別格である。歴然とした格の違いを前に自然と仁川は万平の前に跪くのだろう。

痛快だと思う反面、自分一人が蚊帳の外に置かれているようで面白くない。

武田は不機嫌さを押し隠し、彼らの会話を聞くことに徹した。

その結果、分かったことがある。

彼らは各々立場こそ違えど、現代日本の超高齢社会を憂えている者たちだった。誰もが避けては通れない道である。日本のため、そして自分自身の問題として漠然と抱いていた不安や、何ができるのかという問題意識に対し明快な答えを提示したのが万平だというわけらしい。

「そのＮＰＯは例の究極のオーダーメイド介護って概念を広める目的だとか？」

「それですよ、それ。香坂社長の構想が百パーセント実現できたら、私たちの老後もどんなに心強いことか」

佐野の言葉に武田は頷く。

万平の志を支持する人々は武田のように頼れる子供がいない人ばかりではない。きちんと後を託せる子女がいても同じなのだ。

子供に世話をかけるのは心苦しいという思いを抱いている者もいれば、子供といえども本当に自分の望む生活を実現してはくれないだろうと考えている者もいる。

いずれにしても彼らは皆この若きカリスマの後押しをすることで、よりよい老後が実現できると信じているのだ。

「それに」と口を開いたのは仁川だ。

「何てぇのかねぇ、俺ら自身はもう人生先が見えちまってるじゃないですか？　この先にできることってのは大して多くはないんだよ。だけど、社長は違うからね。その行く末を支えていくことでさ、自分にゃできなかったことをきっと叶えてくれるだろうなって楽しみがあんだよね」

何故、自分はこの話を知らないのか。武田は臍をかんだ。

「君は知っていたのかっ」

武田の怒声に室内の空気がびりびりと震える。

怒鳴られたヘルパーの女は身を竦めた。松下ちさとという初老の女だ。

「まっ。武田様、申し訳ございません。私は存じませんでした」

狼狽しながらも深々と頭を下げる。

「形だけの謝罪などするな。俺を愚弄する気か。恥をかかせやがって。さぞかし面白かっただろう。お前たちグルなんだろう、そうだろう。俺が慌てるのを見てさぞかし愉快だっただろうさ。このクソがっ」

武田の突然の怒りに松下は目を白黒させながら、いいえ、とんでもない、申し訳ございませんと繰り返すばかりだ。

当然といえば当然だろう。松下にとっては何を詰られているのかさえ理解できていなかったかも知れない。

武田とて自分の言い分が理不尽であることは分かっている。だが、頭で理解しているのと感情は別物だ。客人たちが帰った後、リビングのソファに座り、先ほどの会話を反芻するうちに腹が立って腹が立って、感情の抑えが利かなくなったのだ。

自分こそがもっとも万平を支えるべき立場にいるはずなのに、僅か一円の出資もしていないことにひどい焦りを覚える。

翌日、何故、こんな大切なことを教えてくれなかったのかと詰る武田に万平は驚いたような顔をした。

「いや、そんな。だって武田さんには色んなことを教わってるわけですし、第一、グレーシアを利用して下さってるのが何より有り難いんです。まだまだ半人前のヘルパーを鍛えて下さってるわけですからね。十分過ぎるほどに貢献していただいてますよ」

　鷹揚な万平の返事に武田は苛立ち、かぶりを振った。

「しかし、皆さんから聞いたよ。経済的にもそんなに余裕があるわけじゃないそうじゃないか」

　仁川の話によれば、万平ははっきりとは口にしないものの、『株式会社ゆたかな心』も『NPO法人ゆたかな老後』も、どちらも決して財務状況は良好とはいえないようだ。やはりヘルパーの人件費が圧迫するのだ。

「一旦軌道に乗ってしまえば、うまい具合に回り出すんだろうがなあ」

　仁川が悔しそうに言っていた。

「理想を追うのは容易じゃないってことだな。まあその分、せめて何かの足しになればと、わしらは寄付をするわけだ。哀れな貧者の一灯よ。だけど実際それぐらいしかしてやれることはないもんなあ」

　関口老人によれば、赤字部分は万平が私財をなげうち、時に役員報酬を返上して埋めているそうだ。

「あんまり無理して倒れられでもしたら大変だろ？　ホント。わしらにもうちょっと甲斐性があればいいんだがなあ」

弱々しく笑う関口老人に武田はいてもたってもおられず、翌日早速、新海房子に命じて万平との面談を取り付けたのだった。

多忙な万平である。房子にかなり高圧的に頼み、無理に約束をねじ込んでもらったせいもあっただろうか。若きカリスマはひどく疲れているようだった。いや、憔悴しきっているといってもいいかも知れない。

考えてみればいつ会っても万平は自信に満ち溢れた様子で胸を張っていたのだ。俯き加減の暗い表情を見るのは初めてだった。

「何かあったのかね？」

思わずそう声をかけた武田に、「いえ」と弱々しく笑う万平。

大丈夫ですよと首を振る彼をなだめすかし、ようやく武田は万平を悩ませている問題を聞き出すことに成功した。

いわく、ここから車で十五分ほど走った場所でまとまった土地が売りに出されているというのである。

駅に近く各地からのアクセスも良い。何よりも大きな公園に面しており環境抜群の立地なのだ。

万平は疲れきった様子から一転、目を輝かせながら愛用のタブレットを操作し、土地の写真を何枚も見せてくれた。

これこそが理想の場所だと万平は言う。以前からこんな場所にクラブハウスを作るのが夢だったのだそうだ。

クラブハウスといっても無論ゴルフ場にあるそれとは違う。むしろイギリスの紳士が集うジェントルメンズクラブに近い。要は今、武田が滞在しているクラブ・グレーシアの規模を拡大したようなものである。紳士の集うクラブでグレーシア同様宿泊も可能。必要とあらばそこで提供されるのは例の究極のオーダーメイド介護というわけだ。

「グレーシアは手狭ですからね。もっと会員全体が交流できるような施設を作りたいと思っているんです」

そのためには環境もアクセスも良い場所であることが必須条件である。

その理想の土地が売りに出されており、万平としては何としても手に入れたいというところらしかった。

だが、そこには大きな問題があった。資金の確保である。

「一般向けの介護施設ならば借り入れも可能なんですが、クラブハウスということでは収益性が問題になってなかなか難しいんです」

ここを発信拠点にして様々な啓発活動をしたいのだといっても、それでは通用しないらしい。

しかし、どうしても諦められない万平は私財のすべてを投入することにした。居住していたタワーマンションも売却し、小さなアパートに引っ越すつもりだと聞いて武田は言葉を失った。

それでもまだまだ目標額にはほど遠く、万平はここ一週間ほど資金集めに奔走しているらしい。

「武田さん。ちょっと休ませてもらってていいですか」

万平は憔悴しきった顔でそう言うと、武田の返事も待たずソファに凭(もた)れて目を閉じてしまった。よほど心労が続いているのだろう。目の下の隈(くま)が驚くほど濃かった。

「私で力になれるのならできる限りのことはしよう」

目を開けた万平に声をかけると、彼は笑い、ごしごしと目を擦った。その笑みが切なげに見えたのは武田の目の錯覚だったろうか。

「大丈夫ですよ、武田さん。心配しないで下さい。男には命懸(か)けて戦わなけりゃならない時がある。ね、あなたなら分かってくれるでしょう。まだまだ俺は踏ん張れる」

そう言うと万平はにっと笑って立ち上がり、風のように出て行った。

隣から溜息が聞こえ、そちらを見ると、新海房子が肩を落としている。

「状況は良くないのか」

房子が頷く。

「香坂からは口止めされているのですが……」

ためらいがちに言う房子から無理押しして聞き出したところによれば、親族や知り合いの投資家に土下座をし、何とか資金を掻き集めたものの、どうしてもあと五千万円足りないのだそうだ。

持ち主に頼んで売却を待ってもらっているが、他にも購入希望者が複数いるらしい。

「実は明日が期限なのです」

「期限とは？」

武田は驚いて房子の顔を見る。

「明日までに資金調達の見込みが立たないようならば他への売却を決めると言われてしまって……それでも香坂はぎりぎりまで諦めないと駆けずり回っているのです」

辛そうに顔を顰めゆる房子にまたしても怒りの発作が迫り上がってくる。

「何でそんな大事なことを早く言わないっ。言ってくれれば俺が耳を揃えて出してやるものを」

「え？　で、ですが武田様」

「何だ。文句は言わさんぞ。男が男に用立てるんだ。君は黙ってなさい」

万平の言葉が武田の血潮を沸き立たせてくれたのだ。こんな感覚は長らく忘れていた。

迷うことなく武田は五千万円を融通することに決めた。

もっともこれには問題があった。

この時点での武田の資産は自宅の土地建物がおよそ二千六百万円、広いばかりで坪単価の低い田舎の土地がほぼ同額の二千五百万円、評価額が流動的ではあるが、かつて勤めた会社の株式や預貯金などを合わせると、総額はおよそ一億五千万円程度だった。いずれグレーシアを出て元の生活に戻れば月々の出費は年金収入で賄えるものの、将来を考えれば不安が残る。預金を一気に減らしてしまうことにはさすがに躊躇(ちゅうちょ)を覚えた。

そこで武田は思い出した。万平から資金繰りに困っているという話を聞く前々日だったか、新海房子が世間話のついでといった風にぽろりと漏らしたのだ。

何でも房子の親戚の一人がやはり介護事業に参入しようとしているらしい。ただ、その人物、現在は親族の経営する会社で製造業に従事している。定年まではまだ十年以上あるそうだ。とはいえ今からできるだけの準備をしておくつもりらしく、介護ステーションを置くのに適した物件を探しているのだという。

更に、融資を受けるためには退職後より現役の方が都合がいいとのことで、先に購入する腹づもりだそうである。

「ほう、それでニュータウンに？」

探しているのがまさに武田の自宅近辺だと聞いて武田は目を瞠った。

「あんな不便な場所にかい」

「車があればそんなに不便とも感じませんが……。いえ、だからこそかも知れませんわね」

房子が言うには、高齢化したニュータウンに取り残された老人たちを救うためにはそこに拠点を置くのが何よりだというのである。更に彼女は言葉を濁したが、要は比較的地価の安い一丁目辺りが望ましいということのようだ。

「ほう。そんなもんかね」

少々不愉快な気分になりながらも聞くともなしにその彼が求める立地条件を聞いた武田は冗談めかして言った。

「何だ。それならまさにうちなんかぴったりなんじゃないか」

「そう……ですわね。でも、もちろん武田様のお宅はダメですから、そこは除外するようにちゃんと申しましたわ」

「どういうことだい」

おかしそうに笑う房子によれば話はこうだ。介護業界に詳しい房子を軍師と仰ぐその男は先日、房子の同行を乞うてニュータウンの奥にある武田の自宅付近に向かったそうだ。

現在はまったく畑違いの仕事をしながら、なかなか勉強熱心な彼は十年後の起業に並々ならぬ情熱を傾けているというから頼もしい。

その彼が休日の度に下見に回った結果、「こんなところなら理想的だと思うんだけど」と示した何軒かのうちの一つが何と、武田の自宅だったというのである。

「なんでうちなんか」

「車の往来が少ないですとか、周囲より高い場所にあるので看板が目につきやすいとかだそうですよ」

「そういうもんかね」

房子に言わせれば、親族の贔屓目（ひいきめ）を差し引いても彼の目の付けどころはなかなか悪くないものらしい。

しかし、空き家が多いとはいえ、そうそううまくはいかず、彼が希望した場所はすべて現状居住者がいるそうだ。

「その者も今すぐに事業を開始できるわけではないので、できれば持ち主の方には引き続きお住まいいただく方がいいらしいんですの」

房子の説明によれば、融資を受けてとりあえず相場の値段で物件を買い取り所有権を移すものの、元の所有者を引き続きそこに住まわせ、月々適正額の賃借料を支払わせることでローンの支払いに充てるつもりだそうだ。

「しかし、それじゃ規約違反とかになってローン審査が通らないんじゃないか」

「さすが武田様ですわ。私も同じことを申したのですが、必ずしも事業用資金限定というわけではないらしく、返済さえ怠らなければのちの調査までは入らないようですの」

しかし、一体そんな条件に乗っかる持ち主がいるのかと武田は懐疑的だった。

「売り主候補の立場からすれば何らメリットが感じられんように思うがね」

「ええそうですわよね。ですが、この先、土地が値下がりを続けるのなら今のうちに売却をと考える方もいらっしゃるようです」

それに、と房子は続けた。

「高齢の方ですと、自分の頭がはっきりしているうちに処分できるものは処分してしまおうとお考えになる方もいらっしゃるとか」

自宅を処分して老人ホームへの入居金を工面するようなケースだ。

仮に認知症と診断された後で物件を売却するとなれば後見人の選任やら家庭裁判所の許可やらと煩雑な手続きが必要になってくるし、そもそも頼れる子供などがいないのならば自らの意思が明瞭(めいりょう)である間に売却を決める方が安心だろう。

「第一、これは内緒のお話ですけど」と房子は声をひそめる。

「賃借物件となりますと、固定資産税はもちろん修繕費なども所有権者の負担になりますから、余計なことに煩わされずに逆にゆっくりお過ごしになれるのかも知れませんわね」

なるほど、と武田は唸った。

十年――。十年後の自分がどのような状態であるのか予測はつかないが、その頃になるとさすがに武田もしかるべき施設への入居を考えているかも知れない。

果たしてその頃に土地が値上がりしている可能性がどれほどあるか――。

高齢化と共にゆるゆると朽ちていくようなニュータウンの奥にある自宅だ。恐らくのところ望み薄だと武田は考えていた。バブル経済など幻に過ぎなかったことは日本人なら誰もが知るところだろう。

なるほど、悪い話ではないと思わないでもなかったが、武田は我がこととは考えていなかった。

その時点ではまとまった資金など必要なかったからだ。

しかし、今、その金があれば――。

慌てた武田は房子に訊ねた。

「その、君の親戚はまだ例の物件を探しているのかね」

「あら……。武田様のご近所のですか。あれでしたら昨日」

「なっ、もう決まってしまったのか!? 何でだ。何故私に断りもなく話を進めた？」

顔色を変えた武田に房子は驚いたようだが、すぐに件の親族と連絡を取ってくれた。意外に早く話が進んでしまっているらしく、何とか無理を聞いてもらえないかと電話口で言う房子も必死の形相だ。

「既に手付け金を支払ってしまったらしくて先方と話をしてみると申しておりますが……」

「ええい、何とかせんかっ」

肩を落とす房子を武田は怒鳴りつけた。

「ああ、お許し下さい武田様。こんなことになるなんて」と房子は顔の前で両手を白くなるまで握りしめている。

「あまりお話ししてもご不快かと遠慮しておりましたが、親族の者も実は武田様のお宅が一番気に入っておりましたの。こんなことならもっとお勧めしておけば良かった」

くわっと言葉にもならぬ声がほとばしり出る。

「お前は一体何のために生きているんだ。それでもチーフか。この無能っ。己の愚行を恥じろ」

思い通りにならない苛立ちに武田は口汚く房子を詰りながら荒々しく床を踏み鳴らし、文字通り地団駄を踏んだ。

返事を待つ間、武田は祈るような気持ちでいる。

その日の夜遅く、グレーシアに待機していた房子の携帯が鳴った。

「彼ですわ」

武田に向かってそう囁いた房子が緊張した面持ちで電話に出る。

「はい……え……。えっ、本当に？」

みるみる明るくなっていく房子の表情に、もしやと期待が高まる。

「ええ、分かりました。ではまた明日に」

電話を終えた房子は紅潮した頰に笑みを浮かべて武田を見た。

「良かったわ、武田様。相手の方が分かって下さいました！」

翌日、武田は房子のいとこだという男に自宅の所有権を譲った。売却価格は相場から見ればいささか低めと言わざるを得ないが、事情が事情だけに仕方あるまい。

何よりも二千五百万円もの現金が手に入ったのだ。

これから月額十五万円の賃料が発生するが、月々それで万平の志を支えることができると考えれば惜しくはないし、何より十年間は武田が自宅として使用することができるのだ。武田の生活はこれまでと何ら変わるまい。

ただ、売買契約書は二通りのものが用意されていた。

十年間、武田の自宅としての使用を保証する内容を謳ったものと、単純な売買行為を記したものだ。房子はああ言ったものの、一応融資の条件として通常の売買契約書を提出する必要があるということらしい。

あまり気分のいいものではないが、後者はあくまでも融資先の銀行に提出するために作るのだと言われて条件を呑むことにした。最初に決まっていた売り主が未練たっぷりでいることを聞かされたからだ。違約金を得ることを条件に一旦は武田に譲ることを了承したものの、よくよく考えればこんな条件の話はもう二度とあるまいと惜しくなったらしい。先方では大幅な値引き額を提示しているという。

いいとことやらも房子の口添えあってこそ無理を聞いてくれたのだ。ここで武田がだだをこねて、契約を反故にされては困る。

「いや、僕はそんなつもりでは」

事の顚末を知った万平は恐縮しきりだった。

結局、武田は預貯金から二千五百万円、自宅売却分の二千五百万円、合わせて五千万円を用立てたわけである。

武田を気遣ったのだろう。万平は金銭消費貸借の形にしようと提案した。ならば毎年利息分だけでも武田の懐に入るし、いずれ「究極のオーダーメイド介護」構想が軌道に乗れば全額返済できるからというのである。

「つまらんことを言うなっ」

かっとなった武田は万平を怒鳴りつけた。

驚いたように目を見開く万平に、はっとして繕うように言い添える。

「いいかね香坂君。男が一度出すと決めたんだ。そんなせこい話でお茶を濁して私の侠気を矮小化せんでくれよ」

「あ……ありがとうございます。そこまで言っていただけるなんて思わなかった」

武田の言葉に万平は子供のように泣きじゃくった。

「武田さん。男の約束だ。僕はあなたの一生、必ず面倒見ます。お金をいただいたからじゃない。僕がそうさせてもらいたいからです。必ず、必ず」


翌週、市役所に近いシティホテルの宴会場でＮＰＯ主催の研修会が行われた。

急な話だったにもかかわらずなかなかの盛況で、ＮＰＯの会員が十数人。仁川や関口老人といった馴染みの顔も見える。凛と背筋を伸ばした上級ヘルパー数人を中心としたヘルパー連中も二十人はいるだろうか。

万平に乞われ、武田は例の人事考課システムについて持論を披露することになったのだ。

これまで人前に立つ機会はあまりなく、緊張で何をどう喋ったのか覚えていない。途中、頭が真っ白になった武田は原稿を握りしめたまま壇上で立ち尽くしたが、すかさず駆けよって来た万平に助けられ、どうにか役目を終えることができた。

「とにかく、私は持てるすべてをもって香坂君の高い理想を、そしてこのＮＰＯを応援したいと思っています」

そう締めくくった。

「実はこの度、武田さんから五千万円の寄付を頂戴しました」

万平の言葉に会場がどよめく。

「武田さん、あんた……。本当かい？」

最前列に座る仁川の言葉に武田は頷いた。

「私は本当に香坂君の考えに感服しているんだ。惜しくはないさ」

「かあっ。何と、何と。完全にしてやられたよ。すごい。あんたはすごいな武田さん」

感激した仁川や関口老人が涙ぐんでいる。

痛快だった。

ぽんと二千五百万円を減らした預金通帳を眺めながら、武田は深い満足を覚えている。

5

五月。伶子がエグゼクティブヘルパーに昇進し、武田がここへ来てから三ヶ月が経とうとしている。

その日、クラブ・グレーシアに久しぶりに顔を見せた人物がいた。佐野という元公務員だ。北海道に住む娘夫婦のところに遊びに行っていたとのことで、土産(みやげ)を携えてやって来たのだ。

伶子の淹れたコーヒーを武田と共に飲んでいた佐野は、不意に思い出したように言った。

「そういえばね、前に来た時、渡辺さんの話をしてたでしょう。あの後、武田さん、彼にお会いになりましたか？」

「いや、それがまだなんですよ……」

佐野が言うには、自分の公務員時代の同僚がたまたま渡辺老人の近所に住んでいたそうだ。良くも悪くも個性的というか、近所で知らぬ人のいない有名人だったらしい。

「どうやら、やはりここにいるのが彼らしいという話でね。いやあ意外ですよ。だって寝たきりなんでしょ？」

そう言って、伶子に同意を求める。寝たきりと聞いて武田は驚いた様子だ。返答に困る伶子に佐野は続けた。

「何か病気でもされたの？　でもなけりゃ、認知症ったって急すぎですよ。前にも言ったけど、一緒に飲んでから二年も経ってないんですから」

「どうって、まあ、ちょっと変わった人ではあるんだろうけど、酒の席では愉快でね」

武田の問いに答える形で佐野は渡辺老人の近所での評判まで語り始めた。その言葉を聞くうちに、伶子は自分の顔がどんどん青ざめていくのを感じていた。

二年ほど前、伶子は指令を受けて新規の契約者宅に弁当の宅配に向かった。

ひどいあばら屋だった。壊れた門扉の外にまでゴミがはみ出しているような家なのだ。そこには薄汚い老人が一人で住んでいた。気難しい性格らしく、木で鼻をくったような応対をするばかりで一向に打ち解けない。

それでも伶子は不快を表に出さず、根気強く笑顔で話しかける努力を続けた。代金の支払いが滞ることはなく、一方通行の挨拶やちょっとした世間話をして帰る日々が数週間は続いただろうか。ある日、ついに心を許した老人に玄関先に招じ入れられて伶子は驚いた。家が老朽化しているのは外見の通りだが、ゴミ屋敷めいた見た目に反し、屋内はきれいに掃除されていたからだ。

話を聞いているうちに分かったことだが、彼は市場の仲買業で財をなしたそうで、相当な資産家のようだった。女性と浮き名を流したことは数あれど、結局決まった相手と家庭を持つことはなく、独身のままということだ。貯め込んだ資産を不埒な輩から守るため、あえてボロ屋に住んでゴミを積み上げ、無愛想な顔で人を遠ざけていたのだ。

一方で彼はある意味、クレーマーと呼ぶべき人種であり、薄汚い姿のままデパートなどに出かけ、高額の買い物をすることを趣味としているらしい。みすぼらしい身なりに惑わされた店員が無礼な態度を取ればたちまちクレームをねじ込むというわけだ。

どうやら伶子の対応は老人のお気に召したらしく、彼は伶子に信頼を寄せ、プライベートな内容を語るようになっていった。

ゴミ屋敷の主の消息を伶子は知らない。ある日、伶子に同行した新海房子が彼と親しくなって、まるで旧知の友人のように付き合うようになるのとほぼ同時期に、伶子は勧められるまま弁当宅配からヘルパーの養成コースに転じることになったからだ。

ゴミ屋敷の老人は佐野の言う通り、癖は強いものの腹を割れば愉快な面もあった。豪放磊落（ごうほうらいらく）な笑い声が今も耳に残っている。

その名を渡辺和夫といった。

確かに名前に覚えはあったが、伶子の知る彼と今ここにいる老人とはあまりに面差しが違い過ぎ、よもや同一人物だとは思えなかった。いや、伶子は二号室に住む渡辺という老人を、自分の知る人物とは別人だと思い込もうとしていたのかも知れない。

伶子は思わず肩越しに二号室を振り返る。厳重に密閉され、便臭に満ちたあの部屋で眠っているのは、本当にあのゴミ屋敷の主なのか。だとすれば、何故こんな変わり果てた姿になってしまったのか。

もしかすると自分が彼の現在に関わっているのではないかという可能性に思い当たってぞっとした。

いや、そんなはずはない、思い過ごしだと否定する。

不慣れなエグゼクティブの立場で高い資質を求められるコンシェルジュとなって間もなく三ヶ月が経つ。身の丈以上の振る舞いをしなければならない場面も多く、知らぬ間に肩に力が入っていても無理はない。神経過敏になっているだけではないかと自らに言い聞かせようとするのだが、そうやって誤魔化(ごまか)すにはあまりにも事実が符合しすぎているのだ。

おかあちゃん、おかあちゃんと子供のように縋(すが)る渡辺を見る度、伶子は震えた。

◆◆◆

「やっぱりない……。どうしてなのかしら」

伶子は先ほどから、介護日誌を探していた。

納戸に置かれた大型ラックにはタオルやリネン類、トイレットペーパーやティッシュ、電池や文房具などといった備品が並ぶ。もう一方のラックは中段にスキャナーのついた卓上型のファックス兼プリンターが置かれ、残り部分にクラブ・グレーシアの利用記録と介護日誌のファイルが詰め込んであった。日誌を書くのは『株式会社ゆたかな心』共通の義務である。手書きが原則だ。クラブ・グレーシアでは手書きの日誌をスキャンし、当日中か遅くとも翌日には新海房子に宛ててメールで送ることになっていた。

といっても、データベースに保存するわけではないので、日誌自体は保管の義務がある。

武田清と渡辺和夫のそれぞれについてファイルがあった。

現在、クラブ・グレーシアでの勤務は朝九時から十八時までの基本帯と、そこから二十三時までの夜間帯に分かれている。基本帯を伶子が、夜間帯はゴールドランクの松下ちさとが担当している。当初はこれに加えて早朝、五時から九時までの朝番があった。

このシフトが渡辺老人のためではなく、一時滞在の武田清をもてなすための用意であるのは明白だ。その証拠に、朝寝の好きな武田の起床が決まって遅く、基本帯の者が朝九時の出勤後に対応しても彼の朝食に十分間に合うことが分かって以降、朝番は廃止されている。

この施設には深夜帯の配置はない。利用者の経済的な負担を軽くするためだと説明されたが、伶子は疑問を感じていた。

渡辺老人のおむつのことだ。夜間帯の担当である松下が二十三時に帰ってしまうと、翌朝九時に伶子が出勤するまで誰もおむつを替えないことになる。劣悪な施設ならばともかく、利用者が心豊かに暮らせることを社是としているこの会社が十時間もおむつを交換しないことをよしとするのか。

しかし、不思議なことに渡辺老人のおむつの状況は十時間も放置されているものではなかった。それどころか、つい先ほど取り替えられたように思えることさえあるのだ。

自分がグレーシアに配属される前の日誌を見れば、何かが分かるかも知れないと思うのだが、そもそもファイルの数が足りなかった。

武田がここへ来たのは伶子と同時なのでファイルが真新しいのも頷ける。ところが、渡辺和夫に関して書かれたはずの過去の日誌がどうしても見つからないのだ。

ファイリングされているのは伶子が来る前一週間分だけだった。その期間を担当したのはとうに異動になったはずのエグゼクティブヘルパー、日垣美苗となっている。

交替の際に松下に訊いてみたことがある。

「あの、松下さん。もしかして残業をなさったりしておられるんですか?」

「え、残業ですか? あら。どうしてです?」

きょとんとしている。松下ちさとは五十五歳。白のブラウスに紺色のスカートをはき、白髪交じりの灰色の髪を後ろで一つに束ねている。地味な容貌で口数も少なく、存在感の薄い女性だ。ヘルパーとしての経験は二十年以上。十年ほど前、『株式会社ゆたかな心』が設立された当時に他社から移って来たらしく、最古参メンバーの一人だという話だ。おっとりとした優しい性格の女性だが、現状に満足しきっているようで、更に上を目指す気概はないようだ。

異例の出世を遂げたため何かと特別視されがちな伶子に対しても特に身構えることなく自然体で接してくれる数少ない人間だった。

渡辺老人のおむつのことを説明すると、ちさとは笑い出した。

「それじゃ、富永さんは私がわざわざサービス残業をして渡辺さんのおむつを替えていると思ったの？　まさかそんな」

「じゃあ誰がおむつを替えてるんでしょうか？」

「さあ？」

ちさとは謎めいた笑い方をして、何故か伶子に向かってゆっくりとお辞儀をした。ちらりと伶子の顔を窺い見る上目遣いが妙に狡猾そうに見えて、どきりとする。

「私、世の中には知らない方がいいこともあると思っていますので」

一体どういう意味なのだろう――。

話を切り上げたちさとは、すれ違う瞬間、小声で囁いた。

「見ざる言わざる聞かざる、ね」

驚いて見ると、ちさとはもういつも通りの人畜無害な顔に戻っている。その瞬間、伶子の脳裏に浮かんだのは、武田の健康を案じて書いたメールに対して見せた新海房子の反応だった。

短いながらも怒気に満ちた返信メールを見た瞬間、血の気が引くのを感じた。全身ががたがたと震え出し、吐き気すら覚えた。自分はなんてことをしてしまったのだろうと思ったのだ。良かれと思ってしたことだ。武田に対してはもちろん、会社が掲げる理念からすれば褒められることはあっても、叱責されるとは考えもしなかった。

慌てて本社に出向いて謝罪する伶子に対し房子の叱責は執拗を極めた。怒りに任せ恫喝まがいの罵倒が続いたかと思えば、突如手のひらを返したように伶子を褒めちぎるのだ。皮肉や嫌味をたっぷりちりばめた毒々しい賛辞だ。あまりの恐ろしさに伶子は己を保つのがやっとだった。

それが二時間も続いただろうか。不意に房子の表情が変わった。別人のように穏やかな顔で言うのだ。

「分かってくれればいいのよ。あくまでもゲストのお気持ちを尊重するのがコンシェルジュの役目なのですからね。さ、こんなところに来ていないで早くあなたの持ち場に戻りなさい。傲慢な思いを抱いたことを武田様に話す必要はありません。一層武田様に尽くすことで謝罪の代わりにしなさい」

慈愛に満ちた言葉に伶子は感極まって涙した。頭では自分の言い分の方が正論だと分かっているのに、房子の赦しに感激したのだ。

「探しているのはこれかしら？」

背後から声をかけられ、伶子は驚いて飛び上がった。

探るようなことをしているのをあまりあからさまにするのもどうかと思い、朝七時に出勤し、納戸にこもって書類の山をひっくり返していたのだ。渡辺老人が一人でベッドから降りることはないし、武田も朝は遅く、誰かに見咎(みとが)められる恐れはないはずだった。

「ひ、日垣さん。どうしてここへ？」

納戸の入り口に立っていたのは日垣美苗だった。にっこり笑うと手にしたファイルを一冊、掲げて見せる。どうやらそれこそ伶子が探しているものらしかった。

「松下さんから、ね……。彼女、ああ見えて油断できないタイプなのよ。ま、面倒ごとを私に押しつけたとも言えるのかな」

困ったように眉をひそめる顔がドラマに出てくる女優のようで絵になるなと伶子は思った。美苗は洗練された美人だ。さすがエグゼクティブにまで上り詰めただけのことはあると、自分が同じ立場であることは脇に置いて素直に感服していた。五十二歳だというが、美容にもかなり気を遣っているのだろう。随分若々しく見える。それでいて、口を開けば年相応の落ち着きと知性を感じさせるのだ。もし伶子が利用者の立場ならば即座に彼女を信頼しただろう。ヘルパーたちがお手本にするに相応しい女性だ。彼女に比べれば自分などまだまだ至らないと思い知らされるような気がする。

「ね、伶子さん。私、一度あなたとゆっくりお話がしてみたいと思っていたの」

翌日、伶子は美苗に誘われるまま高級割烹店のカウンター席に座っていた。

これについては夫と一悶着あった。

伶子としても憧れの先輩に誘われるのは天にも昇る気持ちで何としても応えたいが、夫の夕食が気になるのも事実だった。

「夜はちょっと……」と及び腰の伶子に美苗は「たまにはいいじゃないの」と譲らなかったのだ。

シフトの関係でどうしても遅くなると夫に告げると、夫は不満げな顔を隠しもせず「なら、俺も飲んでくるからな。遅くなるぞ」と吐き捨てるように言った。昨夜の話だ。

結局、ぎくしゃくしたまま我を通して来てしまった形だ。

結婚して家に入って以来、あまり馴染みのなかった夜の街に立つと、不安と緊張で胃の辺りがふわふわした。夫を蔑ろにしてしまった後悔というより、気分を損ねてしまった彼との関係をこの先うまく取りなすことができるのかという不安だ。それをするのはひどく億劫な気がする。

「あなたと私って本当によく似ているのよね」

いきなり投げかけられた美苗の言葉に伶子は面食らった。

「え、似てますかしら？　私なんてまだまだで……。美苗さんの足もとにも及びません」

「あらご謙遜を。大抜擢じゃないのあなた。さ、今日はお祝いよ。乾杯しましょう」

恐縮しながら杯を掲げる怜子に美苗が笑う。気負いなどまるで感じさせずに寛(くつろ)いだ様子に感心する。正直なところ怜子がこれまで足を踏み入れたこともないような店だ。やはりエグゼクティブともなると違うんだな、と何やら他人事(ひとごと)みたいな感慨を抱く怜子に美苗が言った。

「どう？　エグゼクティブは孤独でしょ？」

切り子細工のぐい飲みに冷酒を注(つ)いでくれながら何気ない口調で言うのだ。

「そんなことは……」

言葉に詰まり、恐る恐る隣に座る美苗の顔を見るが、美しい笑みが浮かぶばかりで真意の程はまるで測れなかった。

孤独。それは実のところ怜子も実感している。

『株式会社ゆたかな心』に入社してわずか三年。怜子は自分が大きく変わっていくのを感じていた。もっとも驚きだったのは、自分の中に強い闘争心が眠っていたことだ。自分はどうやら思っていた以上に負けず嫌いな人間であったらしい。

怜子はこれまで、何事においても過剰な高望みをしたことはなかった。家があり、二人の子供がいて、夫の稼ぎもそこそこ。経済的な不安もなければ子供の成長や健康にも問題は見当たらない。自分の置かれた立場に何の不満もなかったのだ。

ところが、ブロンズからシルバー、ゴールド、そしてエグゼクティブと、とんとん拍子に出世するにつれ周囲の景色が変わって見え出した。

夫にはまだ及ばないものの、伶子の現在の手取りは一流企業で要職に就いている高校時代の友人のそれに匹敵するほどだ。彼女は友人たちの中で唯一四年制大学に進み、結婚もせずに働き続けて来たのだ。彼女と、主婦の道を選んだ自分たちの間には絶対に越えられない壁があるのだと漠然と考えていた。仮に再就職を果たしたとしても彼女のような地位に就くことはできないし、当然、収入も「家計の助けになる程度」に留まるだろうと。事実、夫の扶養枠内に収まるようにパート収入を制限している友人も少なくないのだ。伶子自身、その程度が自分たちにとって分相応な働き方なのだと思っていた。

それが今ではどうだろう。特別な贅沢はできないにせよ、自立することも十分可能だ。

「でも、それに見合うだけのお給料をいただいていますから」

伶子の反論に美苗は愉快そうだ。

「そうね。けれど、その代償は孤独。友達とも話が合わなくなる。私はそうだったわ。あなたは違う？　伶子さん」

からかうような口調にこの人は一体何を言いたいのかと苛立ちを覚える。だが、心当たりがあった。

友人たちは伶子のエグゼクティブ昇進の話を聞いて色めき立った。

実は伶子の紹介で『株式会社ゆたかな心』に入社して来た友人もいたのだ。しかし、彼女は伶子ほどには出世せず、いつまで経ってもヒラのヘルパーのままだった。それでも他社よりは好条件のはずなのだが、伶子が担当するコンシェルジュ業務の華やかな側面しか見ようとしなかった彼女は、話が違うと言い募り、そのうち嫌気がさしたらしく辞めてしまった。

もう少し我慢すればチャンスが巡ってくるかも知れないから、と伶子は止めたが、彼女にはその我慢ができなかったようだ。

伶子がチャンスに恵まれたのは確かだ。

上級ヘルパーになるためには上品な立ち居振る舞いに加え、利用者の立場になって物を考えることができる共感力、臨機応変な対応力も求められる。訓練で身につくものもあるが、根底の部分では持って生まれた資質がものを言うのだ。

だが、一気にここまで上り詰めることができたのは努力によるものが大きいと伶子は考えていた。人を羨むばかりで努力を惜しみ、嫉(ねた)みをぶつけてくるような友人たちと距離を置くようになったのは、自然な成り行きだったのだ。

元よりある程度の年齢になれば、夫の出世や年収、子供の出来不出来、親の介護状況などを比較し、優劣を決めるのが女の社会だ。自分自身の足で歩み、自信を深めていく伶子はそこから解き放たれ、自由を勝ち取った気分でいる。

だが、ふと振り返り、自分の後ろにも前にも誰もいないと思うことがあった。

エグゼクティブは孤独——。

伶子はエグゼクティブ昇進前夜に行われたカンファレンスのことを思い出している。

本来、介護業界でカンファレンスといえば、医療従事者やケアマネージャーらを交えた話し合いを指すのだが、二月、武田清の入居を翌日に控え、クラブ・グレーシアで伶子を始めとする担当ヘルパーを集め行われたそれは、武田に対するサービスの方針と渡辺老人の食事や排泄などの留意点について話し合うものだった。その場で自分が基本帯の担当だと知らされ、伶子は驚いた。時間帯の異なる三種類のシフトを順番に担当するのだと思っていたのだ。

となれば、当然、不公平が生じる。

もちろん様々な事情からあえて夜勤を希望する人もいるが、通常は昼間の勤務の方が人気がある。

「そんな。私、夜間帯や朝番でも入りますよ」

そう申し出た伶子に新海房子はぐしゃりと顔を歪めた。

「夜間帯？　朝番？　富永さん。あなたふざけてるの？」

凍るような冷たい声に、さっと血の気が引くのが分かった。

「え……あの、ですがチーフ」

「あーあー嫌だ嫌だ。なんて嫌な女なんだろ。周囲に気遣いですかぁ？　まあ素敵な奥様ね、って誰が思うかこの馬鹿女。しょせんあんたはその程度か。まったく中学生以下だなてめえは」

　普段の上品な物腰はどこへやら、豹変し、大声を上げ始めた房子に伶子は一瞬何を言われているのか分からない。ただただ凄まじい悪意がぶつけられていることはかろうじて理解できた。頭より身体の反応の方が早いようで抑えようもなくがたがたと震える伶子を房子がじっと見ている。あれだけ激高したのが嘘のように笑みさえ浮かべながら嬲るようなまなざしを向けてくるのだ。

　房子はにたりと笑うと、先ほどの罵声から一転、普段通りの声音で言った。

「いい？　富永さん。あなたはクラブ・グレーシアの顔なの。基本帯がカバーするのは来客のもっとも多い時間帯です。そのシフトを最上位であるエグゼクティブが担当せずに誰がするの」

　実のところ、伶子とて昼間のシフトの方が望ましくはあった。それでもそう申し出たのは房子の言う通り他のヘルパーたちへの配慮からだ。女ばかりの職場で、こういった不公平がどういう結果を招くのか、五十年近くも女として生きていれば誰でも分かる。

ただでさえ異例の速さで最高位であるエグゼクティブの地位にまで上り詰めた伶子への風当たりはきつい。直接、チームを組むことになる同僚たちとは無用の軋轢を生みたくなかったのだ。

「あなたは何か勘違いしているようだから言っておきますけどね」

冷たい口調で房子が続ける。

「私たちはお客様にとって一番良い選択をしているだけです。お客様の身になって考えればすぐに分かること。つまらない内輪の事情でお客様に最高のサービスが提供できないなんて本末転倒もいいところです。情けないわね。こんなことを聞けばあなたを抜擢した香坂社長もさぞかしがっかりなさるでしょう」

伶子はぐっと言葉を呑み込んだ。

不見識であったと謝る伶子に、房子はいかにエグゼクティブが特別なのかを、くどくどしく語る。下位のヘルパーがエグゼクティブの厚遇ぶりを羨ましく思うのならば、更なる研鑽を積んで、自分もその立場に立てるよう頑張ればいいだけのことだと、伶子よりはるかに経験の長いヘルパーたちを前に言うのだ。

房子だけではない。社長である香坂万平からもエグゼクティブの心得について訓示を受けている。それらの言葉は伶子に対し、エグゼクティブとしての誇りと共に、ある種の特権意識を植え付けていたのかも知れない。

「エグゼクティブは孤独」ぼんやり呟く。

確かにそうかも知れなかった。同僚との関係はお世辞にもいいとは言えない。友人たちとも価値観が合わなくなっている。更に言うならば、夫との関係にも変化が生じていた。

表面上、夫は伶子が仕事を持つことに理解を示していた。

「仕事を持つのはいいことだよ。家庭にこもっているばかりじゃ、視野が狭まってしまうだろうし。奥様が輝くのはいいことだ」

当初は、そう言って快く伶子を送り出した夫だが、伶子が昇進するにつれ、いささか様子が変わって来た。

地位が上がればそれに伴い責任も重くなる。伶子はここへ来る前、有料老人ホームプリマベーラにいた。当時の階級はシルバーだった。

配属された当時、伶子は夜勤を断っていたが、介護という仕事の性質上、二十四時間体制は不可避で、昼間の勤務だけで済むものではない。会社側が登用してくれるのは伶子の資質を見込んでのことだと思えば、伶子としてもできれば制限を設けず期待に応えたかった。

だが、伶子が夜勤のシフトに入り始めて一月もしないうちに、夫は不機嫌さを隠そうとしなくなった。

「君がそこまでやる必要はないと思うぞ。仕事に出て家事がおろそかになるんじゃ本末転倒じゃないか」

彼は伶子が用意しておいた夕食を温め直して一人で食べることが不満だったらしい。仕事で輝け、などと妻を励ます言葉に感動したのも束の間、どうやらそれは自分に不自由をさせない範囲で、との条件付きだったようだ。愚痴としか思えない言葉を上から諭すように言われ、伶子は失望した。表面上は物分かりのいい顔をしていても、結局、この男は妻を自分の従属物としか考えていないのだと思い知ったからだ。

昨夜の夫とのやりとりから、そんな昔のことまで思い出され気が滅入った。

「美苗さんは何故この仕事に就こうと思ったんですか？」

伶子の問いに美苗は頷く。

「そうね。子供たちの手が離れて、自分のこれからの人生を考えた時、思った以上に長くて、何て言うのかしら。空虚でね、絶望したわ。でも再就職は本当に難しかった」

「え、美苗さんがですか？」

驚く伶子に美苗が肩を竦める。

「いやだわ。あなた、私を何だと思ってるの」

雲の上の存在と思っていた美苗の言葉に一気に親近感が湧いた。

「色んなパートの仕事をしたわよ。正社員にならないかという誘いもあったけれど、仕事内容はパートに任されるものと変わらないのよね。厳しくても責任ある仕事、自分本来の能力を存分に発揮できる仕事に就きたいといくら思っても、二十年以上も社会から隔離されていたようなものだもの。門前払いが当たり前よね。あと、よく言われたわ。『ご主人の扶養範囲で働かれるんですよね』ってヤツ」

　身につまされる話だった。

「何て言うのかしら。専業主婦って社会から軽んじられている気がする。私、ずっと思っていたのよ。誰か、私を、私自身を見て、評価して欲しい。そのために欠けている経験があるというのなら、それを補う努力は惜しまないのにってね」

「すごく分かります。私もまったく同じだったので」

「でしょう。だから言ったじゃない。似てるのよ私たち」

　嬉しげな顔の美苗になるほどそうだと伶子は頷く。

「私にとって」

　美苗は呟くように言った。

「『ゆたかな心』との出会いは僥倖（ぎょうこう）だったわ。大きなチャンスを与えてくれた会社への感謝の念は今もあるの」

　そこで美苗は言葉を切り、伶子の顔を見る。

「でも、あそこはぬかるみ。足を踏み入れたら最後よ。二度と戻ることはできない」

「えっ」口調はそのままに急にもたらされた不穏なものに伶子は戸惑い、絶句した。美苗の真意が分からないのだ。

「あ、あの、今のって冗談ですよね。ちょっと美苗さんらしくないんじゃ……」

美苗はにっこり笑って言った。

「ねえ、伶子さんもプリマベーラにいらしたのよね？　どう？　もしご自分なら、グレーシアとプリマベーラのどちらに入居したいと思う？」

急な問いかけに伶子は面食らうばかりだ。

「え……。難しい質問ですね」

ヨーロッパの春を思わせるプリマベーラ。

最大の売りはいうまでもなく質の高いサービスである。上級ヘルパーが数多く配置されたその施設もまた〝五つ星ホテル並みのおもてなし〟を謳っているのだ。

提携した医療機関から医師や看護師が派遣されてくる仕組みになっており、医療体制も充実している。とはいえ入居者の中にはまだまだ活力に溢れた高齢者も多い。先に予想される老いの暮らしのため不足なく調（ととの）えられた環境に加え、コンシェルジュを始めとする職員たちの細やかな心配りや豊富なレクリエーション企画などといった、日常生活における「おもてなし」が入居先を選択するにあたっての決め手となるらしく、介護事業者としては後発ながら、なかなか入ることのできない人気施設となっている。

深夜、見回りの最中に伶子はふと足を止め考えることがあった。

建物の隅々まで空調が行き届き、快適さを約束された空間に数多の老人たちが眠っている。身体や脳の老化の程度に軽重こそあれ、彼らは一律にここで守られているのだ。たとえ外がどれほど寒くても、暴風雨が吹き荒れていようともプリマベーラの内部に影響は及ばない。まるで堅固な要塞のようだ。事実、一度台風がほぼ真上を通過したことがあったが、気密性の高い室内にいると荒れ狂う風の音さえ随分軽減されて聞こえ、様子を見ようと事務室の窓を開けた途端に室内の書類が吹き飛ばされて肝を潰した。

ここに留まる限り、その名の通り入居者には常に春風駘蕩（しゅんぷうたいとう）、穏やかな風のそよ吹く心地好（よ）さが約束されているわけである。理想的な住環境で暮らす高齢者たちを素直に羨ましいと思いながら、同時に伶子は胸のうちで不謹慎な感想が湧き出して来るのを抑えきれずにいた。

快適な環境で穏やかに暮らし、何かあれば間髪（かんはつ）をいれず医療が提供される。長生きするためにこれ以上の条件はないように思われた。

勤務明けにホームを出て、何かの拍子に建物を振り仰いだ瞬間、不意に浮かんだ考えの不穏さに伶子は自分で驚いたことがある。

ここはまるで老人たちを眠らせる保育器のようではないかと思ったのだ。

下の子の出産時のことだ。少しばかり早く生まれてしまったために、彼は二日ほど保育器に入れられていた。気を揉む伶子に看護師は、保育器の内部は母親の胎内と同じように安全で快適な空間だから大丈夫ですよと繰り返し言ってなだめた。元々、深刻な事情は何もなく念のためにそこにいただけなので、息子は看護師の言う通り、これといった問題もなく退院に至った。もちろん、生まれたばかりの我が子を人工の揺籃に預けるのは心が引き裂かれるように辛いことではあったが、完璧に管理された空間に抱かれているという安心感があったのも事実だ。

ホームを巨大な保育器に見立てることで、安心して利用者たちの世話をすることができていた側面も否定はできない。

今から思えばプリマベーラには小さいながらも社会があった。当然、入居者同士のいさかいも起これば、惚れた腫れたの恋愛沙汰もあるのだ。家族や友人たちの出入りもあるし、健康上の問題がなければ外出する自由もあるのだから外の社会とも繋がっていると言えるだろう。

それに対して、グレーシアはもっと小さな世界だ。少なくとも二号室の住人は外界から隔絶され、恐らく自分が置かれた状況もよく理解できぬままに眠り続けている。

「グレーシアは何か、息苦しい気がします」

伶子の呟きに美苗は一瞬、動きを止めた。

「ええ、そうでしょうね。あれはひと喰い花ですもの」

美苗が妖しく笑う。冗談にしては悪趣味が過ぎると思った。

「あの、それってどういう意味でしょうか」

勢い込む伶子の視線からするりと逃げるようにして美苗は謎めいた微笑を浮かべる。

「そのうち分かるわ。ええ、あなたがぬかるみに沈む覚悟を決めたと見れば、あの人は必ず」

そこまで言うと美苗は黙ってしまった。背筋が寒くなる。

そういえば、と伶子はここへ来た目的を思い出した。美苗の持って来た日誌を見ても結局、夜間に誰が渡辺のおむつを替えているのか分からないままだったのだ。

「渡辺様の……」

訊ねようとして伶子ははっと口を噤んだ。

美苗の行きつけだという割烹店はいかにも高級で、正直なところ伶子は気後れを感じていた。洗練された料理にきびきびした料理人の立ち居振る舞い。白木のカウンターは磨き上げられ、調度品は決して強く主張しないが上品な佇まいを見せている。

こんな場でその話題を出すのが相応しいかどうか、考えずとも分かることだ。

黙ってしまった伶子に何を思うのか、美苗もまた沈黙し、美しく調えられた向付の鯛を口に運んでいる。

「そうだ」ようやく美苗が口を開き、伶子は内心ほっとした。

「あるヘルパーの話をしましょうか」

「はい……？」

思わせぶりな言葉に驚く伶子に構わず美苗は続けた。

「そのヘルパーはぬかるみに見切りをつけて辞めようと思った」

美苗が何を話そうとしているのかまるで見当がつかず、伶子は戸惑いながら次の言葉を待っている。

「求職活動をする中で分かったのは、エグゼクティブという評価は唯一あの会社の中でだけ通用するもので、対外的には何の価値もないということでした」

エグゼクティブは歴代、美苗と伶子の二人しかいないはずだ。

「それってもしかして……」

美苗は伶子の言葉には答えず続ける。

「彼女は介護以外のサービス業を目指していたのだけど、大方、書類選考で落とされたわね。どうにか辿り着いた面接でエグゼクティブの何たるかを説明してもね、歯牙にもかけられないどころか、失笑さえ受けたものよ」

それはそうなのかも知れないと伶子は思った。他業種には通用しないだろう。

「ところが、経験があるはずの介護分野は更に分が悪かったの。おかしいでしょ？　慢性的に人手不足の業界のはずなのに、彼女は面接にさえ辿り着けなかったんだもの。ようやく話ができた事業所の担当者は電話口でこう言ったわ。『あー、ゆたかさんのヘルパーさんね。エグゼクティブ？　そりゃすごいね。でもさ、ゆたかさんって特殊でしょ。偉ければ偉いほど使いにくいって評判なんだわ。あなただってどう？　今更、普通のヘルパーと同じ仕事できる？　給料だって安いよ、だってただのヘルパーなんだから。悪いけど、ウチはヘルパーにコンシェルジュとか気取らせてる余裕なんかないの。そんな暇あったら、とっととじいさんばあさんのおむつ替えろって話だよ』ってね。本当にその通りよね」

なるほどそういうものなのかも知れないが、こんなことを突然美苗が語り出した理由が分からない。混乱する伶子に構わず美苗は続けた。

「エグゼクティブだゴールドだと持ち上げられても外では通用しないのよ。でも、この泥の中にいる限り、多くのヘルパーの憧れとして頂点に君臨して、高いお給料を貰える。ねえ、伶子さん。あなたならどうする？」

「どうするも何も……。私は辞める気なんてありませんから」

美苗に対する恐怖と少しの怒りを滲ませて言う伶子に美苗は頷く。

「そう、今はそうでしょうね。ああ、ごめんなさい。こんな話ばかりじゃ折角のお食事がまずくなるわね。さ、楽しい話をしましょうか」

憑き物が落ちたように明るく笑った美苗はエグゼクティブの心得や大小様々な苦境に

陥った話、そしてそれをどう切り抜けたかを茶目っ気たっぷりに語り、大いに伶子を楽しませた。おいしい食事に酒、魅力的な会話は束の間伶子が抱いた疑問や不信感などを上書きするに十分だといえる。

だが、美苗がトイレに立った瞬間、上辺だけの楽しさは霧散し、抑え難い不安が湧き上がってくるのを感じた。

「行きましょうか」

「は、はい」

高価なバッグを持って立ち上がる美苗に慌てて財布を取り出そうとして制される。

「あら、いいのよ。今日は付き合っていただいたんですもの。ご馳走させて下さい」

美苗は既に支払いを終えていたらしい。

恐縮する伶子に美苗は言った。

「人間、一度、贅沢な生活に慣れてしまうと手放すのは難しいものね」

「はあ」

店の外に出、そぞろ歩く外国人観光客の列に目を遣りながら美苗が呟く。

「私には助けられなかった。ああなることが分かっていながら手を離してしまったの」

「え」

「そして今の地位がある。罪深いでしょう」

「あの、何のお話でしょう？」

立ち尽くす伶子を置き去りにして歩き出しながら美苗は確かにこう言った。

「あら、これがあなたの訊きたかったことの答えだと思ったのだけど。違ったかしら」

謎めいた言葉を残し背筋の伸びた後ろ姿が雑踏の中に消えていく。

ここで彼女を逃してしまっては、真実に近づくことはできない。

我に返った伶子は必死に追いかけ、ようやく美苗を捕まえた。

のらりくらりと躱す美苗を目についたカフェに誘い込み、そこでようやく伶子は彼女から真相を聞き出すことに成功した。

だが、それはにわかには信じ難く、伶子をからかい面白がっているような美苗の態度もあいまって、本当なのか嘘なのかまったく判断がつかなかった。

◆◆◆

「富永さん。香坂君に渡すレジュメを作ってみたんだ。清書してもらえるかい」

リビングでラジオを聴きながら何日もかかって書き物をしていた武田清がそう言って、書類を持ったまま立ち上がろうとしてよろけた。伶子は慌てて老人を支え、ソファに座らせる。失礼しますと脈をみるが少し速い程度か。血圧を測ろうとする伶子を武田は制した。

「少し足がもつれただけだ。僕はいいから早く書類を作りなさい。この書類を一刻も早く香坂君に見せたいんだ」

抑えてはいるが、明確に怒気を孕んでいるのが分かる。ここへ来た当初に比べ、武田は異常に怒りっぽくなっていた。沸点が非常に低く、些細なことですぐに腹を立てるし、少しでも思い通りにならないことがあると怒鳴り散らすようなこともあった。

人格が変わって来ているのか――。

数日前、美苗から聞いた話が思い出され、伶子は身震いした。

美苗が語ったのは「一号室の住人」の末路だ。それは渡辺和夫の話だったはずなのに、まったく同じ経過を武田が辿っている気がしてならなかった。今、完璧な防音を施された二号室で眠る渡辺老人も、ある時点まで今の武田同様、一号室で元気に暮らしていたのだという。

そんなの嘘だ、嘘に決まっている――。美苗の作り話だと思い込もうとするのだが、彼女の話はあまりにも目の前の現実と符合しすぎている気がして恐ろしい。

「かしこまりました。すぐにご用意しますので、武田様は少しお休み下さい」

気を取り直し、伶子は彼に茶を淹れ、パソコンでの清書にかかる。就職前、あまり得意とは言えなかったパソコンだが、接遇研修の中で一通り教わり、基本的な操作は何とかこなせるようになっていた。五つ星ホテルのコンシェルジュならば当然の対応なのだ。

だが、自分が今やっていることは高級ホテルのコンシェルジュとは決定的に異なるのではないか――。そう考えると、パソコンなど放り出して武田に洗いざらいぶちまけたい衝動に駆られた。

しかしそんなことをしてはただでは済まないだろう。会社が受けるダメージはもちろんのこと、多くの事柄は自分自身がこの数ヶ月間に武田にもたらしたものなのだ。

そして、実に恐ろしいことだが武田の豹変ぶりを見ると、もう既に遅いのではないかという気がしてならなかった。思わず目を覆ってしまいたくなる。自分はこの手で取り返しのつかないことをしてしまったのか。

いや、違う。そんな馬鹿な話などあるはずないではないか――。

美苗の話を、伶子はうまく消化できずにいた。

それとも、今ならまだ間に合うのだろうか？　武田の手を取って、ここから逃げ出すことができるのか。

だが、それでどこへ逃げる？　武田の自宅ではダメだろう。すぐに追っ手が現れて連れ戻されてしまうに違いない。他の施設はどうだ。しかし、美苗によれば、それは非常に難しいことらしかった。

彼女が担当していたのは渡辺和夫。二年近く前の話だ。弁当宅配を担当していた係員が優秀で、老人の心をうまく摑(つか)んでいた。それを新海房子が巧みに誘導し、ここへ連れて来たのだという。宅配担当は「富永伶子」と美苗が持っていた日誌に書かれているのを見つけ、伶子は一気に奈落に突き落とされたような心持ちになった。

やはり、渡辺老人は伶子が当時担当していたゴミ屋敷の主なのだ。

渡辺老人が最初に入居したのは一号室。現在、武田が暮らしている部屋だ。そこで彼はエグゼクティブである美苗から手厚いサービスを受けることになる。王侯貴族のようなもてなしに健康を害する目的で提供される脂や塩分の多い料理と度数の高い酒。そして、もう一つ、密(ひそ)かながら確実に自立心を奪うためのプログラムが進行していたのだ。そして、当時、担当ヘルパーだった美苗は上から指示されるまま、懸命に渡辺老人に仕えていた。

そして、それが老人をこの部屋に縛り付けるための方策であることに気付いた時にはもう遅かったのだという。

「まるで認知症の促成栽培だと思ったわ」

恐ろしすぎる美苗の言葉を信用する気にはどうしてもなれなかった。

「そんなこと信じられるわけがないでしょう」

「ええ。もちろんそうでしょうね。私だってあの時、たとえこんな風に言ってくる人がいたとしても信用しなかったと思うわ」

美苗の言葉が耳から離れず、仕事が手につかない。武田に頼まれたレジュメの清書に恐ろしく時間がかかってしまった。

　キッチンのシンクで洗い上がった皿を水切りかごに収め、落ち着かない気分で自分の指をぎゅっと握りしめる。先ほどからこんなことばかり繰り返していた。

　ふと視線を感じて目を上げる。振り返ると冷蔵庫の脇に房子が腕組みをして立っていた。

「あ、チーフ!?　来てらしたんですか」

　房子は無言のまま見透かすような視線を伶子に向けた。

「あの、何かございましたでしょうか？」

「迷い、ね」

　意味が分からず伶子は目を見開く。

「あなた、迷っているんでしょ。疑心暗鬼にかられている」

　絶句する伶子に房子はぞっとするような笑い方をした。

「美苗さんね。彼女にも困ったものだわ」

「美苗さん……」

「変なこと言われたんでしょ？　ひどいわね。彼女、あなたのことが怖いのよ。だって考えてもご覧なさい。ずっと一人でエグゼクティブと持て囃（はや）されてきたのに、あなたという新星が現れたんだもの。おまけに異例の出世でしょ。そりゃ面白くないし脅威よね」

「美苗さんに限ってそんなこと」

伶子の言葉に房子は首を振る。ぐらんぐらんと見ているこちらが不安を覚えるような動きだ。

「あら、やだ。あなたが美苗さんの何を知っているというの？　あーあ。美苗さんも悪い癖出ちゃったなぁ。ねえ、富永さんも思うでしょ？　人間の悪意なんてそんなものよ。特に美苗さんみたいに取り繕うのがうまい人は厄介ね。内側にどんなグロテスクな鬼を飼ってるかなんて他人には窺い知れないもの」

房子は声をひそめて続ける。

「ね。ここだけの話だけど、美苗さんはああ見えて虚言癖があるんです。私も随分振り回されたものだわ」

「虚言……」

ほぉうと房子は溜息ともつかない声を上げた。

「なんっかねえ。どうにもうまくいかないものね。こんな風にエグゼクティブ同士が足を引っ張り合うようじゃ本当に困るのよ」

何故かそこで房子は笑う。凍てついた場の空気にそぐわない陽気な笑い声を上げながら伶子に近づき、ぽんと肩を叩いたのだ。

「彼女、あんな風でしょ。頼れるのはあなただけなの。ね、伶子さん。頑張って頂戴。社長も私もあなたには期待しているんですからね」

どこか甘ったれた少女のような口調で言う。無遠慮にもたれかかられるような不快感があった。

6

突然、清叔父と連絡がつかなくなった。

菅原（すがわら）汐織は落ち着かない気分を持て余している。汐織の母と清叔父は姉弟（きょうだい）だ。実際に何があったのか詳しいことは聞かされていないのでよく分からないものの祖父の遺産相続を機に他の兄弟も含めて仲違（なかたが）いしてしまい、没交渉となっていることは間違いなかった。

汐織の姉妹も他のいとこたちも、わざわざ自分の親の不興を買ってまで清叔父と関わりを持つ気はないようで、唯一汐織だけが叔父と連絡を取り合っている状態だ。

とはいえ、汐織自身も家事にパートに忙しい身であり、毎日とはいかない。せいぜい一週間に一度、うっかりすると、二、三週間、いや一月、二月が経過していることもあった。

そもそも寝たきりの老人ではないのだ。叔父だっていつも家にいるわけではないだろう。それまでにもたまたま散歩に出ていたとか、昼寝をしていたとかで電話に出ないこともあり、当初は汐織も大して気にしていなかった。

しかし、その後何度かけても電話は一向につながらず、次第に不安になってきた。万が一のためにと、汐織は叔父から合い鍵を一本預かっている。となれば、これは自分に課せられた責務でもあるのだ。

もしや倒れているのではと思うといてもたってもおられず、家事を投げ出し急ぎ足で訪ねたものの、叔父の姿はどこにもなかった。

家の中に特に変わった様子はなく、きちんと片付けられている。散歩に出たまま事故に遭ったというわけでもなさそうだ。さすがに簞笥(たんす)の中まで覗くのは憚られたが、玄関脇の戸棚に入っていた旅行用の鞄がなくなっているので、旅行にでも出かけたのだろうと汐織は考えることにした。

退職してからの叔父はすっかり出不精になっていて、どこかへ遠出したという話はついぞ聞かなかったが、いい大人なのだ。急に思い立って旅行に出かけてもおかしくはない。

「それならそれで一声かけて行ってくれたっていいのに」

ここまで来るには汐織の自宅から電車を乗り継いで二時間近くかかるのだ。思わず不満めいた言葉が漏れたが、逐一(ちくいち)行動の報告をせねばならぬほど密な関係でもないのに文句を言うのもおかしな話だ。

「まあ、そこが問題でもあるのよね」

汐織は溜息交じりに独りごちる。

相手が叔父だということで何とも微妙な距離感があるのは事実だ。

これが自分の両親ならばもっと遠慮なく生活に踏み込むことができるだろう。向こうだって、やれ食事に行こうだの、やれ近所でこんなことがあっただのと毎日のように電話をかけてきては平気で汐織の生活に割り込んでくるのだ。遠慮がないのはお互い様だ。旅行に行くなら声をかけるし、緊急時なら当然、簞笥の中も引っかき回すだろう。

だが、叔父が一人暮らす家、しかも本人不在時にそんな無遠慮なことはできなかった。トイレを借りるにも遠慮があるし、湯を沸かし自分のためのお茶一杯淹れることさえ躊躇する。

だけど、もし――と汐織は人気(ひとけ)のない部屋の中を見回し考える。

もし叔父が亡くなったとしたら、他に親しい人はいない彼のことだ。やはり自分がこの家の始末をすることになるのだろうか。

汐織は落ち着かない思いで食卓の椅子に腰かけながら、ぼんやりと周囲を眺める。

古い家だ。子供の頃からよくここへ遊びに来ていたからどこに何があるのか大体のことは把握している。

主の不在をいいことに遠慮ない視線を向けてみると、それなりに片付けられてはいても叔母が生きていた頃とは比ぶべくもない。荒廃ぶりが胸に迫った。

叔父は元々家事にはノータッチで家庭的とは言い難いタイプだ。家事経験の乏しい老人の一人暮らしでは不自由も多いはず。かといって、自分がどこまで手を出していいのか分からないし、実際のところできることには限りがあった。

汐織も叔母の入院中や亡くなった後にはちょくちょく料理を差し入れたりもしていたのだが、丁度その頃、汐織の家庭に問題が噴出したことで、その機会は激減した。

汐織は三姉妹の真ん中だ。幼い頃は三人一緒にこの家を訪ねていたのだが、高校に入った頃から姉が来なくなり、やがて妹も同じ年頃から急に足が遠のくようになった。

理由は分かっている。汐織だけが特別扱いされるのが面白くないからだ。

叔父夫婦は幼い娘を亡くしている。美代という名の娘は汐織のいとこに当たるわけだが、どうもその美代と汐織が似ているらしかった。

実際に顔や姿が似ているかどうかについてはよく分からない。何しろ相手は三歳で亡くなっているのだ。汐織の母はその話が出る度に、確かに面差しは似ていたかも知れないけど、どうだったかねえと首を傾げるのが常だった。

それでも叔父夫婦は汐織が美代に似ていると頑強に主張して譲らない。

汐織たちが子供の頃から清叔父の家へしょっちゅう招かれていたのはこれが理由だ。彼らの目的は汐織の顔を見ることだったのだろう。ついでのように扱われる姉妹たちがやがて違和感を覚えて遠ざかっていったのも無理からぬ話ではあった。

明らかに汐織だけが特別で、叔父夫婦から溺愛されていたといっても過言ではなかったからだ。

汐織の実家は清叔父のところほど経済的に余裕があったわけではない。三姉妹を進学させるための学費も大変なもので、欲しいものもなかなか買ってもらえず、我慢を強いられることが多かった。

たとえば流行りのゲーム機や洋服、雑貨など、周囲の友達が皆持っているのに自分だけが買ってもらえないことはざらで、賢しい姉は汐織を焚き付けて叔父にねだるよう仕向けたりもした。

入学や成人、就職などの節目には姉妹それぞれ過分の祝い金の他に欲しいものを買ってもらったが、その上で汐織だけは特別に夫妻との会食や旅行の機会が与えられる。家では絶対に口にすることのできないごちそうに贅沢な旅行。だが、汐織にとってそれは嬉しい時間というよりも、一種の義務のような位置づけだった。

疲れるのだ。

いや、夫妻は本当に汐織を可愛がってくれたから、過剰に気を遣ってというわけではない。

正直に言ってしまうと、汐織はごく幼い頃から彼らの前でどう振る舞っていいのか分からず、途方に暮れるようなところがあったのだ。

彼らが自分に美代を重ねて見ているのは明白だ。それでは一体自分はどう振る舞えばいいのか。彼らが描く美代の姿をなぞり演じるべきか、それとも本来の自分自身でいるべきか。汐織には正解が分からなかった。

三姉妹の真ん中で常に姉妹の動向と両親の反応を窺い、うまく立ち回る癖がついているせいで、ついそんなことを考えてしまうのだ。

結果、叔父夫婦が自分に愛おしげなまなざしを向ければ向けるほど、居心地の悪さを感じることになった。

汐織の姉妹は気楽なものだ。

「どうせ特別扱いは汐織だけなんだから」「私らはおこぼれに与(あずか)ってるだけ」などと言い放ち、叔父への恩返しは汐織一人がすればいいと考えている節があった。

それだけではない。さすがに姉妹はあからさまには言わなかったが、いとこを始めとする口さがない親戚連中が噂しているのが聞こえてくるのだ。

「いいよね、汐織ちゃんは。清おじさんとこの遺産全部持って行くんでしょうね」

「そりゃ勝ち目ないよ。亡くなった娘に似てるとか最強だろ。とても太刀打(たちう)ちできないぜ」

「ま、いいじゃないの。その代わり、将来のおじさんたちの面倒は汐織ちゃんが全部見てくれるんだし。気楽でいいよ」

汐織は別に遺産をもらうつもりはなかった。もちろん、法的な根拠に基づいて分割されるものがあるというなら断りはしないが、彼らの言うように叔父夫婦の面倒を見る代わりに全財産をもらおうなどとは考えたこともなかったのだ。

だが、遺産がどうあれ、もし叔父夫婦に何かあれば、世話をしなければならないのはやはり自分だろう。そう考えるとどうにも憂鬱（ゆううつ）で、汐織はなるべくそのことを考えないようにしていた。

実のところ、汐織は疲れ果てていた。

少し前に夫に癌（がん）が見つかったのだ。早期の発見だったため大事には至らず、内視鏡による手術で患部の切除ができたが、その後の抗癌剤治療による心身の疲弊が激しく、彼は鬱病を発症してしまった。

更に中学生の上の子がいじめに遭い、不登校となっていた。下の子は聞き分けがなく、気に入らないことがあると暴れたりするのでなかなか目が離せなかった。

おまけに汐織自身も更年期障害なのか、はたまた度重なるストレスによるものか、原因不明のめまいに悩まされていた。

この先、うちの家族はどうなるのだろうと思うと毎日が不安でたまらなかった。

悪いことは重なるもので同じタイミングで義理の両親が入院した。夫、その両親を見舞うための病院通いの日々に加え、引きこもる上の子、汐織の余裕のなさが影響するのか、下の子の癇癪もひどくなる一方だった。先の見えないことばかりなのだ。

そこへ持ってきて叔父のことだ。考えるとノイローゼになりそうだった。

それでもどうにか時間を作って再度訪ねたが、やはり叔父の姿はない。思いあまった汐織は隣家に訊ねてみることにした。

応対に出てきたのは高齢の夫婦だった。彼らは退職を機にここを買い取り、出戻ってきた娘や孫と共に移り住んだそうで、残念ながら汐織が知る居住者とは違う人たちだった。叔父も挨拶程度の付き合いしかしていなかったようだが、ありがたいことに彼らは叔父の消息を知っていた。

「ああ、武田さんのご主人ね。何でも、えらく高価なところに住んでおられるとか」

とぼけたような顔で夫の方が言う。

「え、高価って？　老人ホームとかですか？」

汐織は驚いて聞き返した。そんな話はまったく聞いていない。まさに寝耳に水だった。

「いや……。あの女性の口ぶりじゃ老人ホームという感じでもなかったような気がするよ。なあ母さん」

「そうねえ。何とかクラブとか、クラブ何とかだったかしら。そんな感じのとこ。いつも話してるのよ、お隣は優雅でいいわねえって。私らなんてこの年になって働きに行ってる娘に代わって孫を育てなきゃならないんだもの、毎日こきつかわれてもうヘトヘトよ」

どこか嬉しげにそんなことを言う老夫婦の顔を交互に見比べ、汐織は訊いた。

「あ、あの。あの女性とおっしゃいましたよね？　それはどなたでしょうか」

この時、汐織の脳裏に過ったのはもしや叔父を世話する若い恋人、あるいは後妻のような存在ができたのではないかということだった。財産狙いの犯罪者では困るが、もし少しでも愛情があるのならば、いや、たとえ財産目当てでも、老後の面倒さえちゃんと見てくれるのならば叔父にとって、ひいては汐織にとっても悪い話ではないのかも知れない。そんなことを考えたのだ。

だが、彼らの話によれば女性はその施設のマネージャー的な存在らしかった。

「何でも武田さんが怪我をされて急にそっちに行くことになったんで挨拶の暇がなかったとかで、わざわざその人が見えてね」

彼らはその時にもらったという女性の名刺を保管しており、そこに書かれた電話番号を教えてくれた。

新海房子という名の女に電話をかけると、落ち着いた声の女性が出た。汐織が事情を説明すると、彼女は何故か清叔父の留守宅で落ち合おうと提案してきた。

「何故ですか？　私は叔父の顔が見たいんですけど」

「お気持ちは分かりますわ。ですが、武田様は今、少々気難しくなっておられましてね。いきなりお会いになってもあまりいいお顔はなさらないかも知れません。まずは現状を姪御さんのお耳に入れて、こちらも武田様のお心をほぐすような、準備をさせていただきたいんです」

正直なところ、会社員時代を懐かしみ、同じ話ばかりを繰り返す叔父の生活ぶりを思い返せば認知症の症状が多少出てきたとしてもおかしくはなかった。汐織も義理の両親の介護をしてきた身だ。認知症とまでいかずとも、高齢になればそのような傾向は珍しいものではないと分かる。

結局、指示されるままに清叔父の家で落ち合うことにしたのだが、新海房子の第一印象は決して悪いものではなかった。いや、それどころか、非常に良い印象だったといえた。優しく聡明で包容力があり、頼りになる介護の専門職というのが汐織の抱いた感想だったのだ。

彼女は清叔父から不在中の家の管理を頼まれているとのことで、汐織が到着した時には経理担当の砂村という女性と二人で粗方掃除を終えていた。

勝手知ったる様子で仏壇を開き、内部を清めると手を合わせる。

汐織は隣で同様に手を合わせ、飾られた写真に目を留め、我知らず深い呼吸をした。こみ上げてくる感情を抑えるためだ。

悲しかったわけではない。畏れとか不安とか、色んなものが複雑に混じり合ったものだ。

一言で言ってしまうと、汐織は亡くなった叔母が怖かったのだ。

もちろん汐織のことを可愛がってはくれていた。ただ、それ以上に複雑なものを彼女は汐織に対して抱いていたようなのだ。

それまでも時折、彼女の視線にぞっとするようなことがあったが、勘違いかと思い、深く考えないようにしていた。

それが決定的になったのは中学の時だった。

当時、高校生だった姉の友人にハードロックのバンドをやっている男がいた。金色に染めた髪を長く伸ばし、鋲の沢山ついた服を着て、薬物でも常習しているのかどこか視線が定まらず、女子中学生に煙草の煙を吹きかけるような悪ぶった態度の人間だった。たまたま彼が家に遊びにくることになったか何かで、下校途中の汐織と一緒になった。

それを偶然、叔母が見ていたらしいのだ。

「あんな男と付き合うなんて絶対にダメよ汐織ちゃん」

叔母からそう言われ、汐織はぽかんとした。付き合うも何も彼は姉の友人に過ぎず、正直、何を言われているのか意味が分からなかったのだ。

だが、この一件は叔母にとってひどくショックだったようだ。

後年、彼女は精神のバランスを崩すことになるのだが、思えばこの時既に予兆があったのかも知れない。

「あの人はお姉ちゃんの友達で、私は別に」

汐織としては精一杯弁明したつもりだったが、彼女の耳には届かなかったようだ。いつまでもいつまでも「あんな下品な男を選ぶなんて。汐織ちゃんにはがっかりさせられたわ」「美代ならあんな男、絶対に選ばなかったのに」「やっぱりあなたは美代じゃない」などと繰り返すのだ。

ふと彼女の顔を見た汐織はぞっとした。虚ろな瞳だ。汐織の顔を見ているようで焦点が合っていない。ぶつぶつと抑揚のない調子はまるでお経でも唱えているかのようで、汐織に聞かせているのか独り言なのかも判別できない。その声を聞くうちに汐織は忘れていた幼い頃のことを思い出した。

まだ汐織が幼稚園か、あるいは小学校に上がったばかりだったか。よその家に泊まるには幼すぎた妹を家に残し、姉と二人で清叔父の家に泊まりに行った時のことだ。

夜中にふと目を覚ますと、汐織の顔を誰かが覗き込んでいた。

お化けだと思った汐織は咄嗟に目を瞑ったが、抑揚のない声が耳に流れ込んでくるのは避けられなかった。

「あんたが死ねば良かったのに」「ねえどうして美代だったのよ、どうして美代だったの」「どうか美代と代わって下さい。美代と代わって下さい」

呪詛のように何度も何度も繰り返される言葉は、まるで魂のない木偶か何かから発せられてでもいるかのようだった。空虚で忌まわしく、とてもこの世のものとは思えなかった。

怖くて怖くて耳を塞いで布団に潜り込んでもなお、時に途切れながらもその声はいつまでも汐織の周囲に漂っていた。

不慣れなよその家で見た汐織自身の悪夢だとばかり思っていたが、夢ではなかったのかも知れない。

それ以来、気をつけて見ていると、汐織を見る叔母の優しいまなざしの中に時折、隠しきれない暗いものが過るように思われた。憎しみなのか、殺意のようなものさえ感じることもある。

普段は本当に可愛がってくれたのだ。汐織が成長し大人になるにつれ、「こんな風に汐織ちゃんと女同士の話ができるようになるなんて」などと笑い、楽しげに話をしていたのも事実なのだ。

遊びに行っても清叔父は遅くに帰宅し、朝早く出かけていくことが多かったから、必然的に叔母と過ごす時間が長かった。

汐織にとって、清叔父との思い出はすべて彼女の色で塗りつぶされている。

汐織はいつしか、無意識のうちに美代を演じるようになっていた。そんな時の彼女は無条件で優しかったからだ。

ある程度の年齢まで、三姉妹は常に親の愛を求めて競い合っていた。汐織たちの両親は忙しいせいもあるのか、割とドライな性格で子供たちを甘やかさなかった。僅かに与えられる愛情というか両親の歓心を買うために互いが腐心し合っていた感があるのだ。

そんな中で叔父夫婦の溺愛に身を任せられるのは汐織だけの特権であり、心地好かった。汐織はその場所を失いたくなくて、とうにいないいとこの美代を演じていたのだ。

仏壇の前に座ると、あの頃の複雑な感情が甦(よみがえ)ってきた。美代を演じることで得られる彼女の愛情と汐織に向けられた憎悪、それらは汐織にかけられた呪(のろ)いのようにも思える。

一体、自分はどこまで美代であり続ければいいのだろう。

叔父が死ぬまで？

そう考えると、呼吸ができなくなる。

仏壇の前から逃げ出したくなるのを必死で抑えている汐織の耳に声が聞こえた。

「重荷なんでしょう」

恐る恐る顔を上げると、新海房子が汐織を見ていた。

「もしよろしければあなたの胸につかえてるもの、話してみません？」

温かく包容力に満ちた響きに、汐織は我を忘れ、不安や不満、わだかまっていた感情を房子に向けて吐き出していった。

房子は親身に汐織の話を聞いてくれた。先を促すことも上辺だけの慰めの言葉をかけることもない。汐織が言葉に詰まっても、焦ることはないのだとばかりに微笑んで、転んだ汐織が立ち上がり、次の言葉を紡ぎ出すのを待ってくれているかのようだった。

考えてみれば、こんな話、親や姉妹、友人はもちろん、夫にさえしたことがなかった。ただ一人で鬱屈した思いを抱えてきたのだ。

思いの丈を吐き出すと、少し気分が楽になった気がする。ほう、と溜息をついた汐織に、房子は慈しむような声で言った。

「ね、汐織さん。あなたはあなたが存在するだけで、十分武田様ご夫妻に恩返しをしてきたと思いますよ。だからこの先のことまであなた一人で抱え込むことはないのよ」

温かい体温に手のひらが包まれるのを感じる。彼女が汐織の手を握ってくれているのだ。嫌味な接触ではなかった。言葉では伝えきれない思いを体温に乗せてそっと差し出すような優しい触れ合いだった。

「ですから、ね。武田様のことは私たちに任せていただけませんか？」

「あ、ありがとうございます……でも、私、やっぱり叔父のことが気になって」

汐織の言葉に房子がそっと目頭を拭う。

「私はね、汐織さん。武田様が実の父親のように思えてならないんです」

そう言って彼女は亡くなった父親の思い出と、孝行らしい孝行ができなかった悲しい事情、深い後悔を聞かせてくれた。

「もしかするとこんなことを言うのはプロにあるまじきことかも知れません。それでも、私にとっては武田様は特別な存在なの。自分の父にできなかった孝行をさせていただきたいのです」

房子の瞳からはらりと涙がこぼれ落ちたのを見て、汐織の中でこれまで堪えてきた何かが崩壊した。堰を切ったように感情が溢れ出してくる。汐織は子供みたいに、わああっと声を上げて泣いた。

仏壇の前に額ずくように伏せている背中にそっと温かい手が添えられる。

「どうか私にお任せ下さい。武田様に誰よりも豊かな生活を送っていただくことをお約束しますわ」

房子の囁きは汐織にとって赦しにも等しかったのだ。

◆◆◆

六月のある日、武田は一時的に寄宿しているクラブ・グレーシアから外に出た。

外出するのは実に久しぶりだった。

向かう先は自宅だ。

『株式会社ゆたかな心』提唱の「究極のオーダーメイド介護」を具現化するグレーシアの生活は予想以上に快適で、すっかり長逗留になってしまった。気が付けばもう四ヶ月近く自宅を留守にしていることになる。前々から留守宅の様子は気になっていたのだ。

しかし、さすがに彼らはプロフェッショナルである。武田が不安を顕わにする前に、定期的に家の様子を見に行く手はずを整えてくれていた。

最初のうちは外観の写真を撮るに留まっていたものの、真冬から初夏へと季節が移り、衣替えのために一度自宅の中に入る必要が生じてきた。

それぐらいは自分で行くからと当初は断った武田だが、丁度、代表である香坂との論議に花が咲いていた頃で、いつやって来るか分からない彼を待つべく、なるべく不在の時間をこしらえたくなかった。

そんな武田の心中を新海房子は敏感に察し、極めて控えめな態度ながらも、鍵を預かり、衣類を取りに入ることを提案してきたのである。

新海房子に対し、武田は幼くして亡くなった娘の姿を重ね、全幅の信頼を置いていた。

早くに父を亡くしたのだという房子もまた武田を父のように慕い、献身的に世話を焼いてくれている。そこには単なるサービス事業者と利用者という関係に留まらない、深い部分での心の通い合いが存在するように武田は感じていた。

とはいえ、彼女は自らの立場を弁え、線引きすることを忘れなかった。武田の留守宅に入る際には必ず同行者に動画を撮影させ、後から武田が行動をチェックできるように配慮している。同時に武田が留守宅の状況をも目で確認できるようになっているわけだ。

衣替え以外にも、留守宅に風を通す名目で何度か房子は武田宅を訪れていたが、その都度彼女は玄関先で「お邪魔いたします」と一礼し、室内に進む。閉じたままになっている仏壇を清め、持参した花を供え、亡き妻と娘に礼を尽くす姿も非常に好感が持てたのだ。

ここのところ、武田は香坂に対する提言書を作るのに心血を注いでいたものだが、それもどうにか形になった。丁度、時期を同じくして多忙さを増したという香坂の足はしばらくクラブ・グレーシアから遠ざかっている。提案すべきものは提案したのだから、後は若き理想家がいかにしてそれを自分の血肉とするかの問題だ。ここは少し引いて見守り、彼が疑問を感じた時に的確な答えを用意してやる方がいいだろう。

そういうわけで、今、直ちになすべきことがないのなら、少し外の風に当たろうかと思ったのである。

やむにやまれぬ必要にかられ、銀行や病院に出かけたことはあるものの、ごく短時間のことだった。クラブ・グレーシアのある場所は猥雑ながらも市役所に近い繁華街で、少し歩けば大抵の用は済ますことができた。

「一度、自宅に戻ろうと思ってね」

新海房子に向かってそう言った時、実のところ武田は、彼女が同道してくれるのではないかと考えていた。恐らく彼女の運転する車で、武田を自宅まで運ぶ算段になるであろうと目論んだのである。

だが、武田が期待した申し出はついぞなされなかった。

房子はにっこり笑ってこう言ったのだ。

「あら、それはよろしいですわね。どうぞお気を付けて行ってらっしゃいませ」

誤解を恐れずに言うのならば、武田は彼女を深情けの女だと思っていた。男女の仲を指すわけではないので本来の意味とは違うのかも知れないが、そう称するのが一番しっくりくる。世話好きと言うか過干渉と言うべきか。もし、これが子供に対するものならば甘すぎて教育上よろしくないのではないかという危惧を抱くほど愛情深いまなざしを注ぐのだ。武田が転びそうになればすかさず手を差し伸べ、工事中の悪路があればいち早く車椅子を調達するような調子で（もちろんその使用は断固として断ったが）、常に先回りして世話を焼いた。

彼女たちが五つ星ホテルのコンシェルジュたるべく日々研鑽を積んでいるからという

わけではないようだ。

むしろ、その理想を体現しているという意味では、先日、異動になった富永伶子という女性の方だったかも知れない。房子に比べると、彼女の武田に対する距離の取り方はずっと洗練されており、よりホテリエに近いと言えただろう。まるで見ていない風を装いながら、こちらが必要な時にはすっと現れ、さりげなく力を貸してくれるといったやり方だったからだ。

その彼女が去り、以前からいた次ランクのヘルパーが責任者のポジションを引き継ぐ形でクラブ・グレーシアを担当していたが、能力不足は否めず、社交場としてのサロンは閉鎖の憂き目を見ていた。その不足を補うために、房子が顔を出す時間が以前にもまして増えていたのだ。

特に房子は武田の専任とでもいった様子で過剰に世話を焼いてくれていた。伶子が姿を見せなくなってからの二週間、ある意味、房子の過保護ぶりに慣れきった武田はすっかり甘やかされることに味をしめてしまっていた。

だからこそ、この房子のあっさりした返答が物足りなくも思えたのだ。

とはいえ、今更一人で出かけるのは億劫だとも言えず、意を決した武田はクラブ・グレーシアのあるマンションを出た。

まず、驚いたのは自分の足の運びだ。

元々、膝の痛みとは長い付き合いではあったものの、今や問題児は膝だけではなかった。足から腹、腰も背中もことごとく筋力が低下しており、少し歩いただけでたちまち身体が悲鳴を上げるのだ。

マンションの敷地を一歩出れば、交通量の多い道路が迫っており、狭い歩道を我が物顔の自転車が猛スピードで走り抜けていく。

歩く速度を少し上げただけで、たちまち息が切れ、武田は無意識に心臓を手で押さえた。

何ということだ。これが自分か――。愕然とした。

遅々として進まぬ歩みはまるで百歳近い老人のようだし、反射神経もすっかり鈍ってしまったようだ。自転車にベルを鳴らされてはよろけ、対向する歩行者を避けようとして危うく転倒しそうになる。

不思議なことに視野もかつてに比べ狭くなっているようで、いきなり背後から飛び出して来た犬に度肝を抜かれたうえに、自転車の進入禁止を示すパネルにしたたか足をぶつけた。

元々、あまり柄の良くない人種の多い土地だ。駅に向かう僅かな距離の間で、武田は容赦ない罵声を浴び、舌打ちされた。

「くそ爺、モタモタすんな」「死に損ない」「ボケ老人」

よもや自分に向けられた言葉とは信じたくもなかったが、横断歩道で信号を待つ間、向かいのビルのショーウインドウに映る老いさらばえた男はまぎれもない自分の姿だった。

玉手箱でも開けてしまったのかと、荒唐無稽な考えを抱くほど、武田はショックを受けていた。

クラブ・グレーシアにいたのは僅か数ヶ月のことだ。病気治療のために入院していたわけでもないのだ。寝たきりだったというならまだしも、武田は武田なりに運動不足にならぬよう、毎日マンションの室内をできるだけ歩くようにしていたつもりだ。

それなのに、この急激な老け込み方は一体何事なのか。

一旦、駅へ辿り着きながらも武田は、不意に用を思い出したような顔でそこを離れて駅ビルに向かった。

駅ビルでトイレに入り、鏡を見れば、そこには青ざめた顔の老人が不安げにこちらを見返していた。

不安。そう、不安を抱いている。

改札を素通りできないのは分かっているが、自宅にいる頃から既に遠出をすることはまれでICカードの類いも所持していない。ずらりと並ぶ券売機は見慣れぬものばかりで、一瞬にして頭に血が上り、パニックになった。タッチパネルの操作はおろか、硬貨の投入口さえ見つけられなかったのだ。いや、それだけならばまだいい。日進月歩の機械の不寛容さのせいにすれば、共感する御仁はいくらでもいるだろう。

不都合はそれだけではなかった。

武田は高い場所に掲示された路線図から、自宅の最寄り駅までの運賃を示す数字を読み取れたものの、手持ちの小銭をどう組み合わせればその数字になるのか分からなかった。

まるで自分の頭の中に穴が空いてしまったようだと感じ、力なく笑う。記憶の一部がすっぽり抜け落ちてしまっているみたいに、いくら考えても焦りが募るばかりで必要な情報には辿り着けないのだ。

結局、面倒くさそうな態度を隠そうともしない駅員の手を煩わせ、切符を購入することはできた。しかし、放り投げるようにして差し出した一万円札は切符の他に大量の小銭を含む釣りをもたらし、武田をもたつかせる。自分の混乱ぶりに次第に腹が立ってきた武田は、失笑を隠そうともしない若い駅員を叱りつけた。

「何だ、その態度は。それでも鉄道事業に携わる人間なのか。何というレベルの低下だ。嘆かわしい」

しかし、嵩に懸かった態度で彼の非礼な対応を詰ったのは得策ではなかった。ふて腐れた顔の駅員に見送られ改札を抜けたが最後、何番線のホームに降りればいいのか、どの種別の列車に乗ればいいのか、さっぱり分からなかったからだ。

結局、武田は自宅の最寄り駅に向かうこともできぬまま、切符を駅員に叩きつけるようにして改札を出て、元来た道を忠実に引き返す形で戻る。

出かけたのは昼食後間もなくだったというのに、既に夕暮れ近くなっている。今年の梅雨(つゆ)は気温の低い日が多く、六月にしては肌寒い。おまけに小雨が降り出し、傘を持たずに来た武田は身震いした。

何て一日だったのだろうと思った。

いや、しかし無理はないのかと思い直す。クラブ・グレーシアの居心地が良く、香坂に頼りにされているのをいいことに、少々長く引きこもり過ぎたようだ。

これからはもう少し外に出るようにして、弱った筋力と心肺機能の回復に努めなければならんな、などと胸に誓いつつも、ようやくクラブ・グレーシアのあるマンションを目にした時には、心底安堵したものだ。

しかし、肝心の部屋番号が思い出せない。

出かける際に鍵をお持ち下さいと房子が言うのをうっかり落としでもしては大変だからと断っていたため、一階のエントランスを抜ける際には先行する住人がオートロックを解除しているところを後ろに続く形で通過した。

ところが、そこで武田は大いに困惑することになった。エレベーターに乗っているうちに急に尿意を催してきたのだ。

近頃、めっきりトイレが近くなったという自覚はあった。だからこそ、今日の移動中も常に意識の幾ばくかをトイレの場所を確認することに振り向けていたのだ。

クラブ・グレーシアでは、先住者である渡辺はトイレを使って用便することはなく、訓練の行き届いたヘルパーたちは、武田や客人たちがトイレを使った後、あまり間を置かず清掃に入っているようだ。

「そんなに神経質にしなくても、そうそう汚しやしないがね」

やや不快に思いそう言うと、新海房子は「そういうわけではないのですが。ヘルパーたちにもトイレを使わせてやって下さいな」と冗談めかして言っていた。どうやら彼女たちはそのタイミングで自分の用も済ませてしまうものらしく、武田は人数の多い酒席の数回を除いては、一度もトイレを我慢させられたことがなかったのだ。

今日は、最終的には学生や勤め人たちの帰宅ラッシュに巻き込まれる格好で、這う這うの体で帰ってきたから、とても公衆電話を探し帰宅予定を連絡する余裕などなかったが、気の利く彼女たちのことだ。よもやトイレが使用中で待たされるということもなかろう。

くたくたになった足はほうぼうの筋肉だけではなく、足裏までもが痛み始めている。

その足を引きずるようにしてようやく扉の前に立ち、性急な動作でインターホンを鳴らす。

だが、どうしたことか、いくら待っても中からの応答がないのだ。はやる気持ちそのままにインターホンを連打しながらノブを上下するが、鍵がかかっていてびくともしない。

まさか房子は今夜、武田が自宅に泊まると誤認しているのではないかと思いつき、ぎょっとした。連絡を取ろうにも武田は携帯電話も持っていないのだ。

いや、『株式会社ゆたかな心』の本社オフィスはここからさほど遠くはない。やあ、閉め出されてしまったよ、と訪ねてやればいい。連中、とんだヘマをしてしまったと青くなるぞ、などと考えて愉快になったのも束の間、いやそれは無理だと首を振る。今から下に降りて、あそこまではとても持ちそうにない。

緊急事態だ。どこかの植え込みの陰ででも失礼するか——。

だが、脇道といえどもほとんど人通りが途切れることはない。あの下品な連中に見咎められてはどんな侮辱を受けるか分かったものではなかった。

いや、待てよ、留守のはずはないんじゃないかと武田は思い直す。室内には渡辺和夫もいるのだ。彼を放ってどこかへ出かけるとも考えにくい。それこそ担当ヘルパーがトイレに入っているか居眠りでもしているだけではないのだろうか。

そうも思ってみたが、もう駄目だ。インターホンから指を離し、少しでも気を抜いてしまえば危ない。意識を集中しながらエレベーターへ向かい始めた武田の背後で、かちりと鍵の開く音が聞こえた。

「ああ武田様、申し訳ありません。突然、渡辺様が暴れ出してしまって、お出迎えがすっかり遅くなってしまいましたわ」

温かく包み込むような房子の声を聞いた途端、堪えていたものが緩んでしまったようだ。武田は股間を生温かい液体が濡らしていくのを感じながら、咄嗟に何が起こったのかを理解することができなかった。

呆然と立ち尽くす。

嘘だろうと思った。何かの間違いであって欲しい、これは夢に違いない、いや夢であって欲しいと切に願う。

だが、一度流れ出した液体は止まらなかった。あっという間にズボンはびしょ濡れになり、腿に張り付いた生地の上を自分の身から漏れ出した液体がどくどくと流れ落ちていく。

これが血液ならばどんなにか良かっただろうと武田は思った。これほど大量の出血では生命が危ういかも知れないが、少なくとも恥ではない。いっそ、流血の果てにこの場で死んだ方がどれほどマシだろうか。

どこか現実感のないまま、とりとめもないことを考える武田の足もとから、房子の声が聞こえた。彼女の声は今にも泣き出しそうだ。それはそうだろう。自分を父と恃む彼女からすればこれほど情けない話はないはずだ。そう考えると、我が身に起こった事態の取り返しのつかなさが余計に身に迫ってきた。

「あらあら、どうしましょう。ごめんなさいね。私がお待たせしてしまったせいだわ。本当に申し訳ありません」

「私は……。や、止めなさい。君は一体何をしているんだ」

武田の前に屈み、房子は流れ落ちる液体を両手で受け止めようとしていた。

慌てて離れようとした拍子にしずくが撥ねて、房子の頭にかかってしまった。

「何をする。止めんか」

苛立つ武田に縋るようにして房子が言う。

「いいえ、いいえ。こんなことで私の罪が許されるとは思いませんが、せめて少しでも武田様のお気持ちが軽くなればと、咄嗟に手が出てしまったのです。どうかお許し下さい」

明らかな自分の失態であるというのに、うちひしがれた様子の房子を見ているうちに、次第に彼女の過ちであったように思えてくるから不思議だった。

憮然とした態度のまま、武田は房子にされるがままになっている。房子は厭な素振り一つ見せず玄関先を清め、風呂の用意をし、武田の汚れた衣服をまとめて、洗濯の手はずを整える。その手際の鮮やかさときびきびした態度は、武田に過剰な恥ずかしさを感じさせる暇を与えなかった。

風呂場に入ると、武田好みのやや熱めの湯が浴槽にたっぷり張られている。

白い湯気の中、熱い湯に身を沈めると、凍てついた心がほどけていくようだ。

と同時に、罪のない房子に怒りをぶつけてしまった後悔と彼女に対する愛おしさが身中に溢れてくるのを感じた。

彼女は自分が悪者になることで武田を怒らせ、武田が恥辱に苦しむのを回避しようとしたのだろう。

まるで聖母のようだと思った。

第二章　二〇一七年～二〇一九年

1

——故渡辺和夫儀　葬儀式場——

二〇一七年二月。

本社オフィスに近い葬儀会館の入り口に掲げられた白木の看板の文字を見上げ、紀藤幸二はネクタイの結び目に手をかけた。緩んでいるわけではないが、きゅっと締め直す。やや首回りが苦しいが、初体験であったり、自分にとってアウェーであったりと、緊張を伴う場所に足を踏み入れる時はこれをする。若い頃からのジンクスだった。

剣呑なものが表情に出ないよう気をつけ、周囲を見回す。見知ったヘルパー数人の顔がある。黒を纏った彼女らは紀藤を認めると、しずしずと頭を下げた。

還暦を迎えながらも、紀藤はまだまだ自分の男ぶりについて自信を失っていない。特に何人かいる際だった美貌のヘルパーの喪服姿にはそそられるものがあった。

告別式があることは一昨日から分かっていたので、喪服や黒ネクタイは妻に用意させた。

「あら。いきなりですか」

妻は一言そう言ったきりだ。彼女が仕事内容を詮索しないのは昔からだが、今、自分が置かれている社内の状況を考えると少々物足りない気もする。

「ああ、なかなか大変なのさ。新入社員というものは」

いささか含みのある紀藤の返答に思うところがあるのかないのか。妻は黙ってスーツを取り出し、和室の長押に掛けた。

まあ、確かに今更ではあるか、と紀藤は頷く。彼女だって若い頃には無邪気に訊ねもしたのだ。それを煩わしく感じ、仕事のことに口を出すなと釘を刺したのは紀藤なのだから仕方があるまい。

妻の方にも言いたいことは山とあるはずだ。毎日、残業や接待で帰りが遅く、休日も上役や取引先とのゴルフ三昧だった紀藤に家のことや子供たちのことを顧みる余裕はなく、彼女に任せきりにしていた。結婚当初こそ、妻も紀藤に相談しようと努めていた節があったが、いつしか諦めたのか何も言わなくなった。

紀藤はただ仕事のことだけ考えていれば良く、事実、紀藤がおらずとも家庭は回っていたし、子供たちは立派に育ち独立していった。きちんと給料を入れているのだから文句を言われる筋合いはなかろうと考えていたのも事実である。

実際、銀行員にとって実質定年は早い。五十を過ぎると出向や転籍の話がくることも珍しくはなかった。

　そんな中、紀藤はまあうまくやったといえるだろう。

　地銀とはいえ支店長として六十歳まで勤め上げたし、その後もいち早く再就職を決めた。取引先企業の中でも有望株の会社である。

　では、同期に比べて特別優秀だったのかといわれると、さすがに自分でも首を傾げる。しかし、嗅覚の鋭さに関していえば確かに秀でていた。ある種のきな臭さや不穏な気配といったもの、それらを読み取る能力に長けているのだ。融資先の状況を見極めるのはもちろんのこと、この能力は出世レースでも大いに役立った。

　紀藤の再就職先は介護事業所である。

　時節を考えれば今後成長や拡大が見込めそうな業種だが、実際にはそれほどでもない。しかし、『株式会社ゆたかな心』は少々事情が異なる。新進気鋭の若きカリスマが率いる革新的な集団という触れ込み通り、既存の枠内には収まりきらない、爆発力を秘めているように感じられたのだ。

　ワンマン経営の中小企業にはよく見られる傾向だが、果たしてこの会社もまた管理部門が弱い。紀藤は新設された経理部長なるポストに就くこととなったが、経理部といっても総務兼任の女性社員が一人、他は若手の男性社員一名にアルバイトが一人いるだけだ。パートも含め百人超の社員を抱える会社としては非常にお粗末だった。

しかし、これは逆にチャンスだと紀藤は考えていた。

理念なき組織に理念を持たせるのは困難だが、『株式会社ゆたかな心』は理念が明確だ。あと必要なものは外部の視点である。こういった中小企業には往々にして欠けている「常識」を持ち込んで組織改革し、健全な形での事業継続が可能になるよう導けばいいだろうと考えていたのだ。

しかし、見ると聞くとでは大違いである。入社して二ヶ月も経たないうちに、これは思った以上に厄介なのではないかと感じるようになっていた。

既存の社員から見れば、天下りに近い形の再就職だ。いわば異物。逆にこちら側からすれば既にできあがったところにぽんと置かれる立場なのだ。気をつけないと異物のまま終始してしまう。

もっとも、多かれ少なかれ会社が独自に培ってきた流儀のようなものがあるのは当然のことだ。それが良いものであれば従えばいいし、合理的でないと判断されるなら改革の俎上(そじょう)に載せればいい。いずれにせよ、紀藤は自分の嗅覚をもってすれば、さほど苦労せず会社に馴染(なじ)むことができるだろうと楽観していた。

ところがだ。どうにも勝手が違うのだ。

壁を感じた。いや、壁というよりは囲いの方が近いかも知れない。そこいら中に見えない囲いがあって、何かを隠蔽(いんぺい)しているのではないかという気がする。

そして、その囲いには番人がいる。

新海房子という女がそれだった。

紀藤が来た当初、少なくとも最初の数週間くらいまでは間違いなくそうだと思うのだが、新海房子の振る舞いは完璧なものだった。

上級ヘルパーたちによる五つ星ホテルレベルのもてなしもかくやといった具合に紀藤を遇した。

だが、紀藤は体よく祭り上げられているだけではないかと感じた。紀藤を核心から遠ざけることで、知られたくないものを秘匿しているようなのだ。

表面上はにこやかな態度を崩さぬままに、内心、様々な仮説を組み立て観察した。

何しろ、こちらにはこちらの思惑というものがあるのだ。紀藤はこの会社でお飾りの地位に甘んじるつもりは毛頭なかった。

とりあえず『株式会社ゆたかな心』とは二年の契約である。大人しく用意されたポジションに収まり、時が過ぎるのを待っていたのではそこで終わってしまう。自分から動き、目に見える成果を挙げることで初めて盤石の地位を築くことができるのだと紀藤は考えていた。

やはり妙だな――。

渡辺和夫の遺影が飾られた祭壇を眺めながら、違和感を拭えない。立派な葬儀だ。参列者の数こそ多くはないが、ふんだんに生花を使った立派な祭壇、複数の僧侶、高額の戒名、どれを取っても贅沢なものだ。

銀行員時代、顧客の葬儀に出る機会がよくあった。

法人として付き合いがある経営者や重要顧客である資産家層などのそれだ。弔意を表すのはもちろんだが、その場における情報収集もまた重要な仕事なのだ。

いささか不謹慎ではあるが、親族でもない立場で参列する葬儀は情報の宝庫といえた。葬儀の質や金のかけ方から、物の考え方、取り巻く人間関係や経営状況が透けて見えてくることもある。紀藤はそういった意味での自分の眼力に自信があった。

しかし、目の前で流れていく告別式はどうにも奇妙だ。

まず親族が一人もいない。

「渡辺様は天涯孤独な方でしたから、私どもが真心をこめてお送りさせていただこうとヘルパー一同考えております」

呼び止めて訊いた上級ヘルパーの一人は殊勝らしくそう言った。松下ちさとという名のゴールドランクのヘルパーである。

ちさとはハンカチを顔にあて洟を啜っている。泣きはらした目で遺影を見つめる姿を見れば、心から彼の死を悼んでいるようだ。白髪交じりの灰色の髪を束ねた地味な風貌の中年女が利用者の死に接して静かに涙を流す様は見る者の心を打った。

「ああ、渡辺さんは幸せな最期(さいご)だったね」

「こんなにも心をこめて世話をしてもらえるんだもんな。いや、本当に羨(うらや)ましいよ」

口々に言い合うのは故人と顔見知りだった『NPO法人ゆたかな老後』の会員や『株式会社ゆたかな心』の取引先の面々だという。

なるほど。渡辺老人とやらは友人に愛され、ヘルパーたちに囲まれての大往生を果たしたというわけかと紀藤は考える。

しかし、疑問が残るのだ。この葬儀は一体誰が、誰のために執り行っているのだろうか。

「砂村(すなむら)さん。これは少しおかしくないか」

受付の机で芳名帳の整理をしている砂村千草(ちぐさ)に小声で問うと、千草はゆっくり振り返った。

「はい、部長。何がでしょうか？」

「この葬儀だよ。これ一体、喪主は誰なの」

「それは渡辺様ご本人ということになるのかと……」

分かったような分からないような返答に、またかと紀藤は苦々しく思う。

社長の香坂万平(こうさかまんぺい)以下、古参の社員や上級ヘルパーたちにとっては当たり前の、いわば共通認識ともいうべきものが紀藤にはまるで分からず、気が付くと蚊帳の外に置かれているようなことが何度もあった。

　数字も同様で、紀藤は徹底的に財務報告書を精査したが、どうにも分からない。どうやらこの会社の特性として、株式会社単体の数字だけを見ても不完全らしかった。万平が主宰するＮＰＯ法人と収支が複雑に絡み合っていて、全容が見えないのだ。

「ちょっとね、これ。数字の根拠を見せてもらえるかい？」

　先日、直属の部下である砂村千草にそう声をかけたところ、それは新海房子の預かりだという。ならば、ということで房子に訊ねると、それまでにこやかだった房子の態度が豹変した。能面のように無表情な顔で言う。

「あなたにそんな権限はありません」

　怒気を孕んだ冷たい口調だ。一瞬、紀藤は何を言われたのか分からなかった。

「は？　何を言ってるのあなた。経理部長は僕だろ？　僕に権限がなくて誰にあるわけ」

　房子の顔が憎々しげに歪んだ。

「分かりました。では香坂社長のご意向を伺うことにしましょうか」

「ああ、そうしましょう」

名を呼ばれ社長室に入ると、万平の横に房子が侍り、勝ち誇ったような顔でこちらを見ていた。

万平がすまなそうに言う。

「紀藤さん。いやあ本当に申し訳ないです。僕が最初から言っておけば良かったんですけどね。数字の根拠というと寄付であったり色んな契約書関連ということになっちゃうんですすよ。色々個人情報の絡みがありますので、アクセスできる人間を幹部に限定しているんですよね」

「しかし社長。仮にも私は経理部長だ。私にだってアクセス権限があってしかるべきでしょう」

万平は頭を下げた。

「すみません、紀藤さん。いくらあなたでもこの情報は出せません。うちの生命線なので。あなたを疑うわけではないですが、この情報が流出するのはコンプライアンスに反しますから」

お前のことは信頼していないと言われたも同然ではないか。さすがに腹が立ったが、確かに短期間しか勤めていない人間を信頼するのは難しいかも知れない。

結局、何度か進言したがアクセス権限は与えられず、紀藤は相変わらず閉め出された格好で囲いの外をうろつくばかりだったのだ。

「さっきの話だけどさ、あの葬儀、渡辺さん自身が決めたというと、生前に契約をしてたとかそういうこと？」

会社に戻り、自席に千草を呼んで訊ねると、彼女は周囲を窺うような素振りを見せた。

新海房子が電話に気を取られているのを確認し、言う。

「渡辺様の究極のオーダーメイド介護の中にご葬儀内容まで入っていたのだと思います」

「ああ、例の……」

究極のオーダーメイド介護。紀藤はこのキーワードに対して何とも複雑な思いを抱いていた。もちろん、この会社の根幹をなすべき概念であり、重要なものであることは分かっている。しかし、これに関することになると特に例の隠蔽が強く働き、紀藤を排除する傾向があるような気がするのだ。

「そうだ。砂村さん、一度それ僕にレクチャーしてもらっていいかな」

紀藤の思いつきに千草は目を丸くした。

「は？　と言いますと？」

「その究極のオーダーメイド介護っての。この会社にいる以上、知りませんじゃ済まないだろ。丁度いいな。渡辺さんの例を見本に一から教えてもらえるか」

千草はしばらく無言で立ち尽くしていたが、ようやく口を開くと「で、では、新海チーフの許可を」と言った。

紀藤はうんざりした。

「あのね、砂村さん。君の直属の上司は僕だよね。なんでそこで新海さんが出てくるの」

「ですが……」

「ああ、ならこうしよう。どうせこれから死後の整理だなんだとあるんだろ？　それに同行させてもらおう。アクセス権限がどうのっていうなら、そこは隠してくれて結構ですよ」

というわけで、渡辺の葬儀を終えた夕方、紀藤は千草の案内で渡辺が生涯を終えたという家屋に向かった。

建物を見て絶句する。貧しげな狭小住宅がひしめき合う地区だ。ある程度の想像はついたが、比較的新しい建て売りが並んでいる一帯を横目に通り過ぎた千草は、よりにもよってこれかと言いたくなるような家屋の前で立ち止まった。築五十年をゆうに超えるであろう平屋である。ところどころ土壁が剝(は)がれ落ちているし、鍵を開けて中に入ると内部はまた一段とひどい状態だった。煤(すす)けた畳は赤茶け、砂壁には縦横にひび割れが走っている。天井裏でたたんと音がするところをみると、ネズミでもいるのかも知れないし、雨漏りの跡もあった。

「これはまたすごいね。これが究極だって？　よほど困窮してたってこんなとこに好んで住む人もいないだろうに」

呆れ半分、傍若無人に声を上げた紀藤に千草は無言で頷いている。

「しかも、渡辺さんの総資産、三億ほどあったんだってね。それがほぼゼロになるって、失礼ながらこんなあばら屋でどんな生活をしたらそうなるんだか」

千草がぎょっとしたようにこちらを見た。

「何故、部長がそれを？」

「何故って君、告別式。会員の皆さんが噂してたけども、その反応を見る限り本当なのか。驚いたねこりゃ」

ＮＰＯの会員たちの噂話によれば、渡辺という男、相当、気前が良かったらしい。例の「究極のオーダーメイド介護」で三億近い金を使い果たしたというのだ。

渡辺が会社にとっての重要顧客であることは紀藤も知っていた。上級ヘルパーやＮＰＯの会員たちをほぼ動員に近い形で参列させるべく万平や房子が号令をかけ、管理部門の社員が慌ただしく連絡に追われているのを見ていたからだ。

しかしよもや三億も使っていたとは。何十年も利用していたのかと訊けば僅か数年間の話だという。誰だって耳を疑うだろう。

「レミニセンス……」

千草の口から聞き慣れない単語が漏れ出た。

「回想療法と呼ばれる認知症の治療を目的としたものだそうです」

貧しかった渡辺の幼少期を再現することで、彼の回復の助けになるだろうと医師に言われたという話を聞き、紀藤は思わず首を傾げる。

「それって渡辺さんのオーダーなの？　ふむ、全力で認知症の治療に当たって欲しいとでもオーダーすればそうなるのかな。しかし、究極とやらがどんなものか知らないけど、こんな場所で生涯を終えることを望んだとは物好きというか何というか、本当にそれご本人の希望なのかね」

「私にはそこまでは……」

千草は困ったように俯いたが、こちらを見る上目遣いの視線を感じる。媚びるような性質のものではない。どちらかというと、もの言いたげでこちらの真意や出方を窺っているような印象を受けた。

「じゃあ、誰がそこまで知ってるわけ？」

「新海チーフならば」

「またあの人か」溜息と共に天を仰ぐ。

とにかく、壁といえば新海房子、新海房子といえば壁というくらいに紀藤が行動を起こそうとする度に立ちはだかってくる。

　善意に解釈するならば、そもそも秘密などないのかも知れない。新海房子という女が単純に自分の仕事を抱え込み、誰にも触らせないことで存在意義を示そうとするタイプの人間だとすれば、紀藤が感じている障壁は彼女に権限が集中しすぎているがゆえの弊害に過ぎないだろう。

　しかし、紀藤の直感が何か強烈な違和感を告げている。

　とにかく、誰か一人でもいい。早急に自分の味方を作る必要があった。


　砂村千草は陰気な女性だ。普段の彼女はぼそぼそと自信なさそうな喋り方をする。

　紀藤は少々不思議だった。電話であれ、対面であれ、顧客を前にした彼女の応対はきびきびと的確で安定したものだ。しかし、顧客対応を終えて振り向いた途端、声のトーンが二段階ぐらい下がり、一気に澱み、それまでの溌剌としたものが蒸発したように消えてなくなる。

　決して仕事の能力が低いわけではないのだが、この態度ゆえに社内で不当に軽んじられているように思えてならなかった。

　特に新海房子にだ。

　紀藤の前ではあまり見せないようにしているようだが、よくよく観察していると、陰で房子はまさしくパワハラとしか言いようのない挙動をしている様子だ。そして、それを一身に浴び、ひたすら抑圧され、自分を押し殺しているのが房子の側近ともいうべき千草だと見えた。

「千草さんでしょう。私も心配してるんです」

そう言ったのは松戸加矢子という中年、いや老女だ。会社出入りの生命保険の外交員である。彼女は毎日のように顔を見せては花を活けたり、土産だといって菓子や漬け物などを持ち込む。厚化粧で年齢がよく分からないが、七十近いのではないかと誰かに聞いた。

彼女は香坂万平がこの会社を立ち上げる以前からの付き合いらしく、まさに会社の隅々まで知る人物だ。仕事以外ならば加矢子に訊くのが確実だと若手に言わせるほどの情報通らしい。

「どういう意味です？」

「ほほほ、紀藤部長。お話ししてもようございますが、さすがにここでは……」

しなしなと耳打ちされ、近くの喫茶店で話を聞いた紀藤は驚いた。

どうやら千草は一時期、万平と男女の関係にあったそうだ。いわば会社の草創期を支えた糟糠の妻ともいうべき存在らしい。

「じゃあ、それは今はもう？」

「別れちゃったんでしょうね。かわいそうなのではっきりとは訊けませんけど、見てれば分かりますもの」

「なるほど」それで分かった。この会社の給与体系だ。新海房子と砂村千草の二名の給与が突出して高いのだ。

社内の隅々にまで行き渡る新海房子の影響力を考えればその是非はともかくとしてこちらはまだ分からなくもなかったが、千草に関しては職務内容はごく一般的な経理兼総務の責任者といったレベルだ。この会社の財務内容からすると、その高給ぶりはいささか常軌を逸している。

加矢子に言わせると、香坂からすれば、千草は結婚相手としては今一つといったところらしい。なるほど気の毒ではあるが、正直なところ、紀藤の目から見ても彼女は香坂社長に相応しい相手とは思えなかった。相場よりはるかに高額の給与は、女性の一番いい時期を棒に振らせてしまった、いわば慰謝料ともいうべきもの。そう考え、紀藤はひどく納得した。

今後、この辺りにも斬り込む必要があると紀藤は考えている。組織改革を進め、見えない囲いを壊し健全化に成功した暁には、房子に集約している権限を適正な形で配分し、同時に給与を大幅にカットすべきである。そして、それは千草も例外ではない。健全な組織運営とは本来そうしたものなのだ。

とはいえ、今の段階ではやはり千草だ。味方につけるべきは彼女だろう。

しかし、彼女は新海房子の側近だ。

果たして、こちらが欲しい情報を無条件で差し出してくれるかどうか。

搦め手が必要か……。

とはいえ、どこにその端緒を見出せばいいのか。腕組みをして考えていると加矢子が、

「ああ、そういえば」と言った。

「紀藤部長はご存じですかしら？　新海チーフのう、わ、さ」

「噂？」

「彼女、こちらの会社に来る前、意外な職業だったらしいですわよ」

加矢子のわざとらしくも上品ぶった言い回しに微かな嫌悪感を覚えながらも、紀藤は身を乗り出し興味深そうな表情を作り、続きを促す。

「意外な職業？　どんな？」

「さあ。それは私の口からはちょっと……」

言えない職業なのか？　思わせぶりに笑っている加矢子の仮面のように白いファンデーションと毒々しい赤い口紅に浮いた唇の縦皺を眺めながら、紀藤は頭の中で内密に調査する段取りをつけ始めていた。

新海房子は打てば響くような有能さを嫌う。やや愚鈍であるものの仕事はそこそこできる。それが理想の姿だ。優秀すぎる女には寝首を掻(か)かれる恐れがあると思うのか、房子は決して自分の手の内を見せようとしなかった。

◆◆◆

新海房子は千草を馬鹿にしている。

行き遅れのアラフォー女。暗くて気の利(き)かない介護施設の経理係。

「一体、何が楽しくて生きてるのかしらね」

千草のことをそう言って、社内に蔓延(はびこ)るイエスマンどもと笑いの種にしていたのを知っている。

まあ、その通りではあるのか——。退社後、ジムのランニングマシーンでひたすら汗を流しながら考える。決まった時間走り終えれば、今度は筋トレだ。

週三日、千草にとってこのジム通いは別に楽しいことではない。ただの習慣だ。

ストイックな態度はジムでも敬遠されるようで、もう五年は通っているが、いまだに親しく言葉を交わす相手もいなかった。

「あんたみたいなうすのろ、どこに行ったたって勤まるわけないんだよ」

それが会社における千草の評価だ。房子はサンドバッグを殴るかのように千草をなじり、かと思えば、気味の悪い猫なで声で言うのだ。

「千草ちゃん。他の会社に行くなんて考えないで。ねえ、あなたも分かってるでしょう。あなたレベルの経理のオバサンなんて掃いて捨てるほどいるんですからね。うちを離れて、どこにこんな高給をくれる会社があるの。あるならお目にかかりたいわ」

確かに千草の給料は、ただの経理のオバサンにしては高給ではある。

年収一千二百万円。特段に業績のいい会社ならばあり得ない数字でもないのかも知れないが、赤字すれすれといってもいい会社の財務状況を考えれば破格中の破格だろう。これは千草の経歴を考えれば当然ともいえるのだが、万平からすれば一種の詫び料、房子からすれば口止め料の意味合いもあるのではないかと千草は考えている。

房子のやることは限りなくグレーだが黒とは言えない。決して犯罪にはならないのだ。

そして千草はこれまで房子の策謀ともいうべき数々の悪事の片棒を担いできていた。房子に言わせれば「仕事しか能のない」「けれど、あまり優秀ではない」女にしかさせられないことなのだ。

結果的に千草は彼女の生命線を握っている。それが高給の理由でもあり、ここまで千草がクビにならずこの会社に勤め続けている理由でもあった。

実は千草は、房子より社歴が長い。いや、創業者である香坂万平とはもっと付き合いが古く、この会社ができる以前からの仲なのだ。

万平の家は彼を除いて両親も兄弟も全員が医者だ。親戚にも医者がごろごろいる家系だという話だった。

万平自身は上昇志向の強い男だが、残念ながら地道な努力を嫌うタイプで、勉強もあまり好きではなかったようだ。

医学部受験を早々に諦めた彼は、自分は他の分野で人の役に立つと嘯き、見聞を広めるためと称して海外を放浪して回っていた。武者修行といえば聞こえはいいのだが放蕩三昧。結果的には親の金で遊び歩いていただけだったようだ。

帰国後、親のコネでそれなりに名の通った会社に何度か就職の機会を得たものの、能力のない割にプライドだけは人一倍高い男だ。他人に命令されるのが気に入らず、不当に貶められ、正当な評価が得られないと不満を抱くばかりで、どの会社も長続きしなかった。

『株式会社ゆたかな心』でそれなりの成功を収め、周囲から持て囃されるようになった今でこそあまり口にしなくなったが、それ以前にはこの男、過去に勤めた会社の悪口ばかりを言っていたものだ。

その後、一国一城の主を目指した万平は親の金を引き出して事業を興したものの、本来、この男には商才が備わっていないのだろう。ことごとく失敗していた。

千草が万平と出会ったのはこの頃だ。もう十五年以上前の話になる。

経理事務の女性社員を募集していると聞き、深い考えもなく応募したのだ。

採用されたのは彼が二つ目の会社を立ち上げた折、千草は二十歳(はたち)だった。それなりに立派なオフィスで社長と事務員二人体制からの出発だった。

事業の手腕はともかく、香坂万平は人好きのする男である。ルックスも悪くないし、何よりも金払いが良く、女の扱いも手慣れたものだった。万平としては手近なところで間に合わせただけだったのかも知れないが、高級ホテルや自家用クルーザー、飛行機はビジネスクラス、と豪華なデートに遊び半分の海外出張。常にこまめなプレゼントを欠かさず、記念日には度肝(どぎも)を抜くサプライズを用意する。二十歳の小娘を夢中にさせるには十分だった。

千草は恋人兼ビジネスパートナーとして公私共に彼を支えてきたつもりだが、いつまで経っても結婚の二文字は遠いままだった。万平は事業が軌道に乗ったら結婚しようと何度か口にしたが、何をやってもことごとくうまくいかないのだから仕方がない。

今度失敗したら、次はもう資金を出さないぞと父親から最後通牒(さいごつうちょう)を突きつけられるに至り、彼の口から出てくるのは親兄弟への恨み一色となった。万平の言い分というか愚痴る内容はこうだ。父親が自分のことを認めてくれない。自分は他の兄弟とは違い、医者になるという「楽」な道、敷かれたレールを歩くことを拒否して、あえて何もないところを開拓する茨（いばら）の道を選んだのだから、失敗するのが当たり前、安全牌（あんぜんパイ）を選んだ兄弟たちよりも冒険心に富んだ自分の方が評価されてしかるべきだというのである。

今でこそこの男の考えの甘さ、幼稚さ、身勝手さを突き放した目で見ることもできるが、当時の千草は彼と同じレベルで憤慨していた。

考えてみれば、万平が事業で失敗し、多額の負債を作る度、両親が尻拭いをしていたのだ。十分過ぎるほどに寛容というか過保護で甘い親だと思うのだが、それでも万平にとって、親や兄弟はいつか必ず見返さなければならない相手だったようだ。

そして、ラストチャンスとすべく、親が用意した最後の資金を投じ、万平が乗り出したのは介護事業だった。

それが『株式会社ゆたかな心』である。

しかし、最初から順風満帆とはいかなかった。当初は理念も何もなく、介護など素人同然の人間ばかりがひたすら儲（もう）けのことだけを考えていたのだから当然だろう。

現在の社名は途中で変更したものだ。

命名したのは新海房子。今、業界で革新的だと持て囃されている理念のほとんどは、房子が主導する形で作り上げたものなのだ。

ある日、突然、役員待遇で現れた房子に千草は面食らいつつも、介護業界に詳しい人物を登用する必要を感じていたから、万平がどこかの事業所からベテランを引っ張ってきたのだろうと思っていた。

　実際、彼女は驚くべき経営手腕を発揮し、転覆寸前だった会社をあっという間に立て直してしまった。やがて房子自身もケアマネージャーの資格を取得し、これぞと思う利用者に対しては深く入り込んでいくようになった。その頃から業績は飛躍的な伸展を遂げることとなったのだ。

　訪問介護にデイサービス施設、有料老人ホームの開設と、十五年の間に会社は急成長した。その内実はともかく、ようやく万平は親や兄弟を見返すことができるレベルにまで到達したのである。

『株式会社ゆたかな心』を立ち上げてしばらく経った頃、万平は母親を亡くしている。父との間を取り持ち、無条件で万平を甘やかし続けた人だ。客観的に見れば、彼を駄目な大人にした張本人ということになりそうだが、万平の嘆きは深かった。恋人兼ビジネスパートナーであるはずの千草にさえ心を閉ざし、寄せつけなくなったのだ。

　万平の前に房子が現れたのはまさにそのタイミングだった。

　万平はたちまち、房子にのめりこんだ。当初、千草は二人の関係はあくまでも仕事上のものだと思っていたが、万平の依存は公私のすべてにわたり、房子がいなければ夜も日も明けぬといった有様で、深く傾倒するようになっていった。

　大した美人でもないうえ、房子には孫もいるのだ。ずいぶん前に離婚して実質独身だとはいえ、よもやこんな十五歳も上の女相手に男女の関係は生じるまいと思ったのだが、それは千草の希望的観測に過ぎなかった。万平は自分が持つものすべてを房子に差し出してでも彼女をつなぎ止めようとしていたのだ。

その様を間近で見ていた千草の思いは複雑だった。万平にビジネスの成功をもたらしてやる。自分には何年経ってもできなかったことを房子は簡単にやってのけたのだ。

結果、万平は何をするにも房子の指示を仰ぐようになっていた。彼女の言うことに何の疑いも持たず、無批判に追従するのだ。これほどの信頼は、自分に対してはついぞ向けられることのなかったものだ。

追い風の吹き出した万平の許には当然というべきか、次々に好条件の縁談が舞い込むようになっていた。

親兄弟も以前からふらふらしている万平に早く身を固めさせたいという気持ちはあったようだが、興した事業の成り行きを慎重に見守っていたらしい。そんな彼らから持ち込まれる縁談は家柄も学歴も容姿もすべて完璧な二十代前半までの若い女性ばかりだった。

見合い写真の中で微笑む彼女たちが当たり前のように備えているのは千草がどれほど欲しても手の届かないものばかりだ。

いつの間にか、千草は若ささえ失ってしまった。若い頃ならいざ知らず、三十路を越えた便利なだけの女が妻の座を望むのは身の程知らずなことだと思い知らされる。

そもそも最初から、万平はたとえ事業で成功しても千草と結婚する気はなかったのではないかと思うことがある。自分でいうのも何だが、千草は万平の華やかな経歴には釣り合わないのだ。

それでも、千草は諦めきれなかった。

だからずっと万平の傍に留まり、気が付いた時にはもう逃げられなくなっていた。

当初、入社してきた頃の房子は千草に対しても多少のしおらしさは見せていた。

だが、万平に対する影響力が増すにつれ、千草を軽んじ、やがていたぶるようになる。

お前みたいな女が恋人面で社長の傍にいるだけで、彼の価値が下がると面と向かって言われたことさえあった。

それを聞きながらも、房子に心酔しきった万平が千草を庇うことはなかった。

万平はいまだ独身のままだ。

とはいえ、今ではもう彼と恋人関係になかった。たまに食事などで千草をねぎらってくれることはあるものの、房子が同席していることが多く、何かの弾みで二人きりの時間を得ても、万平の千草に対する態度はどこか義務的で、空虚感が増すばかりだった。

先月、千草は三十八歳になった。四十の大台はすぐそこだ。きっと、この先の人生、もう絶望しかない。

けれど、一つ可能性があるとすれば——。千草は夢想のように考える。

それは房子がこの会社を去ることだ。

どうも新海房子という女は一つ所に長く留まる女ではないような気がするのだ。

事実、ここへきて時折、房子は『株式会社ゆたかな心』の運営に飽き始めているのではないかと感じることがあった。以前ほどの熱心さがないというか、時に判断がぶれることがあり、それは大抵、彼女の無関心が原因だったからだ。

わずかな希望ではあるが、もしそうならば自分にもまだチャンスはあるかも知れない。

千草は願いにも似た思いを抱いている。

房子が去り、万平の心に空いた穴を塞いでやれるのは、若く美しい彼の花嫁候補のお嬢様たちではないはずだ。

自分ならば、いや、自分だけがその役割を果たすことができるのではないかと思うのだ。

だから千草は今日もジムで汗を流し、頭を空っぽにして日々を耐え抜く。来るべきその日に備えているのだ。

もっとも、鋭い房子のことだ。千草と万平の関係など先刻承知、その上でわざと千草を踏みつけにするようなことを平気でするのかも知れない。

以前、房子は千草に縁談を勧めてきた。

千草は見せられた写真を前に絶句した。六十前の頭の禿げた、ぶよぶよ太った無職の男だ。

「ねえ、どうかしら。あなたの稼ぎがあれば十分暮らしていけるでしょう」

千草にその男を養えと言っているらしい。

「私には人を養うような甲斐性は……」

「養うだなんて大袈裟な。大丈夫よ。年金の支給開始までの数年の話なんだから。ね、あなただってこれからの長い人生、一人じゃ寂しいでしょう？」

「さあ、どうでしょうか」

曖昧に笑う千草に、いつもならこの辺りで愚図だのうすのろだのと罵倒を始めるであろう房子は意外にもにこにこしている。

「毎日一人暮らしの家に帰るのは寂しいでしょう。家に明かりがついているのはいいものよ。そりゃ今から子供は大変かも知れないけど、千草さんもそろそろ誰かのために生きてみたら？」

大きなお世話だよと内心叫びながら、千草は「私にはもったいないお話で」と小声で言った。房子はそんな言葉に耳など貸さない。

「それにね、この方には離婚した奥さんとの間にお子さんが三人いるの。どうかしら、あなたも老後が不安でしょう？　血のつながりはなくたって、子供がいたら安心じゃない」

この女は正気で言っているのかと思ったが、千草は微笑しながら首を振っただけだった。

後から分かったことなのだが、この人物は房子の娘が嫁いだ相手の伯父にあたる人物だった。実際には別れた妻や子供たちとの行き来はなく、どうやら房子は自分の娘や孫にその男が将来、面倒をかけるのを回避するため、本人より二十歳以上若い千草に、介護の任と経済的負担の両方を押しつけようという魂胆らしかった。

房子は他人にはいくらでも冷酷になれるが自分の子供たちに対しては異常なまでに愛情を注ぐのだ。もしも房子に弱点があるとしたら、そこだなと千草は分析していた。

ちなみにこの縁談攻勢は三ヶ月ほど続き、当人の急死で幕を閉じた。

「だけどあなたもこのままじゃ、甥や姪の将来の不安材料ね。最近じゃそんな風な高齢独身のおじおばの存在が縁談の障害になることもあるんですってよ」

思い通りにならなかった房子はいまだに千草にそんな皮肉をぶつけてくるのだ。

「いくら健康に自信がおありでも、何があるか分からないのが人生というものですから」

松戸加矢子の言葉にデスクについたまま紀藤が天を仰いでいる。

「どうもねえ、僕は保険というものはあんまり好きじゃないんだよね」

加矢子は保険の外交員だ。万平を始めとする『株式会社ゆたかな心』社員の保険を一手に引き受けており、加入者全員の家族構成や家庭内の事情を知悉（ちしつ）している。当然、千草と万平の関係をも把握していた。

「千草ちゃん。もういい加減、社長のことは諦めて結婚相手を探した方がいいわよ」

会社を訪ねて来る度に廊下の隅に千草を連れ出し、耳打ちするのだ。

「うん。頭では分かってるんだけどね……」

「そっかー。なかなかねえ、割り切れないのかなあ」

ここだけ聞けば親身になってくれているようにも思えるのだが、彼女はなかなか一筋縄ではいかない女だった。性格的なもの、そして外見的なものにもいえるのだが、加矢子の印象はどことなく房子と重なっている。

ある意味、房子が一番嫌がるタイプの女なのだ。房子が彼女を快く思っていないのは明白で、陰ではあからさまに加矢子を罵倒したし、加矢子は加矢子で千草を相手に房子の悪口を言って憚（はばか）らない。にもかかわらず、表面上は互いに友好的に見える。

事実、この二人が手を結ぶことも決して珍しいことではなかった。共闘とでも呼ぶべきか。敏感に房子の意を汲（く）み、惜しみなく便宜をはかる加矢子に房子が見返りを与えるようなことがあるのだ。

「お子様も独立された今でしたら、死亡時の保障よりも入院時や、所得補償を厚くされるのもよろしいかも知れませんね」

加矢子は今、紀藤を相手にセールストークを繰り広げている。六十歳でそれまでの生命保険が満期を迎えたという紀藤に新しい保険を勧めているのだ。

「その通りですわ紀藤部長」

そう言ったのは誰あろう新海房子だ。にこにこ笑う房子に紀藤が少し身構えるのが分かった。

「だって、亡くなった後にお金が入ってきても奥様を喜ばせるだけでしょう？　それよりも部長ご自身が生きている間に楽しく、不自由ない暮らしを送れるように手当てしておくべきかと」

「おぅ？　そうだろうかね」

含むものなど何もない親切そのものといった房子の口調に紀藤は戸惑っているようだ。

しかし、これは……。その意味に思い当たって千草はぞっとした。

紀藤が気付いているのかどうか分からないが、もし紀藤が愛妻家ならば妻をないがしろにしかねないこんな言葉は逆効果だ。それをあえて口にしたということは房子には勝算があるのだ。

内容まで聞かされていないものの、千草は房子が紀藤の家庭について密(ひそ)かに調査させたのを知っている。

紀藤が入社して約三ヶ月、少しずつ化けの皮が剝がれつつあるような気もするが、房子は紀藤の前ではまだまだ取り繕っている。それは紀藤に気を遣っているとか、彼の影響力を恐れているとかいうことではなく、単純に尻尾を摑ませたくないからだ。

そして、逆に房子は紀藤を調査し、思考の傾向を分析すべく観察を怠らない。万が一、紀藤が牙を剝いた時に対抗するためだ。

千草が考えるに、紀藤の不幸は彼の入社が万平の一存で決まったことだろう。

万平は大抵のことは房子の言いなりでいちいちお伺いを立てるが、実は外圧に弱い男でもあった。管理部門のお粗末さは常々銀行から指摘されていたところであり、その支店長から丁度良い人材がいると、別支店の元支店長である紀藤を紹介されると、二つ返事で受け入れてしまったのだ。

単純な御曹司のことだ。それで銀行取引もより有利に運ぶだろうと無邪気に考えたのは想像に難くない。

一応、房子も表面上は社長である万平を立ててはいるので、その決定に表立って異議を唱えることはしなかったが、彼女が紀藤の存在を疎ましく思っていることは明らかだ。

財務管理も含めた会社中枢の運営は新海房子の胸三寸、時に気まぐれとしか言いようのない意思決定による。会社の体制は完全に房子のコントロール下にあった。

それを紀藤は取締役会を中心とした健全な姿に作り変えようとしているのだ。

とはいえ、この会社、取締役会とはいっても役員に名を連ねているのは代表である香坂万平、会社に箔をつける目的で名を借りた高名な医学博士である彼の叔父、そして残る一人は新海房子だった。そもそも健全性とはほど遠いのだが。

決して房子に忠誠を誓っているわけではないものの、自らに火の粉が飛んでくることを恐れ、目立たぬように頭を低くしているような日和見主義の社員たちが傍観する中、紀藤は孤軍奮闘している。

しかし、真実に辿り着くまでには何重にも張り巡らされたトラップを突破しなければならないのだ。果たしてこの男がどこまで暴けるのか――。それを見極めるまでは余計なことを言うまいと千草は自らを戒めていた。

2

「渡辺氏の担当ヘルパーだった人に会いたいんだけど」

そう言い出した紀藤に同行し、千草は日垣美苗と三人で喫茶店にいる。房子には内密の話なので、電車で二駅ほど離れた美苗の配属先に近い駅まで出向いてきたのだ。

数人いる該当者の中から美苗を選んだのは千草なりの配慮である。ある意味、紀藤に対するエールといってもいいかも知れない。

他のヘルパーでは房子に話が漏れる可能性が高い。俗な言い方をすれば、彼女たちは房子の息のかかった人間なのだ。その点、美苗の立ち位置は千草と似通っている。絶対的には房子に服従しない。少なくとも自分に損のない範囲においてはという注釈つきではあるものの、まあ中立といえたからだ。

美苗を待つ間、紀藤は財務関係の資料を眺めながら唸っていた。

『株式会社ゆたかな心』の財務状況の実態は極めて歪だ。

表向きの数字だけを見れば赤字ぎりぎりのラインで、若きカリスマ社長が理想を実現すべく奮闘している姿が浮かび上がる。事実、万平が受け取る役員報酬は房子や千草の給料よりも少なかった。エグゼクティブヘルパーと同額、下手をすればそれ以下なのだ。

では、万平が本当に自分の収入など度外視で日夜奔走しているのかといえば、それは違う。まず肝になるのが株式会社とは分かち難い関係にある『NPO法人ゆたかな老後』の存在だ。このNPOの設立趣旨を一言でいえば、例の「究極のオーダーメイド介護」概念を世に広く知らしめるためということになる。

万平はNPO主催のセミナーで講師を務め、積極的にイベントを仕掛け、賛同者を増やしていく。クラブハウスを作って会員相互の交流を図り、その場所を発信基地とすると同時に上級ヘルパーの実践的な訓練を行う場として活用するというのが建前だ。

事実、万平はこちらからも役員報酬を得ることでどうにか代表らしい収入を確保していたし、株式会社だけでは到底賄いきれない上級ヘルパーの給与はＮＰＯから発注される業務委託の形で上乗せされていた。

一見すると、理想の実現に向けての両輪のようにも見えるが、それはあくまでも表向きの話だ。実際のところ、目に見える金の流れの他に株式会社にせよＮＰＯにせよ、裏のからくりともいうべきものがあった。

千草はある時、たまたまネット上で見つけた理科の実験映像に笑いそうになった。棒磁石の上に透明な下敷きを載せ、その上から砂鉄を撒くあれだ。Ｎ極から出た磁力線はＳ極に向かう。砂鉄によって描かれたその道筋がまるでこの会社における金の流れを図式化したようだと思ったのだ。Ｓ極は房子だ。表に出ない細かい金、見返りを求めぬ奇特な篤志家（もちろん、そう仕向けられるケースも多い。たとえば武田のように）により秘密裏に寄付された大金、それらは全部、万平の許へ流れ込んでいる。そして、それらはそのまま房子に向かい素直に磁力線を描くのだ。

もちろん、ＮＰＯの財産や収支はすべて公開されているからあからさまな不正はない。だが、たとえば「究極のオーダーメイド介護」の旗の下、上級ヘルパーを二十四時間派遣する契約を結びながら、その大半にヘルパーとも認められない婆を当ててるとしたらどうだろう。

アシスタントヘルパー。多くはヒラのヘルパーにさえなれなかった婆たちだ。

一体どこで知り合うのか、房子は時折素性の知れない婆を拾ってきて職を与えた。彼女たちは総じて下品で厚かましく低劣、言い訳ばかり巧みで、まともに仕事を覚えようとする気さえない。辟易（へきえき）した千草はなるべく関わらないようにしていたが、房子は彼女らを意のままに操り私兵として使っていた。

彼女らは最低賃金にも満たない、それどころか時給に換算すれば三百円程度の報酬で働いている。身を寄せる場所、食事と僅かな収入に満足して働くのだ。もちろんその質は五つ星ホテルのコンシェルジュどころか通常の介護よりもはるかに劣る。

数字だけを見るならば、利用者側は高額の支払いをしていることになっている。言うまでもないことだが、この両側から契約書なり数字なりを突き合わせれば毎月驚くほどの金額が消えていることは明白だ。

しかし、「究極のオーダーメイド介護」はあくまでも個人が自分の意思で結ぶ契約だ。介護保険などを利用しない自由契約には制約も規制も存在しない。あくまでも会社と個人が自らの意思で結ぶ民法上の契約に過ぎないため、監督官庁の監視の目が及ばないのだ。

それこそが房子の目の付けどころだった。

もちろん、こんなことをしていては「話が違う」と利用者から声が上がるだろう。

だが、利用者側が声を上げられないよう仕向けられているとすればどうか。異議を唱える可能性のある親族を遠ざけ、本人も黙らせてしまえばいいのだ。

紀藤は美苗の話に適宜、質問しながら熱心にメモを取っている。

元々、渡辺老人に対しては男性にしては骨が脆いという診断が出ていた。自宅にいた際にも何度か骨折したことがあったとのことで、ゴミに埋もれた出入り口に躓く危険を回避するため、一時的に居を移すよう新海房子に勧められ、クラブ・グレーシアへ来たのだ。渡辺老人にとって、骨折の危険がある転倒はもっとも避けるべき事態だった。

「では、渡辺さんはわざと怪我をさせられた？」

勢い込んで訊く紀藤に美苗が首を振る。

「わざとぶつかったり、身体を押したりして転倒させることは犯罪でしょう。でも高血圧でふらついたために転んだ場合はどうです？」

うーんと紀藤が唸った。

故意に転ばせることはできなくとも、徐々に血圧を上げるように仕向けることは、生活全般を委ねられた側からすればさほど難しいことではない。たとえば、家事に疎く、味覚が敏感とも言えない愚鈍な亭主をどうこうしたいと思えば、少しずつ食事の塩分を増やすなどし、栄養バランスを崩してしまえばいいのだ。一般的に健康に良いとされる食生活のことごとく反対を目指せば良いだけのことである。

といっても、無理やり口にねじ込むわけにはいかないから、策謀を巡らせる側としては健康管理に無頓着で欲望のおもむくままに塩分や脂質の多い料理を好み、運動不足に不規則な睡眠と、自堕落な生活を送る彼は非常に楽なターゲットだったわけだ。

千草は美苗に訊くまでもなく、このからくりを知っていた。

渡辺の血圧は着実に上がり続け、二ヶ月もしないうちに危険域に達した。気を揉んだ美苗は何度か進言したが、本人は聞く耳を持たないどころか、たちまち機嫌を損ね、本来のクレーマー気質を爆発させる。嵩にかかった態度で本社に苦情をねじ込まれ、美苗は新海房子から厳しく叱責されたのだと優雅に微笑みながら言った。

「渡辺様のご希望を叶えるのがあなたの使命です。お客様に対して意見するとは何事なの。自分の立場を弁えなさいと」

嫌悪に紀藤が顔を歪めるのを横目に眺める。

「ヘルパー如きが口を差し挟むとは思い上がりも甚だしい。何て傲慢なんでしょう。まったく呆れてしまいますね。香坂社長もあなたの素質を見込んでエグゼクティブに抜擢されたのよ。こんな勘違いをさせるためではありません。これを聞けば社長は悲しむでしょうね、と」

美苗は器用に房子の口ぶりを真似、続けた。

「そう言われてしまうと、自分がとんでもない過ちを犯したような気になりました。実際にドクターの診断もありましたし」

確かに死ぬまで渡辺老人は定期的に医師の診察を受けていた。週に一度、久慈という医師が往診に来るのだ。例のあばら屋で千草も何度か立ち会ったことがあるが、この老医師は投薬も生活指導もしなかった。

「血圧が少し高めだけど、まあ気に病む方がよくないですからね。それよりストレスを溜めない生活を送る方が大事です、なんておっしゃるの。だから、好きなように飲み食いし、気ままに暮らせと言うのね。ストレスとは――、と全身から力が抜けたわ」

むしろ強いストレスを感じているのは自分の方ではないかと思ったと美苗は言う。

その辺の事情についても千草は知っていた。

渡辺老人はおよそ紳士的とは言えなかった。いくらこちらがプロフェッショナルとしての誇りを持って接しても、相手にそれを尊重する気がなければ、その関係は成立しないのだ。

実のところ、美苗は渡辺から日常的なセクシャルハラスメントを受けていた。彼にとっては、エグゼクティブだろうが、ランク外の雑役係だろうが関係ない。ヘルパーが何をする仕事なのか、高位のヘルパーがコンシェルジュとしてここにいる意味は何なのか、端から理解する気などなく、何でも言うことを聞く奴隷か何かと思っている節があった。

だからといって、こちらとしても人権を蹂躙（じゅうりん）するような仕打ちに耐える義務はない。そう考えた美苗は渡辺本人にもそう言ったし、会社にも報告した。

「それをチーフが渡辺様にどう伝えたのかは分かりません。私は別室に追いやられていましたから」

それ以来、あからさまに身体を触られることこそなくなったものの（何かの折に「ああ、うっかりした」と触られることはあったそうだ）渡辺老人はニヤニヤしながら美苗を舐（な）め回すように見るようになり、かえって不気味に思われたという。

「残念だけど、多かれ少なかれヘルパーをそういう風に下に見る利用者はいるものね。下位でも、もっと大変な目に遭っているヘルパーだっているんですよ。あなたもエグゼクティブなのだから、これしきのこと、何とか切り抜けなさい、ですって。そうかと思えば、笑いながら言うのよ。あなたもまだまだ女としての魅力があるってことじゃないの。喜べば？　ですって」

「その言葉自体もセクハラでしょう。どこかに訴えることは考えなかった？」

義憤にかられた様子で気色（けしき）ばむ紀藤に美苗は肩を竦（すく）めた。

「だってそんなことをしたら、その先、社内での自分の立場がどうなるのかなんて火を見るより明らかでしょう。チーフはこうも言いましたもの。いつまでも渡辺様の担当ではないですよ。ここが我慢のしどころではないかしらとね」

そんな経緯もあり、美苗は渡辺老人の身を案ずるのを止めたのだと言う。

「だから、血圧が高くなり、ふらついた彼が転倒した時も腹が立ちましたわ。だから言ったじゃないのってね」

美苗が案じた通り、渡辺老人は転倒時の衝撃で大腿骨を骨折し、歩行が難しくなった。これが介護施設であれば、施設側の管理責任を問われる局面かも知れないが、何分にもクラブ・グレーシアはサロン運営がメインという建前であり、彼が住んでいるのは持ち主である『株式会社ゆたかな心』の好意に過ぎない。転倒したのも自己管理のできていない老人が酒に酔ったもので、その後の救護処置も適切。一人の侘び住まいでは発見さえされなかったかも知れないのだから、感謝されこそすれ、責められるいわれはないという話である。

渡辺自身、新海房子の巧みな話術によって、その理屈に丸め込まれていったのだ。

数週間の入院中、特別室で二十四時間、ヘルパーが常駐することになっていた。

これには下位のヘルパーが付き、美苗はこの時点で彼の担当を外れることになったから詳しくは知らないが、完全介護を謳う病院と一悶着あったようだと言われ、紀藤が「どこの病院ですか?」と食いついた。

紀藤は病院名をメモしているが、病院に問い合わせても恐らく答えてはくれまい。仕方なく千草は口を開いた。

「薬の影響なのか、病院の環境に馴染まなかったのかは分かりませんが、渡辺様が不穏な様子を見せていたのは事実です。一時的に認知症の症状が出たようで、白衣に怯(おび)えるようになって、二十四時間、気心の知れた介助者が傍についていないと認知症が悪化するからと新海チーフが」

「またあの女か」

吐き捨てるように言う紀藤に、美苗が面白そうに目を開いて、ちらりと千草の方を見た。

房子はこの主張で通したが、実際のところこの時点では渡辺はまだ認知症ではなかったし、当然、そのような診断も出ていなかった。

今にして思えば、ここが一つのターニングポイントだったのかも知れない。

この時点から、渡辺和夫の「究極のオーダーメイド介護」が開始されたのだ。

「いや、勇気のある告発、感謝します。ありがとう日垣さん」

紀藤に握手を求められ、美苗は鼻白(はなじろ)んだような顔をした。

「誤解なさらないで。私はこの証言で何かが変わるとは思っていませんわ」

肩透かしを食らったような形になった紀藤が大袈裟に眉を下げる。

「そういえば、渡辺様のご子息の話もありましたよね」

思い出したように美苗が言うのを引き取る形で千草は語り出した。

渡辺は自分の財産を侵害されることをとことん嫌がっていた。独身を貫いた彼だが、どうやら隠し子というか、婚外子の疑いのある子供がいたようである。何度か外で会っていたものの、渡辺の住む貧しげな家屋を目にした途端、急によそよそしい態度となり、それを機にぱたりと連絡が途絶えてしまった。

ところが、ある日を境に彼は再び足繁(あししげ)くやって来るようになった。一人ではなく、自分の婚約者であるという女性を連れてだ。彼らはしきりに渡辺の老後の面倒をみてやるからと、自分たちを夫婦で養子にするよう迫ったらしい。この話をクラブ・グレーシアで悪友たちに面白おかしく披露しているのを房子のお供でグレーシアを訪れていた千草も聞いたことがあった。自分もその場にいたので知っていると、美苗も頷く。

「どうやらな、どこぞでゴミ屋敷に住むワシの財産がウン億を下らんことを聞きつけたらしい。まったく呆れた話やで。財産目当てのチンピラどもめ」

「でも、あんたの子供なんだろ?」

「仮にそうやったとしてもや、あんな連中にゃびた一文くれてやる気はあらへんのじゃや」

がははと笑い飛ばしていたが、実のところ、意外に繊細なところのある彼のことだ。一度は絆(ほだ)され、それなりに情を移していた相手に裏切られたと感じたこの一件が相当応えたらしく、これを境に老人は頑(かたく)なさを増した。

「ワシはな、自分の金は誰にもやらん。全部、自分のために使うたる」

これについては、グレーシアで夜ごと催される酒席でうまく言葉を引き出した男がいた。仁川という会社社長だ。彼は渡辺老人の親友を公言して憚らなかったが、その実は渡辺のご機嫌を取ることに長けた太鼓持ちのような人物だった。

「しかし渡辺さん、それってどうなの？　まさか持って死ぬわけじゃなし。そんなことになったら大事な財産が宙に浮いちまうよ」

「そうや。せやからワシはこれから大いに贅沢してな、全財産使い果たして死ぬんじゃ」

わははと大笑いしていた老人は何も知らない。よもや、それが彼の究極のオーダーメイド介護の一つに数えられることになるとは夢にも思わなかっただろう。

仁川という男、そして彼同様、中小企業のこちらは会長だという関口老人。彼らの立ち位置はＮＰＯ法人の賛助会員だ。万平が掲げる「究極のオーダーメイド介護」に賛同しサポーターであることを公言している。

だが、実際のところそれも怪しいものだった。たとえば介護用品や福祉用具を扱う仁川の会社は『株式会社ゆたかな心』への納品を一手に引き受けていたし、更に利用者への紹介、同業他社への斡旋まで受けて、本来の会社規模では考えられないほどの利益を上げているのだ。

実はこの時、仁川以外にも数人、まったく利害関係のない第三者が同席していた。いざとなれば、房子はその人たちを証人に立てるつもりなのだろうと千草は見ていた。

「それがオーダーメイド介護の正体なのか？　まさか」

怯(ひる)む紀藤に千草は続ける。

渡辺和夫のオーダーメイド介護を構成する柱はもう一つあった。

これを聞き出したのは房子だ。彼女はリビングで渡辺老人好みの甘い茶菓子に砂糖を入れた麦茶を出しながら言った。

「渡辺さんの子供の頃の話を聞きたいな。ほら、この前言ってたじゃん。お母さんのこと」

正直なところ千草は驚いた。房子の口調がいつもと異なり、どこかぞんざいというか、蓮(はす)っ葉(ぱ)に聞こえたからだ。そう言うと、美苗が大きく頷く。

「ああ、それ私も思ったわ。あとね、彼女が来る度に渡辺様との距離が大幅に縮まっているようで不思議だった」

片付けものをする美苗や千草などいないかのように、渡辺老人は自分の幼少期の話をし、幼くして別れた母親の思い出に浸っていた。

房子は彼の話に涙を浮かべ、言う。

「やっぱりさ、人間いくつになっても、お母さんに甘えたいモンだよね。渡辺さんだってさ、できればお母さんの胸に抱かれて眠りたいと思うよね」

「うん、そうやそうや。帰りたいなァ。子供の頃に」

切なげに老人はそう答える。

その通り、彼はまるで甘やかされた子供そのものだった。四六時中、甘い物を与えられ、歯を磨くことを厭った結果、元々多かった虫歯を悪化させ、次々に歯を失っていった。しまいには咀嚼ができず流動食しか食べられない状態に陥っていたのだ。

咀嚼をしないことで脳への刺激が減少し、認知症を進行させるのだとどこかの医師が書いた記事を読んだ時、千草は確信した。

房子は何重にも罠を張り巡らせ、渡辺和夫からまともな判断能力を奪おうとしている。

正直なところ、半信半疑の部分もあった。あまりにも荒唐無稽な話ではないかと思ったのだ。自分の方が精神のバランスを崩し、おかしな妄想に囚われてしまっているのではないかと、千草は逡巡した。

だが、この時点で、クラブ・グレーシアのサロンの閉鎖が既に会員に向けて告知されていた。

このまま囲い込まれてしまってはもう取り返しがつかない。気を揉みはしたものの千草にできることなど何一つなく、グレーシアは中に渡辺老人を抱えたまま、その扉を閉じたのだ。

アパートの鍵を開け、玄関を上がる。わずか二間の狭い部屋だ。何度も更新時期を迎えながら、ずっと住んでいる。

かつて恋人だった香坂万平が何度も訪れた部屋だ。キッチンシンクの後ろに置いたテーブルセットの椅子にクリーニング店から引き取ってきた喪服を投げかけ、奥の部屋の照明をつけ、部屋着に着替える。

千草は喪服を二揃い持っていた。

同じように見える黒の布だが、値段によって黒の濃さに違いがあると聞いたことがある。染め具合や生地の特性によるものか。同じ黒でも高価なものには深みがあるだとか、安価なそれの薄い黒はすぐに見分けがつくだとか、女同士のマウンティングによく使われる話だ。

実際、葬儀会場でそんな値踏みをする暇があるのかとも思うが、確かに自分の手持ちの二着を見比べると、質感や縫製には歴然とした差があった。

高い方の喪服は万平の母親が亡くなった際にデパートで購入したものだ。

当時の千草の給料からすればかなり思い切った金額を投じた。接客した中年の店員に言わせれば「これほどのお品、間違いなく一生ものですわ」だそうだ。

「そう。では、これをいただくわ」

一度、言ってみたかったセリフを口にし、千草はセレブ気取りで、その品を受け取ると、コーナーの外まで出てきた店員たちの深々としたお辞儀に見送られ、つんと澄ました顔でフロアを闊歩(かっぽ)したのだ。

香坂家。医師一族の葬儀は盛大なもので、そうそうたる顔ぶれの弔問客(ちょうもんきゃく)がやってくることが予想できたし、ましてや恋人の母親の不幸だ。ゆめゆめみすぼらしい喪服で出かけるわけにはいかなかった。

それに、これほどの品ならば、この先に待つ万平の妻という立場にも相応しいはずだ。千草にとって万平との結婚は人生のランクが上がることを意味する。ステージが変わっても不足なしに使えてこその一生ものなのだ。

しかし、嘆き悲しむ万平は千草を構う余裕もなかったようで、通夜でも告別式でも千草は彼から親族に紹介されることなく、かといって恋人面で親族たちの前にしゃしゃり出る厚かましさも出せぬまま、一般の弔問客に交じって焼香して帰ってきてしまった。

結局、華麗なる香坂一族に万平の妻として連なる夢は果たせないまま今に至る。

クリーニング店のカバーを外し、ワードローブという名の縦型棺桶(かんおけ)みたいな箱のバーにかける。

渡辺和夫の葬儀で着た安価な方の喪服だ。

『株式会社ゆたかな心』に所属するようになって、通夜や葬儀に参列する機会が格段に増えた。会社が成長するにつれ、介護付き有料老人ホームやグループホーム、デイサービスと色んな種類の施設を持つようになったが、利用者が総じて高齢であることはどこも同じ。利用者が亡くなることは日常茶飯事なのだ。

しかし、現場で接するヘルパーとは異なり個々の利用者を識別できるほど親しく関わることがない千草には「ご利用者様」は個性のある人間というより一つの記号のように感じられた。

とはいえ、利用者に不幸があればほぼ間違いなく千草が駆り出されることになる。香典を供える係なのだ。

その度、千草は量販店で買った安い方の喪服に身を包み出かける。

実現可能性が果てしなく低くても、千草を華やかな世界へと繋ぐ夢のかけらである大切な喪服を、日常茶飯事とも言える「高齢者の死」に用いるつもりはなかった。それは渡辺和夫とて同じ。会社にどれほどの貢献をした人間でも千草にとっては関係のないことだ。

豊かさって何なんだろう――。閉店間際のスーパーで買ってきた見切り品のお総菜を並べ、一人の夕食をとりながら千草は考えている。

渡辺和夫は「究極のオーダーメイド介護」で豊かさを買った。

紀藤が怪しんでいる通り、それこそが曲者なのだ。

二十四時間、何の不自由もないよう自費でヘルパーを雇うのは大変な出費だ。もちろん上級ヘルパーたちによる五つ星ホテルレベルの優雅なもてなしが受けられるのは当初だけ。外界との分断が完了した時点でヘルパーは下品な婆に入れ替わるのだが、少なくとも表面上は「究極のオーダーメイド介護」という美々しい旗の下、渡辺老人にはとてつもなく贅沢な介護体制が組まれていた。当然、費用もそれに見合った額となる。

更には住処だ。日増しに認知症が悪化していく渡辺老人にとって、クラブ・グレーシアのようなマンション環境はあまり良くない。母の愛を求める子供に戻ってしまった彼が安らげるのは昔ながらの一軒家であるという医師の勧めを口実に、房子は自分の親族の持ち家を充てがった。

もっともそれは建前だ。実際にはグレーシアの部屋を空け、次のターゲットを迎え入れるためである。

もちろん、場所を移しても「究極のオーダーメイド介護」は継続する。二十四時間体制でヘルパーが付き添い、彼を甘やかし続けるのだ。

医師の勧めといっても、できればいいね程度の意味合いしかなかったはずだが、誘導尋問に近い形で引き出した言葉を言質に房子は強引に渡辺老人をみすぼらしい一軒家に転居させた。

レミニセンス、回想療法のために貧しかった彼の幼少期を再現するにはうってつけ。

これ以上の好条件の物件は存在しない。これが自分の親族の持ち物で無理を聞いてもらえるのは僥倖だったと言われてしまえば、反論できる者はいなかった。

ついては今、そこに住んでいる人間が一時的にせよ別の場所に引っ越す必要があるし、認知症の老人を住まわせることで家が汚れる可能性もある（実際には既に渡辺老人は勝手に動き回る体力もなく、実質寝たきりの状態だったからそんな心配はないのだが）。その迷惑料を含めれば、同じような物件の相場よりはるかに高い賃料も妥当だと房子は強引に押し切ったのだ。

もちろん、渡辺本人がそんなことを望んでいたとは思えないし、そもそも当時の彼に契約を締結するに足る意思能力はなかった。

無理を可能にするからくりはこうだ。

渡辺老人は司法書士との間で財産管理委任契約と任意後見契約に加え、死後事務委任契約を結んでいた。もちろん、裏で糸を引いていたのは房子だ。

渡辺老人が寝たきりになると、本人に代わって、その司法書士が財産の管理をするようになった。ちなみに死後事務委任とは老人が亡くなった後で葬儀や未払いの介護費用などの支払いが滞ることのないよう、あらかじめそれらの手続きについて委任を受けておくものだ。

医師に司法書士――。房子はこうやって自分の策謀を実行に移す際、必ず一枚、専門家を嚙ませておく。そうやって正当性が担保されたスキームの中で、誰憚ることなく金を引き出し、『株式会社ゆたかな心』と房子の親族を潤す原資とするのだ。

渡辺老人の望んだ「豊かな生活」を継続するための預金が底をつけば、残る不動産を換金して支払いに充てることになる。

ここに来て千草は房子の狡猾さにほとほと感心させられた。

もし、不動産を残したまま渡辺老人が死ねばそれは相続財産となる。真偽不明ながら渡辺には隠し子といわれた男がいたが、戸籍上は何の記載もなかった。認知した記録や遺言状が残されていない以上、基本的に彼には相続権がないのだ。

それをいいことに、房子は渡辺老人に『株式会社ゆたかな心』に対して全財産を寄付するという遺言状を書かせる心づもりに違いないと千草は踏んでいたが、どうしてどうして房子はそれほど浅慮ではなかった。

もし渡辺の死後にそんなあからさまな内容の遺言が出てくれれば、『ゆたかな心』との緊密ぶりからして、疑念を抱く向きが出てこないとも限らない。第一、相続となれば自称隠し子が黙ってはいまい。

そこで房子が描いたのは、早いうちに不動産を換金し、正当な介護費用の名目で搾り取れるだけ搾り取るという図式だった。

傍で見ていた千草には分かる。

房子はこのゲームを楽しんでいた。

渡辺老人の命の火が尽きるのが先か、彼の財産が底をつくのが先か。まさにゲーム感覚で、時に減速、時に大幅に出費を増やし、収支をコントロールしてきたのだ。

そして、渡辺老人の死をもってゲームは終了。房子の完全勝利に終わった。

渡辺老人は資産面に限っていえば、ほぼ使い切る形でその生を終えたのだ。

これに気を良くした房子は残っていた財産を葬儀費用に充てて、景気よく使い切ることに決めたようだ。

もちろん、本来房子にこのような権限はない。それを可能にしているのは死後事務委任契約を交わした司法書士だ。

その名は星崎颯馬(ほしざきそうま)。異業種交流会か何かで知り合った香坂万平の理念に共感したそうで、万平とは盟友関係であると公言して憚らない。大学を卒業してすぐに司法書士の資格を取り、大手の事務所を経て二十代で独立。挫折を知らぬ若きエリートだった。

せいぜい足をすくわれないようお気をつけなさいね、お坊ちゃん――。

彼を見る度、千草は内心そう呟(つぶや)く。

何しろ房子は、正論を振りかざし正義漢ぶった弁護士や司法書士などといった人種を誰よりも嫌うのだ。表面上は先生、先生と立てながら、その実、陰では経験の乏(とぼ)しい彼のことを小馬鹿にし、こき下ろしている。何かの折に引きずり下ろしてやろうと狙っているのが見え見えだった。

当初こそ、渡辺老人の許に真面目に通い、万平に対しあれこれ提言していた星崎だが、毎度多忙を理由に房子と相談するよう言われるうち、次第に情熱を失っていった。

やがて彼は房子に常人とは異なる臭いを嗅ぎ取ったのか、はたまた単に房子が厭だったのか、次第に房子、ひいては渡辺老人と距離を置くようになっていった。

元々、渡辺自身との意思の疎通は困難だったし、彼からすれば、尊敬する香坂万平という男の理念に基づき手厚い介護を受けている渡辺老人に不自由など生じるはずもないと思っていたのだろう。『ゆたかな心』への支払いさえ滞らなければ問題ないと考えていたようだ。

彼はただ、月々の請求額が粛々と口座から引き落とされるように注意を払っていれば良かったのだ。たとえそれが一般庶民の感覚からはかけ離れた高額の請求だったとしても、本人が望んだ通りの「究極のオーダーメイド介護」を実践するための必要経費だと言われれば、そんなものかと納得し、深く考えるつもりはないようだった。そういう意味では房子にとって理想的な働きをしたともいえよう。

自宅の売却などといったイレギュラーな案件についても、他に選択肢はないのだからとばかりに無条件で対応する。

本来、彼は渡辺老人の代理人のはずだが、いつしか、房子の思うままに渡辺老人の財産を動かす駒(こま)のような存在になっていた。

「では、渡辺さんの葬儀の内容は先生がお決めに？」

紀藤の問いに星崎は首を横に振った。

紀藤は法人の方の仕事で万平の許を訪れていた星崎を見逃さず、さりげなく席を立ち、エントランスの辺りで彼を確保することに成功したらしい。

突然、紀藤から携帯に着信があったと思ったら、至急下りてきてくれと言われ、慌てた千草は銀行に向かうふりをして指定された喫茶店に立ち寄ったのだ。

星崎は言いにくそうに口を開く。

「その、何と言いますか。やはり渡辺さんをよく知るのはゆたかさんなので、新海さんの意見を重視させていただきました」

下僕よろしく逐一(ちくいち)房子にお伺いを立てる様は若きエリートというよりも御用聞きのようで、傍で見ていた千草には房子が内心嘲(あざけ)り笑っているのが手に取るように分かったものだ。

しかし、諸経費支払いのために概算より少し多めの金額を残し、全部を使い切るような思い切った葬儀プランを示されると、さすがの彼も逡巡するそぶりを見せた。

「えーと、いいんでしょうかねこれは……。といっても相続人はいらっしゃらないんでしたっけ。一応調べさせてもらいましたけど、僕の関与以前にも遺言状を作られた記録はないようですし。なら問題ないのかなあ」

首を捻(ひね)っている星崎をじっと見据えて房子は口を開いた。

「あのね先生、考えてもみて下さいな。渡辺様の財産は渡辺様が一代で築き上げてこられたもの。残す親族もいない渡辺様がそれを全額使い切るのに何の問題があるとおっしゃるんですか？　むしろ一世一代の晴れの場に見事全額使い切ってこそ男が立つというもの」

房子はそこで言葉を切って目を眇(すが)め、星崎を哀れむような声を出す。

「ああ、先生はご存じなかったのかしら。きっとそこまで打ち解けていらっしゃらなかったんでしょうね。いいですか？　渡辺様はね、生前、全財産を使い果たして死ぬんだとよくおっしゃってたんです。それを叶えて差し上げるのもご供養というもの。ご本人のために使うのですよ。渡辺様もあっぱれよくやったと、喜んで成仏されると思いませんか」

「はあ……、言われてみればそうですね」

いかにもお前は亡くなった老人の心情に寄り添えていないと言わんばかりの房子に星崎は気圧(けお)されたように頷く。

実際、この男は渡辺にとっては三人目の代理人である。

彼の前任の二人の代理人は房子に楯突いたり、「生意気にも」意見したり、単に房子の気に入らないからという理由で交替させられていた。

土台、彼のような青二才は房子の敵ではなかった。

だが、房子が渡辺老人の財産を全額使い切るよう仕向けたのにはもう一つ理由があると千草は見ていた。

房子は初対面から自分を罵倒した渡辺老人の自称隠し子を嫌っていたのだ。理由は明白。その男が「胡乱な出自の隠し子」の分際で、房子を尊重しようとしなかったからだ。

こうなると、房子は嫌がらせも含めて、彼に一文たりとも渡さないよう手を回す。

渡辺老人が自宅から移った後も自称隠し子は渡辺の財産を諦めてはいないようで、どこで聞きつけたのかクラブ・グレーシアに日参するようになっていた。自分たちが面倒を見るから夫婦で養子にしてくれと馬鹿の一つ覚えのように言い募るわけだ。

口では拒絶しながらも完全には非情になりきれない渡辺老人の心情を見て取ると、房子は彼らを完全にシャットアウトするようヘルパーたちに命じた。

更に自称隠し子には、渡辺老人があなた方の世話になれば、最低のスラムのような施設に入れられ、財産を奪われるだろうと心配していると出鱈目を言い、一方渡辺に対しては、彼らが堂々と渡辺の財産を狙っていること、金さえ手に入れれば老人は貧しい施設に放り込んでおくのだと放言していると吹き込んだ。

クラブ・グレーシアで何度か門前払いを食らった彼らは、本社に乗り込んで騒いだが、房子に叱責され、ついには落ち着かせようとした男性社員を殴り、駆けつけた警察に引き渡されることになった。もちろん、房子がうまい具合に煽り続けたのも原因の一つだ。

これをもって、房子には金に汚い彼らの魔の手から渡辺老人を守らなければならないという大義名分ができた。

渡辺老人と彼の資産を守るという崇高な使命の下、「究極のオーダーメイド介護」を行うわけだ。

「しかし先生、これはちょっとおかしいのでは？」

紀藤の問いに星崎は忙しなく瞬きをした。

「何がでしょうか？」

「結局、最後まで任意後見に移行してませんよね、これ」

財産管理委任契約はあくまでも本人に意思能力があることが前提になっており、認知症と診断された時点で任意後見人は自らを監督する任意後見監督人の選任を家庭裁判所に申し立て、その選任の時点をもって任意後見に移行することになるのだ。

「はい、そうです。新海さんが渡辺さんの認知機能は問題ないとおっしゃっていたので」

「え、そうなんですか」

紀藤が絶句する。彼の反応に不穏な気配を感じたのか、星崎は慌てて言った。

「正直に言ってしまうと、渡辺さんは気難しい方で僕が伺ってもなかなかお話しして下さらなかったんですよね。申し訳ないですが新海さんの情報を頼りにせざるを得なかった状況でして」

「認知症の検査とかは？」

星崎はうーんと唸り、目を泳がせた。

「一度はすべきだと思いはしたのですが、それが渡辺さんの精神を掻き乱すと言われてしまってはなかなか難しくて」

「でも、財産管理にせよ、任意後見にせよ、公正証書を作成してるんですよね」

その存在を紀藤に教えたのは千草だ。星崎の顔が輝く。

「はいっ。クラブ・グレーシアに公証人に来てもらいましたし、その際には私もきちんと意思能力の確認をしていますし、そこは公証人も認めています。第一、介護の専門家が認知機能に問題はないと言われるのですから、そこをあまり強く言うのもどうかと」

「なるほどよく分かりました。お時間を取らせました」

席を立つ星崎を見送り、残ったコーヒーを飲みながら紀藤が呟く。

「色々状況証拠はあるけど、どれも決め手に欠けるんだよな」

◆◆◆

房子に付くか、紀藤に付くか。

千草は事態を静観する構えだった。

仮に一方に付いて、もしそちらが敗れたとしたら、自分の立場も危うくなる。せこい保身術だとは思うが、千草はずっと、いつか万平が自分の許に戻ってくる日を思い房子のパワハラに耐えてきたのだ。こんなことで窮地に陥るなどまっぴらだった。

それに——と千草は独りごちる。

何事も一筋縄ではいかない房子のことだ。いつの間にか紀藤をも味方につけて、気が付けば千草一人が悪者に仕立て上げられないとも限らなかった。

そんなわけで会社から遠く離れた喫茶店に紀藤から呼び出され、報告書を突きつけられた千草は目を白黒させた。

「砂村さん、どう思う？　もちろん職業に貴賤（きせん）はないし、こんな人生を歩んできた人だからといって、職業人としての能力に欠けるとは言わないよ。けどね、あの人がやっていることを考えたらやはり今の会社の状況は正常だとは言えないんじゃないか」

何事かと思ったら、紀藤は密かに房子の身辺調査をしていたらしい。

驚いたが、まあ房子も同じことをしているのだからおあいこかと考え直す。

　高校卒業後、看護師を目指し入学した病院付属の看護学校を素行不良で退学になったことや、結婚生活の破綻、元夫の再婚相手とのトラブルなどが記されていたが、紀藤が言っているのはどうやら房子の前職のことらしかった。

　それまで千草は、万平は何らかのビジネス絡みで房子と出会ったのだろうと漠然と考えていたのだ。しかし、実際はそうではなかった。房子はここへ来るまで飲み屋で働いていたらしい。それについてはさほどの驚きもなかったのだが、どうやらそこで客として来た万平と知り合ったようだと聞かされ、千草は自分の顔が歪むのが分かった。

　紀藤は紀藤で、房子の出自をあげつらって攻撃するのは控えたいものの、この経歴でまともな事業運営ができるはずはない、企業勤めの経験もない彼女に会社の舵取りが任されているのは異常だと言いたいようだった。

「あの、それって高級なクラブとかですか？」

　千草の問いに紀藤は、いやと首を振った。

「場末のスナックみたいなところらしい」

「まさか。社長はそんなところに行かないと思いますよ」

「取引先に連れて行かれてそのまま常連になったみたいだね」

　その当時、まだ千草は万平と付き合っていたのだ。もちろん、だからといって生活の全てを知るはずもないが、そんな話はまったく聞いたことがなかった。

可愛い女の子にでも入れあげて通っていたならまだしも、どうやら本当に房子が目当てだったようだと聞いて、千草は言葉を失った。

万平は秘密主義者ではない。坊ちゃん育ちの屈託なさも手伝って大抵のことをオープンにしている。にもかかわらず房子のことを自分に内緒にしていたからには、どこかに疚（やま）しい気持ちがあったはずだ。

当時の二人の関係がどんなものだったのかまでは調査した人間にも分からなかったようだが、万平の中に占める比重は自分よりも房子の方がよほど大きかったのだろうと推測できる。房子が千草を最初から劣る存在と見ていたのはこの辺りに理由があるのではないかと思うと、かっと頭に血が上った。

「分かりました部長。できる限りのお手伝いをします」

だが千草は、表面上はあくまでもこれまで通り中立を装うことにした。ボンクラな経理係として房子に侮（あなど）らせておき、水面下で紀藤に協力するのだ。ほぼこれまで通りの関係ではあるが、房子に分からない程度に情報を横流しすることにしたのだ。

紀藤の意見には千草も賛成だが、このタイミングで完全に紀藤に付くのはまずい。

何よりも問題なのは万平の態度だった。

房子に集中しすぎている権限を奪い、決定権を万平自身が持つようにと、何度も進言する紀藤を彼が煩わしく思い始めているのが手に取るように分かるのだ。

万平は根拠のないプライドゆえか、上から意見されるのが何より嫌いだ。おまけに彼にとって房子の意見は絶対、神にも近い存在なのだ。そんな状況下で彼女から権限を奪うことなどできるはずもない。どだい最初から無理な相談だったのだ。

とはいえ、紀藤の立場を思えばその忠告を無下にもできない。それで万平がどうしたかというと、なるべく紀藤と顔を合わせないように逃げ回っているのだから呆れる。こういった面はひどく幼稚な男だった。

万平が房子に取り込まれている限り、紀藤に勝ち目はなさそうなものだが、彼の出身銀行との関係もあるし、紀藤の行動力を考えれば一発逆転も十分ありそうに思われたのだ。

「え、それじゃ、その武田氏は今もグレーシアにいるわけ？」

「はい」千草は頷いた。

社内では誰が聞いているか分からないため、紀藤との情報交換はカラオケボックスで行うようにしていた。明日、紀藤が富永伶子と別件で面談をするというので事前に武田の話を耳に入れておこうと思ったのだ。

「でもグレーシアってサロンなんだろ？　ＮＰＯの会員とかが来るわけだよね」

「いいえ。現在サロンは閉鎖になっています」

「ふうん」紀藤は何か考えているようだ。

「ま、いいや。とりあえずは富永さんか。盗癖があるんだって？」

「あ、はあ……」

富永伶子はグレーシアのサロンが閉鎖されて間もなく降格された。一時的に配属になったグループホームで窃盗事件が起きたからだ。従業員控え室でヘルパーの財布が盗まれたのだ。

伶子が盗ったという証拠があるわけではない。しかし、以前からいたヘルパーたちによれば彼女が来るまではそんな事件が起こったことがないという。

当然、伶子が疑われることになった。

「私はそんなことしません」

本社に呼び出された伶子は潔白を主張したが、房子は険しい顔を崩さず言うのだ。

「富永さん。私だってあなたを信じています。でもね、犯人が誰であっても、こんなことになってしまった以上はあなたをエグゼクティブに留めるわけにはいきません。管理責任というものがあるんです。何のお咎めもなしでは下位のヘルパーたちに示しがつかないの」

伶子は暫定的ながらそこに施設長として赴任していた。

房子は涙を流して見せて言う。

「私も悔しいのよ、富永さん。でもそれが管理職というものなの。どうか分かって頂戴」

俯いていた伶子は、ぱっと顔を上げると泣き顔に笑みを浮かべた。

「分かりました。私、一から出直してより一層の精進をして参ります」

真面目な彼女は再び上位を目指して歩み始めたのだ。

しかし、エグゼクティブ降格の噂はあっという間に広まり、もはや知らぬ者はいない。

更に次に配属されたヘルパーステーションでも窃盗事件が起こり、再び富永伶子が疑われた。

しかし、彼女は盗癖のある人間として周囲から警戒されるようになったのだ。

しかし、今回起こった話はこれまでとは少々意味合いが異なる。

盗まれたのは利用者の金だったからである。

ある日、命じられて初めて担当する利用者宅に伶子は向かった。居住者はかなり認知症が進行した高齢女性で、資産家ゆえに数百万の現金を家の中に置いていた。更に悪いことに彼女は現金の置き場所を失念してしまうのだ。通常であればいくらあったかも分からなそうなものだが、たまたまその同じ日の朝、銀行員が訪ねて来ており、彼と成年後見人に就任したばかりの司法書士が家捜しをして家中の金を整理していた。

とりあえず五万円だけを残し、残りを預金することになったのだ。

なくなったのはその五万円だ。

金が消えたことに気付いた司法書士と呼び戻された銀行員に房子の立ち会いのもと、伶子の所持品検査がなされた結果、彼女のバッグから封筒に入ったままの五万円が出てきたのだという。

しかも悪いことにその札のうちの数枚に同じインクの小さなしみがあったことを銀行員も司法書士も覚えていた。その特徴が一致したのだ。

これでは申し開きのしようもないだろう。

また房子があの手この手で伶子をいたぶるのだろうと思ったが、房子は思いがけないことを言い出した。

「紀藤部長。富永さんの処遇をお任せします。部長の裁量で断じていただいて結構ですから」

慌てたのは紀藤である。

「そりゃ無理だよ。事情もよく知らないのにそんな」

及び腰になる紀藤に房子は首を振った。

「社長や私では仏心が出てしまってダメなんです。彼女はたった二人しかいないエグゼクティブ、期待の星でしたから。こういう時にこそ外の常識を知る紀藤部長の裁決が必要なのです」

結局、断りきれずに紀藤が伶子と面談をすることになったのだ。

彼らが何を話したのか千草は知らない。

戻って来た紀藤に訊くと、「一回じゃ無理だな。何回かは話聞かないと」と煮え切らない返事が返ってきた。

◆◆◆

富永伶子は怯えていた。

渡辺和夫の葬儀で美苗に言われた言葉が頭から離れないのだ。

「ついにこの日が来たわね。伶子さん、どう？　あなたが手を引いて破滅に招き入れた人のお葬式に参列するってどんな気分かしら？」

美苗の顔には喪の場に相応しくない艶(あで)やかな笑みが浮かんでいる。

「ちょ、ちょっと美苗さん……。何を言ってるんですか」

「あら。私はちゃんと伝えたはずよ。あなたが果たした役割と私が彼にしたこと」

上等の喪服を身に纏った美苗は壮絶な美しさだった。

気圧される伶子に美苗は「ああ、そうだ」と思い出したように言う。

「武田様、今もグレーシアにいるんですってね。お気の毒に。でも、見殺しにすると決めたんでしょう？　ならばいずれあなたにもこんな日が来る」

予言めいた言葉にぞくりと震えが走った。今、私は重い刃(やいば)で攻撃されているのだと伶子は悟った。何とか応戦しなければ取り返しのつかない傷を負うだろう。

「ど、どんな日が来るというんですか」

しかし、かろうじて出てきた言葉は安っぽい強がりでしかなかった。防御にもならない。伶子の内心の葛藤などお見通しなのだろう。美苗はあらあら、と言わんばかりに面白がるような笑みを浮かべた。

「そうね。最高に悪い気分。震える程に苦しくて押し潰されそうで、でもこれでもう本当の意味で私の罪を知る人はいなくなったっていう解放感に浸れる日。驚くでしょう。私は喜んでいるのよ」

違う。思い過ごしだ。勘違いだ——。

伶子はかつてプリマベーラを台風が通過した夜のことを思い出していた。春風駘蕩、ぬるま湯のような揺籃で守られていたのは自分だったのかと考える。鋭く重い美苗の一太刀で斬りつけられた瞬間、一気に嵐が吹き込み、甘やかな鎧を吹き飛ばしてしまった。

残ったのは認めたくない現実。心のどこかでは危ない、いけない、早く何とかしなければと思いながら、深く考えないようにしてきたものだ。真実から目を逸らし、誤魔化し、欺いてきた日々に降り積もり巨大な姿となった己の罪だ。

八年間、決して良いことばかりではなかった。いや、エグゼクティブに昇進したのが頂点で以後は下降する一方だった気もする。行く先々で問題ばかりが起こり、ついには管理責任を問われて降格されてしまったのだ。

それでも伶子は諦めなかった。この会社を辞めようとは一度も考えたことがない。今と同じ条件での再就職はほぼ絶望的であることは美苗に言われるまでもなく分かっているのだ。

夫との関係はもはや冷え切ってしまった。一度、つまらない小物であることに気付いてしまうともう駄目だった。どんなに良い面を見ようと思っても、根本の部分でこれは違う、この男は違うのだと囁(ささや)くものがある。

夫の方でも同様なのだろう。

「君は僕の知っている君とは別人だ」

そう言われ、愕然(がくぜん)とした。伶子としては家庭内に仕事のやり方を持ち込んだつもりはなかったが、「目が違う」と夫は言うのだ。

「何でもかんでも先回りされて読まれているようで怖い」だの、「優秀な召使いと暮らしているようだ」とまで言われると、これまで自分が積み重ねてきた努力のすべてを否定されたような気がして、もうダメだと思った。

二十五年以上の長い時間、同じ道を歩んできたようでいて、その実、夫は伶子の本質など見ようともしなかったのだ。彼にとってはただ妻という名の便利な従属物が後ろをついて来たに過ぎないのだろう。

今更、元の暮らしに戻ることなどできるはずもなかった。ならば自分は美苗とはまた違う形で強(したた)かになるしかないと伶子は思った。

何しろ自分は一度は認められ、エグゼクティブに引き立てられたのだ。誠実な態度で利用者に尽くしていればいずれ同僚たちも気づき、自分について来てくれるだろうと考えた。

もう一度エグゼクティブに戻るために、伶子は自分に都合のいい面だけを見て、疑念や不安からは目を背け続けていた。

考えてみればおかしなことばかりなのだ。何故、行く先々で盗難事件が起こるのか。

今回の利用者宅での五万円の紛失も伶子は与(あずか)り知らないことだ。

何故、自分のバッグの中からそのお金が出てきたのか。

きっと利用者の勘違いで入ってしまったのだと思っていた。だが、彼女の居室とは離れた別室の高い棚の上に置いていたものだ。そもそも腰の曲がった彼女の手に届くはずはなかった。まさか自分の記憶に異常があって、無意識の内にやっているのかと疑いもしたが、そもそも今回の五万円以外の盗品はどこからも見つからなかったのだ。

「あら、これは驚きましたわ。まさか富永さんが来られるとは」

クラブ・グレーシア、午後三時。マンションの玄関で応対に現れたのは松下ちさとだった。にこやかな顔の下から向けられた皮肉が心に刺さる気がした。

「ああ、彼女には道案内を頼んだんです」

隣で取りなすように言ったのは紀藤だ。

「さて、松下さん。今日は武田氏のご尊顔を拝みに来たんだけどね、会わせてもらえるよね」

紀藤の申し出に松下は驚いた様子もなく、しずしずと頭を下げた。

「申し訳ありません部長。武田様、今日はご気分が優れないとのことで、ちょっと面会は難しいのですよ」

「別に話をしなくてもいいよ。顔だけ見たら失礼するから」

靴を脱ごうと踵に手をかける紀藤の前に屈んだちさとはその手を押しとどめ、そのまま正座をすると深々と頭を下げた。

「ドクターから、今は慣れない方との接触は避けてなるべく刺激しないようにと申し渡されております。私は武田様の健康をお預かりしている身。たとえ部長でもお通しするわけには参りません」

譲らない姿勢に紀藤は毒気を抜かれた様子で、すごすごと撤退することになった。

「松下さんがいたね」

エレベーターを待つ間、紀藤に囁かれ頷く。それは伶子にとっても少し意外だった。

もしかして我々がここへ来ることが事前に分かっていた――？　不吉な考えが浮かぶ。

いつかの夜に美苗から聞いた話はこうだ。「囲い込み」が完了したと判断されると同時にサロンも閉鎖される。そうなるとグレーシアには他者の目が入らなくなるのでもはや上級ヘルパーを配置する必要なしと判断、房子配下の婆たちに引き継がれることになるはずだというのである。

伶子がエグゼクティブとしてグレーシアに配属になった時、上級ヘルパーたちがいたのはあくまでも武田のためだ。それより前に渡辺の担当は田中カツ子という婆に替わっており、武田に対応する必要のない深夜は彼女が詰めていたらしい。この話を聞いた時、伶子が抱いていた渡辺のおむつ替えについての疑問が解けた気がしたが、信じたくなくて目を逸らしてきたのだ。

その話をすると紀藤は驚いたようだった。

「いや、必要ないって……。上級ヘルパーの配置が契約なんだろ。それが本当ならめちゃくちゃじゃないか。よし、富永さん。とりあえずグレーシアに行ってみよう」

紀藤の行動力に正直なところ伶子は面食らっていた。紀藤に会ったのは窃盗事件の処遇が理由で、伶子はそこで申し開きの機会を与えられていたのだが、紀藤は伶子の話を途中で遮り「武田氏の話を聞かせてもらえますか」と言ったのだ。

思いがけない言葉に伶子は我知らず身を震わせた。新しく着任したという経理部長は窃盗事件などより、もっと重い伶子の罪を暴こうとしているのかと思ったのだ。

伶子の反応に思うところがあったのだろう。紀藤ははっとしたように言葉を足した。

「いや、話を聞きたいだけ。僕はね、これ、あなたたちヘルパー個人の問題じゃないと思ってる。やる以上は徹底的に膿を出したい」

「あの……。まだ間に合いますか？」

伶子の問いに紀藤のまなざしが厳しくなる。

「私はどんな罰でも受けます。でも、間に合うのなら武田様を助けたい。できますか？」

必死で訴える伶子に紀藤は一瞬、怯んだように見えたが、すぐに思い直したように頷く。

「分かった。できる限りの手を尽くそう。力を貸してくれ」

まず彼が聞きたがったのはヘルパーの階級制度についてだった。

エグゼクティブを頂点とするヘルパーの階級制度は建前上、能力主義ということになっている。具体的にいうと、最初の一年間はヒラのヘルパーからスタートするのが普通だ。

一年経つと、年に二度ある昇進試験の受験資格を得る。試験の内容は介護知識に関する筆記のほかに実技が用意されているが、筆記試験を九十五パーセント以上正解せねば実技試験に進めない。この時点で多くのヘルパーがふるい落とされるのだ。その上、実技は介護のみならず、コンシェルジュに必要な各方面の技能を要求されるため、役付へルパーの中では下位であるブロンズにさえ到達するのが難しかった。

実技で高得点を獲得しても安心はできない。自分が担当している利用者やその家族に対し日常の業務態度をヒアリングされるのだ。ここで酷評されては確実に不合格になってしまう。もちろん利用者にも癖のある人物というのはいるものでその辺りは考慮されるが、複数の利用者から辛い点数を付けられるような人間はまず昇進できなかった。常日頃から利用者やその家族と良好な関係を築いておく必要があるのだ。結果、昇進するつもりがあるのならば丁寧な対応を心がけることになる。これこそがこの会社の掲げる「究極のオーダーメイド介護」とそれを支える階級制度の利点といえたかも知れない。

こうして難関をくぐり抜け、ようやくブロンズに昇進しても更に最低一年経たないとシルバーへの受験資格がないのが普通だ。つまり仮に飛び抜けて優秀な人材がいたとしても通常は最低二年以上経たないとシルバーより上に進むことはできないのだ。

その上の階級も同様で、シルバーを一年以上、更にはゴールドを一年以上経験し十分な研鑽を積んだ上でなければエグゼクティブにはなれないことになっている。

「しかし、あなたや日垣美苗さんはそうではなかったと」

その通り。例外があった。会社への貢献により特別に引き立てられる場合があり得るのだ。

　伶子や美苗はこの適用を受けた、いわば特別枠で、ごく短い間に最高位まで上り詰めたところも共通していた。

「それって何か心当たりがある？」

「いいえ、貢献というほどの覚えは……」

　この貢献とは文字通り売上げに対する貢献をいう。平たくいえば新たな利用者を会社に紹介するだけでもいいのだが、優良な利用者を十人紹介した人が特例で筆記試験に下駄を履かせてもらってブロンズに昇進した程度の話しか聞いたことがない。

　美苗が前に言っていたが、彼女も最初は弁当配達員として採用されたらしい。

「ああ、お弁当持っていくヤツね」

　社内調査を進めているという紀藤が作成した独自資料はかなりのボリュームになっている。砂村千草とよく落ち合うというカラオケボックスで彼はそれを繰りながら言う。

「なるほど。大口顧客取得の報奨か」

　この宅配業務そのものがある種のターゲットを絞るためのものなのだろうと紀藤は言うのだ。

　確かに毎週、報告を聞きに現れる新海房子が特に食いつくのは親族との縁の薄い孤立した高齢者だった。

言葉巧みな房子の誘導はさながら催眠術のようで、自分でも驚くほど視界が広がり、物事がクリアに見えてくるような気がしたのを覚えている。房子に褒められると、もっと認めて欲しいという欲が膨らんで、どんな小さな気付きでも一つ残らず報告しなければと躍起になっていた。

話し相手を渇望している彼ら彼女らから、話を聞き出すのは容易だった。後から思えばプライバシーに関わることすべて、親族のこと、資産状況のことも含め洗いざらい引き出してしまったのかも知れない。

「富永さんが担当した中で、一番資産が多かったのは誰か覚えてる？」

「……渡辺様です」

「ああ、やっぱりそれだな」

その功労による昇進ではないかと紀藤は言うのだ。

信じたくはなかったが、美苗が弁当宅配時に担当した顧客の中にやはり孤独な身の上の資産家がいたと言っていたことを考え合わせると否定はできなかった。

一時期、ヒラのヘルパーの何人かが弁当宅配に異動希望を出したと聞いて首を傾げたものだが、今から思えば美苗と伶子の共通項を見抜いた人たちなのかも知れない。

「具体的にエグゼクティブヘルパーってどんな働きをしてるのかな。あれだけの報酬に見合う何か特別なことしてた？」

無遠慮な紀藤の問いだ。伶子は言葉に詰まる。

正直なところ、エグゼクティブだからといってさほど特別な売上げを上げているわけではなかった。グレーシア以外の場面というと、稀(まれ)に最高位のヘルパーの派遣を望む利用者もいるし、ヘルパー相手の接遇研修や一般向けのマナー講師などを務める以外は取り立ててエグゼクティブらしいことはしていなかったのだ。

「一種の、象徴でしょうか」

遠慮がちな伶子の言葉に紀藤が深く頷く。

エグゼクティブの役割は下位のヘルパーたちの羨望(せんぼう)を一身に集め、目標となるべく優雅に振る舞うことではないかという気がした。

「富永さんには認めたくないことかも知れないけど、意地悪い見方をすれば、あなたの降格ってのはなかなかにインパクトのあることでね。昇進できないことで下位の人たちに不満があったとしたら溜飲(りゅういん)が下がるんじゃないかな、ってまあ、これは砂村さんの分析だけどね」

「砂村さんが」

砂村千草が言うのならば、恐らくそれは推測ではなく事実なのだろう。

心底恐ろしいと伶子は思った。

「あ、こんにちは。いつもお世話になっております」

グレーシアからの帰路、マンションに常駐している管理人の男が植え込みに水を遣っているのに出くわし、伶子は頭を下げた。

伶子がここにいたのは随分前だが、男は少し老けたものの変わらぬ姿でそこにいた。軽い挨拶を交わしていると、紀藤が名刺を出して名乗る。

「へえ、経理部長さんですか」

「新しく着任しましてね。これまでの至らぬ部分を伺って回っているところなんですが、どうです？　うちの者がご迷惑をかけていたりはしませんか？」

如才なく言う紀藤に管理人は声を上げた。

「そうそう。いや、あれには参りましたよ」

「え、何かありましたか？」

「おや、ご存じないんですか？」

管理人の男の視線が向けられたのは伶子の方だ。

配属先が変わった旨を告げると、男は嬉しげに自らの武勇伝を語り始めた。

◆◆◆

「砂村さん、あれって本当なの？」

昼休み、コンビニでいつものおにぎりに手を伸ばしかけていた千草は「ひっ」と声を上げた。

声の主は紀藤である。会社の人間と社外でまで顔を合わせるのが嫌で少し離れたコンビニに遠征している千草を追ってここまで来たらしかった。

公園のベンチでおにぎりを齧（かじ）りながら話をする。紀藤が「あれ」と言うのは武田のSOS事件のことらしかった。

SOS事件とは千草が名付けたものである。武田の抵抗としては最大のもので、房子に一泡吹かせたため見ている千草としては大いに溜飲を下げたのだ。

千草は事件の一部始終を知っている。グレーシアには複数台の監視カメラがあり、事件の後、房子に命じられ映像を巻き戻してチェックしたのだ。

その日、武田は下品な婆に罵（のの）しられながら下半身を剝かれ、風呂場で洗われていた。

インターホンが鳴る。婆は半裸の武田を置き去りに、「はいはいはい」と言いながら応対に行ってしまう。風呂場の映像を映した画面から聞こえてくるのは取り澄ましながらもどこかちぐはぐな婆のよそ行きの声と、マンションの共用部で発生した不具合について説明をする落ち着いた中年男の声だった。

その瞬間、武田がほくそ笑んだように見えて千草はぎくりとした。

「た、助けてくれぇ」

桃色の下半身を丸出しにし、水滴をぼたぼたと落としながら武田がもがくようにして廊下を転がっていくのを千草は呆然と眺めた。

玄関付近を映した映像に切り替える。

「ワタシ、は、ここに監禁されている」

呂律がややおかしい。ゆっくりとだが、緊迫感の滲む武田の言葉に男が顔色を変えた。

「何ですって？」

千草も知っている。クラブ・グレーシアのあるマンションの管理人だ。

「こいつら、は、ワタシ、をここに、監禁、して、ざいさん、乗っ取る、つもりだ」

「あっ。何を言うだね、清さん。あんたはここで優雅に暮らしてるんじゃないかね。この人はボケてこんなことを言ってるんだよ」

慌てた婆が取りなそうとするが、胡散臭い婆より武田の必死の訴えの方に軍配が上がったようだ。管理人は腕にかじりつく婆を振り切ると、「ちょっと待ってて下さい」と言い残し、ばたばたと玄関を出て行った。

「えらいこっちゃえらいこっちゃ。こら、あんた、新海さんに死ぬほど怒られるで」と武田を睨み付けると、婆はどこかへ電話して要領を得ない話し方で顚末をまくし立て、しきりに言い訳をしている。

キイキイ喚(わめ)く猿のような声がこだまする玄関で半裸の武田がぼんやり立ち尽くしていた。

だが、武田が待ちわびたであろう助けが来ることはなかった。

数日後、病院に出かけるために車椅子に乗せられた武田に付き添っていたのは新海房子。少し遅れて千草も同行していた。

エントランスを出るタイミングで、件(くだん)の管理人に出会ったのだ。

「何を、ぐずぐずしている。助け、はまだか」

小声で叱(しか)る武田に、管理人はどこか不満そうな顔を隠さぬままに苦笑して言ったのだ。

「ああ、おじいちゃん。お出かけですか？　相変わらず威勢がいいね。まったくこの前はすっかり騙(だま)されちゃったよ。お陰でこっちは警察で肩身が狭かったの何のって。まあ、あんたに言ってもしょうがないね。はい、気を付けて行ってらっしゃいよ」

まるで敬意の感じられない言葉にかぶせるように房子が言った。

「その節はご迷惑をおかけしてしまって本当に申し訳ありませんでしたわ」

「いやいや、何をおっしゃいます。仕方ありませんよ病気ですもん。それよりかこちらこそ結構なものを頂戴してしまって」

「当然のことですわ。私どもの配慮不足で、とんだことに巻き込んでしまって」

「いや、そんなのはアレですけど。まあ厄介ですよね、認知症ってのは。知らない人間からすればちょっと区別がつきませんからね」

「ちがうっ。ちがうぞ。ワタシは正常だ」

「はいはい、そうですよね。大丈夫、心配いらないよ。この人たちはおじいちゃんの味方なんだからね。安心して暮らすといいよ」

頑是無い子供に言い含めるような管理人の言葉に車椅子に乗せられた武田がわなわなと身体を震わせているのを千草は見ていた。

あの日、武田の訴えを聞いた管理人が警察を呼んだので、そちらから『株式会社ゆたかな心』に連絡が来て房子が駆けつけることになったのだ。市役所の担当者まで来て大騒ぎとなったが、認知症サポーターとして社を挙げて地域貢献を行っていること、更には万平が市の福祉行政委員を務めていることもあり、老人の被害妄想だったということで決着した。もちろん、一番の功労は房子の巧みな話術である。

武田は一体どんな気持ちでいるのだろうと千草は考える。決死の訴えは巧妙にねじ曲げられ、唯一頼みの管理人をも呑み込んだのだ。

話を聞いて紀藤も衝撃を受けた様子で黙り込んでいる。

「一度、武田氏と話をしてみようと思う。砂村さん、協力してくれるだろ」

立ち上がった紀藤を見上げ、千草は慌てて口の中の飯粒を飲み込んだ。

紀藤は夜間にグレーシアに忍び込むつもりらしい。彼を決心させたのは契約書の件もあっただろうと千草は考えていた。

その前の週のことだ。房子の命令で機密資料の移動が行われた。『株式会社ゆたかな心』では本社オフィスとは廊下を挟んだ反対側、給湯室の隣にある小部屋を倉庫代わりとして借りている。秘匿性の高いデータや資料を収めているため一般の社員は立ち入ることのできない場所だが、千草は毎日出入りしていた。監視カメラを覗く作業はここで行うように房子から命じられている。隠しカメラ四台、玄関を映す防犯カメラ一台。グレーシア内の出来事は録画されているのだから何かあった時に確認すればいいようなものだが、房子は自分が知らない空白の時間が生じるのを嫌がった。すべてを把握しておかないと気が済まないのだ。

その倉庫にある資料をまとめてグレーシアに移すと聞いて千草は驚いた。

「その方が広く使えるでしょ。いつも千草ちゃんには狭いところで我慢させちゃってるものね」

確かに、千草は床の僅かなスペースにしゃがみ、段ボール箱の上に載せたノートパソコンを見ているのだ。有り難い話である反面、房子の猫なで声に、また何か企んでいるのかと恐ろしい思いがした。

グレーシアでは、武田が二号室に移ったあと元いた一号室が空いている。そこへ資料を運び込んだのだ。その際、どういう風の吹き回しなのか、房子は紀藤にも声をかけ、作業を手伝わせていた。つまり、紀藤はこの時点でどこに探している資料があるのか把握していたことになる。

「あの、部長、くれぐれも気をつけて下さい」

監視カメラはその間、遠隔操作で電源を落とすことにした。ただ、その操作を教えたのは千草だが、実際に行ったのは紀藤である。

千草の望みは房子の失脚だ。その意味で紀藤に対する支援を惜しみはしないが、万が一、彼が失敗した時のことを考えると、やはり保身を考えてしまうのだ。

申し訳ありませんと頭を下げる千草に、紀藤は「いいんだ。これは僕の戦いだからね。砂村さんを巻き込むつもりはない」と言う。

彼はこの会社に来て以来、もっとも生き生きとした顔をしていた。

3

午前三時。深夜のマンションで行き合う人はいない。エレベーターを降りて目指す部屋の前に立ち、伶子はできるだけ音を立てないよう慎重に鍵を開ける。合い鍵は紀藤が持ち出してきた。緊急事態に備えて各施設の鍵は本社の入り口近くの壁にかけられている。誰でも容易に持ち出し可能なのだ。

扉を開けて、紀藤を先に通す。玄関に夜間も照明がついているのは以前と同じだ。バリアフリー対応の玄関で靴を脱ぎながら伶子は紀藤と顔を見合わせ頷き合った。

強い緊張を覚えながらも、伶子はわくわくと心が弾むのを抑えきれずにいる。

紀藤の行動力、目的遂行のための強固な意志力といったものに伶子は強く惹かれていた。新海房子という悪に立ち向かうのだ。情報交換や打ち合わせと称した秘めやかな時間を重ねる度に二人の仲が進展していく。紀藤にも家庭があるのは分かっていたが、

「君のように共に戦ってくれる女性が、今誰よりも必要なんだ」と言われると、申し訳ないと思いながらも止まることはできなかった。

紀藤は伶子を信じてくれた。一連の窃盗事件は伶子を引きずり落とすため仕組まれたものだと彼は言うのだ。

「一体誰がそんなことを」

絶句する伶子に紀藤は首を振った。

「あなたも分かってるだろう。元凶はすべてあの女だ」

新海房子。確かに彼女ならばできるかも知れない。彼女自身が手を下さずともその命を受けて動く人間は大勢いそうだ。何人かのヘルパーの顔が浮かんだ。見返りを求めて？　いや、彼女たちは単純に自分のことが嫌いなのかも知れないと思った。真面目にやっていればいつかみんなも自分のことを理解してついて来てくれるなんて考えは甘か

ったのだ。

「でも、チーフは何故そんなことを」

本当は訊かずとも分かっている。恐らく理由らしい理由などないのだ。房子が自分のことを嫌っているという考えを頭ではそんな馬鹿なと否定してきたが、全身がそれを感じていた。見るもの聞くもの、更には皮膚の細胞までもが最初から違和感を訴えていた。

「理由は僕にも分からない。だけどね、伶子さん。これだけは分かる。とにかくあの女がガンなんだ。あの女を駆逐しないとこの会社は滅びる」

その通りだと思った。そして彼は「その後」についても語る。

「最初は大変かも知れない。彼女の影響力は大きいだろうからね。だけど大丈夫。香坂社長にすべてを打ち明け彼の目を覚まさせる。彼が実現しようとした本来の理念に立ち戻って健全な組織に作り替えるんだ。もちろん、伶子さんや砂村さんにも大いに働いてもらわなきゃならない」

ここへ来るまで時間を潰していたホテルの部屋で彼が熱く語るのを伶子は頼もしく聞いた。

担当ヘルパーは田中カツ子。アシスタントヘルパーだ。今夜の担当は紀藤が千草から聞いてきていた。納戸部屋から鼾（いびき）が聞こえる。どうやら眠っているようだ。

頷き合って、二号室へ向かう。

例の白い密室だ。そっと引き戸を開くと、内部はほのかに明るかった。天井のＬＥＤ照明が灯っているのだ。

白一色の部屋、寝具の海に溺れるようにして横たわる老人の顔を見て、伶子はひっと小さく悲鳴を上げた。

皮膚には生気がなく、ぶよぶよと浮腫み、腐ったような気味の悪い色をしている。ごっそり削れた頬から顎への線は緩み、ぽっかりと開いた口からは変色し根元から腐った歯が数本、不揃いに生えていた。まるで数ヶ月も放置したリンゴのようにしわくちゃでしぼんでいる。

何よりも驚いたのはその瞳だ。老人は目を見開き、ただただ天井を見上げていた。虚ろなまなざしとさえ呼べない。まなざしといえるほどのものが存在しないのだ。その瞳は濁り、薄い涙の膜と目やにに覆われ、ただぼんやりと開かれている。

「武田様……？」

そう言った自分の言葉が信じられなかった。この老人があの傲慢だった武田清なのか――。

しかし目許や鼻の形、かつて黒々としていた太い眉は白いものが交じり灰色に見えるが、それでもやはり随所に面影があった。

「武田様、分かりますでしょうか。私、富永伶子でございます」

必死の呼びかけにも反応がない。

「武田さん。双和商事にいらした武田さんですよね」

紀藤が武田のかつて在籍した会社名を口にし、呼びかけた時だ。

武田の瞳がどろりと動き、こちらを見た。

「武田さん。僕は『ゆたかな心』の経理部長の紀藤といいます」

耳許に口を近づけるようにして紀藤がそう言うと、武田は「けいり」と呟いた。

「そうです。つい先だってまでは銀行の支店長でしたが定年で再就職しましてね」

雲の隙間から日が射すように、少しずつ武田の顔面に色彩が戻っていくのを目の当たりにして伶子は驚愕した。

武田の中で何かの回路が繋がったようだ。

かっと目を見開き、がくがくと顎を震わせる。ぐぼっと空気を飲み込むような変な音がして、咳き込んだ武田に伶子は慌てて体位を横向きに変えさせ、背中をさする。

激しく咳き込みながら、武田が何か必死で言っているのに耳を澄ませ、伶子は思わず紀藤と顔を見合わせた。

「いかん。あそこはいかん」と言い募っているのだ。

「あそことというと、『ゆたかな心』ですか？　武田さん。僕、あそこに再就職したのまずかったんですかね」

一語一語、区切り、分かりやすく耳に流し込むように語る紀藤に武田が手を伸ばす。その手を見た伶子はすんでのところで悲鳴を呑み込んだ。

枯れ枝のようにやせさらばえ、震えながら紀藤の腕に強い力でしがみついているのはまるで亡者のような手だった。

「いかん。いかん。あそこはいかん。早く逃げなさい」

その言葉を聞いた時、伶子は雷に打たれたような気がした。

これが、この老人の今の姿こそが、自分があの時、見て見ぬふりをした結果なのだ。

「武田さんは希望してここに住んでいるわけではないんですね？」

「ちがう。地獄、ここは地獄」

過呼吸でも起こしたようにハッハッと荒く息を吐いていた武田は急に息を詰まらせ、顔面を赤くし、ついで真っ青になった。彼は叫んでいるのだ。伶子は目の前の光景に震えながら、同時に我が子が幼かった頃の夏のことを思い出していた。知らぬ間に穴の空いていた浮き輪にいくら空気を吹き込んでもシューーシューーと漏れ出てしまう情景だ。

不思議だった。今、目の前で自分の罪を告発されているというのに、自分は何故かまだ若かった頃の夫の姿を思い出しているのだ。彼はしばらくその不具合に気付かず、顔を赤くしながらいつまでも膨らまない浮き輪に懸命に息を吹き込んでいた。その姿があまりにもおかしくて伶子は子供たちと一緒に笑い転げながら見ていたのだ。

「武田さん、ここから出たいですか？」

紀藤の問いに武田が頷く。まるで溺れる人のように闇雲に手を動かし、もがいている。彼は呼吸の仕方を忘れてしまったかのように息を詰め、紀藤に縋(すが)り付(つ)く。

「助けて、助けてくれぇ」

嗄(か)れ潰れたカエルのような醜い声で武田は叫ぶ。

ああ、ここが防音の施された密室で良かったと考えた瞬間、伶子はぞっとした。

紀藤が砂村千草から聞いた話によれば、武田はまだ完全には正常な思考を失ってはいないのではないかということだ。今、目の前で引きつけたように身を固くし、ベッドからずるずると落ちそうになって紀藤に抱き起こされている彼は五年近くをこの閉ざされた白い部屋で過ごしたことになる。いくら叫んでも届かないこの部屋の中でだ。

伶子は枕元にあったコップの水を飲ませ、武田を落ち着かせ、問わず語りにぽつりぽつりとこぼれ落ちてくる彼の話を受け止める。聞いているうちに分かったことだが、武田の脳内は正気と夢想がモザイク状になっているようだった。同じところを行ったり来たり、かと思えば時間が飛んだり戻ったり、彼の話は一面ではひどくまともで、他方ではとんでもなく突飛な話を現実のように語る。だが、全体を覆っているのは恐怖と懊悩(おうのう)、焦りや諦めといったどす黒い色だった。

息苦しい部屋だ。押し潰されそうな圧迫感とある意味、馴染みのある臭気の中で伶子は武田と二人残されている。

紀藤は途中で資料を探りに出て行った。正直なところあまりの事態に行かないでくれと内心願いはしたが、武田をここから救い出すためにも証拠を探すことが不可欠なのだ。伶子は拷問（ごうもん）のような時間に耐えていた。

「分かりました。分かりましたよ武田さん。あなたはご自宅に帰らなきゃならない」

戻ってきた紀藤の言葉に落ちくぼんだ武田の目から涙が零（こぼ）れて落ちる。

「帰れ、るのか……家に？」

「そうですとも。あなたのご自宅じゃないですか。そこで適切な介護プランを組んでヘルパーを使えばいいんです。もし、二十四時間の付き添いが必要だとおっしゃるなら、この富永さんに住み込みで働いてもらうのもいいかも知れない。住み込みの家政婦を雇う方が、今よりずっと安く済むんですよ。分かりますか武田さん」

「頼む。頼みます。どうか私を家に」

「ええ、武田様、必ず」

そう言いながら伶子には先ほどから気になっていることがあった。臭うのだ。いや、渡辺老人の時と同じく、使用済みおむつを置いてあるらしいことはこの部屋に入った時から分かっていた。そうではなく、恐らく武田が身を横たえている寝具の下から臭ってくる。

「武田様、ちょっと失礼します」

声をかけてそっと寝具をめくると、むわっとした大便の臭いが立ち上る。

伶子は絶句した。元々肥満とはいえないまでも武田は年齢の割には肉付きのいい方だったのだ。それが今、鶏がらのように筋張った足におむつを穿かされただけの格好だ。パジャマも何もない。おむつから漏れ出したらしい便が寝具を汚しているのを見て、伶子は思わず言った。

「武田様、これでは気持ち悪いでしょう。おむつ替えましょうか」

伶子が声をかけると、恐らく無意識だろうが、武田が腰を浮かすような仕草を見せた。

あのプライドの高い人が、こんな目に……。

部屋の隅にぽんと放置されたおむつの袋を取りに立とうとして紀藤に止められた。

「待ちなさい。ダメだ。僕たちがここに来た痕跡を残すわけにはいかないだろう」

「でも……」

紀藤は武田に向かって頭を下げた。

「武田さん申し訳ない。今は耐えて下さい。どうか数日、数日待っていて下さい。必ずあなたをご自宅に帰れるようにします」

「必ず助けます。どうか今しばらくお気持ちを強く持って下さい」

こみ上げてくる涙を堪え伶子も言った。窓の外が明るくなっている。慌てて逃げるように部屋を出、足音を忍ばせ玄関に向かい、外から施錠し、ようやく肩の力を抜いたのだ。

◆◆◆

グレーシアで契約書やその他の資料を確認した結果、紀藤は自分の立てた推論が的中していることを確信していた。

「一番の問題はあの女の二枚舌だと思う」

紀藤の話に伶子が頷く。

新海房子の手法は悪意の集合体とでもいうべきものだが、武田と渡辺の二人に共通しているものがあるのだ。

房子は彼らについて、一方ではあからさまに認知症であることを公言して憚らないのに、たとえば星崎という司法書士には認知症ではないと断言している。実際のところは医師でない紀藤には分からないが、武田と会って話した感じでは五分五分といった印象だった。

紀藤の推測はこうだ。代理人である星崎らに認知症だと知らせてしまうと、任意後見監督人の目を入れることになる。彼らは実際に現場に来るわけではないので、房子得意の眩惑術が使えないのだ。ましてや大きな財産の処分には裁判所の許可が必要となる。

つまり、あくまでも本人の意思能力に問題のない状態で財産管理人を置き、なおかつ気難しいだの精神状態が不安定で刺激がよくないだのと言い募り、最低限の接触に留めることで、彼らの財産をコントロール下に置いているのではないかということだ。

但し、これらはすべて推測の域を出ない。証拠となるべきものが何一つないのだ。

それでもこんな状態を看過するわけにはいかない。紀藤は何だかんだと理由をつけて逃げ回る香坂万平を捕まえ、話をすることにした。

会社の存亡にかかわる話だからと半ば脅しに近い形で約束を取り付けたのだ。

「大丈夫でしょうか。香坂社長、お話を聞いて下さいますでしょうか」伶子が不安げに言う。

「大丈夫だ。心配しないでいいよ。話せばきっと分かってくれる」

紀藤はまだ万平を信じている。高邁な理想を抱く若きカリスマだ。悪いのは新海房子ただ一人で、彼はあの女に目をつけられて利用されている気の毒な立場なのだと思い込もうとしていた。

だってそうではないか――。紀藤は内心、呟く。

もしも万平までもがこれに荷担しているのならば、そもそもこの会社の存在基盤が揺らいでしまう。それでは困る。紀藤は新海房子を駆逐した後、会社を健全な形で立て直し、長く勤めることを希望しているのだ。更に紀藤は不当に貶められた伶子の名誉回復を果たし、もう一度、本来の地位に戻してやりたいとも考えていた。


「新海がそんな。馬鹿を言わないでもらえるかな紀藤さん」

万平は紀藤の話を鼻先で笑い飛ばした。

「社長、ダメだ。見るべきものをちゃんと見なさい」

紀藤の必死の呼びかけに万平のまなざしが鋭くなる。

「あんたな、何様なんだよ。いいか、俺から見ると、あんたなんか何の役にも立たない銀行上がりだ。恵まれた人間には絶対に分からないことを彼女は教えてくれたし、俺を導いてくれる師でもあるんだ。彼女を侮辱することは俺が許さない。俺は彼女のためなら何でもするし、たとえそれが悪事でも構わない。彼女の言うことは絶対に間違ってないんだ」

「おい、あんた言ってることがおかしいぞ。なあ、目を覚ませよ社長。あんたは騙されてる。あの女はとんだ食わせ者だぞ。このままじゃ会社もあんたも絶対に破滅するぞ」

万平に何とか分からせようと声を荒らげる。

万平も負けじと声を張り上げた。

「いい加減にしろっ。お前、さっきから誰にものを言ってるんだ。社長は俺だ。気に入らないなら即刻辞表を書け。いや、もうそれもいらない。さっさと出てけよ。ああ、もう結構だ。てめえの顔なんか見たくもない」

「まさかあんたがその程度の人間だとは思わなかった。後悔しても遅いぞ」

摑みかかる紀藤に対し、忌々しげに顔を歪めた万平が若手社員を呼び、「この男を放り出せ」と命じる。社長室から押し出される格好になりながら、紀藤はまだ「聞きなさい。絶対にあの女はおかしい」と叫んだが、万平は大きな音を立てて扉を閉ざしたのだ。

「紀藤部長」

砂村千草が慌てて駆けよってくるのが見えたが、紀藤は首を振り大声で言った。

「砂村さん、この会社はもうダメだ。腐りきっている。みんなも一刻も早く逃げた方がいいぞ」

紀藤の怒声に居合わせた社員たちは俯くばかりで、誰一人目を合わせようともしなかった。

紀藤は考えている。冷静になった頭でも自分が間違ったことを進言したとは思わなかった。しかし、残念ながらもう手遅れだ。万平には毒が回りきってしまっている。救うことはできないだろう。しかし、退職するにしても、その前にしなければならないことがある。

武田の救出だ。

紀藤は例のカラオケボックスで砂村千草と伶子の三人で情報を交換した。

武田を連れ出すこと自体は簡単なのだ。問題はその彼をどうするかということだった。

「自宅がない？　どういうこと？」

紀藤の疑問に千草がぼそぼそと答える。

何でも武田は以前に五千万円の寄付を行い、その際に自宅を売却してしまったそうだ。買い主は金融機関から融資を受けるという話だったが、実際に金を融通したのは房子らしい。千草が登記簿を確認すると房子を権利者とする抵当権が設定されており、返済が滞ったのか何なのか、現在、武田の自宅は房子の名義になっているそうだ。更に、武田の代理人によれば、ここ数ヶ月「名義人さんのご厚意で」一時的に賃借料の支払いが停止されているという。

「そんな馬鹿な。それこそ判断能力の低下に付け込んだ詐欺行為じゃないのか」

「いいえ、契約自体はごく初期になされたものなんです」

証拠があるというのだ。

しかし、戻るべき自宅がないということはグレーシアを出た瞬間路頭に迷うことになる。

ここで千草が耳よりな情報を口にした。どうやら武田には姪がいるらしい。武田を引き取ってくれる可能性があるとすれば彼女だと言われ、伶子を伴って会いに出かけた。

菅原汐織という名の女性は、しかし、インターホンで応答するだけで姿さえ見せることなく紀藤と伶子を追い返した。

「武田様のことでお話が」

伶子の言葉に僅かな間があり、インターホンが答える。

「あの、私。すべてゆたかさんにお任せしていますから。叔父のことはもう、私には関係ありませんので」

「お話だけでも聞いて下さいませんか」

「すみません。今から出かけないといけませんので」

ガチャンとインターホンが切られる。

「おかしいですね。汐織さん、武田様のことを気にかけていらしたとのことなのに」

伶子は首を傾げている。

平日の空いた電車に伶子と並んで座りながら紀藤は思わず溜息をついた。

武田の身体状況を勘案すると、しばらくは入院する必要があるかも知れない。だが、問題はその後だった。『ゆたかな心』以外で受け入れてくれる施設を探さねばならない。それが無理ならばどこか小さな部屋でも借りて在宅ケアをしてくれる事業所をと八方手を尽くしたのだが、結果は散々なものだった。

どこをあたっても断られるのだ。名前を伏せている間は話が進むのに、現状を説明し、クラブ・グレーシアや武田の名を出した途端に相手は手のひらを返したように態度を変えた。

「その方はゆたかさんの利用者なんですよね。どうして、あちらに頼まないんですか？」

「よその利用者さんをかっさらって行ったなんて言われちゃ、ウチとしても不名誉じゃない。この業界、横のつながりも大切だしね」

紀藤は自分の身分を隠して、武田の親族という体を装って交渉していたのだが、何軒目かで言われた言葉に愕然とした。

「おかしいなァ。武田さんて人、ご親族がまったくいないって聞いてるけど。お宅どなた？　もしかして、財産狙いの人？」

「な、なんですそれ。そちらは彼のことを知らないんですよね。どうしてそんなことを？」

そう応じながらも強い憤りと混乱で、紀藤は我知らず自分の声が震えているのを感じた。

電話口の相手は、しまったとでも思ったのか、あーっとふざけた笑い声を上げた。

「回状が回って来てんだ。何でも武田さんとやらの財産を狙ってる輩がいるらしくてさ、何か言ってきても絶対に相手にすんなとよ」

「違いますよ。私はそんなんじゃありません」

「じゃ、あんたどこの誰よ」

「それはちょっと……」

「だろ？　あんたさ、自分の名前も名乗れないような輩と、ちゃんと名の通った介護事業者比べて、どっち信用する？　誰だってゆたかさんの方を信用するって」

近隣の介護事業者すべてに手を回されているようで、どこも似たりよったりの反応だった。とはいえ、よもや全事業者に手を回しているとは思えない。紀藤が持っている情報をぶちまければ相談に応じてくれる事業者もあるかも知れない。だが、どれも憶測の域を出ず証拠といえるものが一つもないのだ。どう説明すれば相手を納得させられるのか。紀藤には分からなかった。

武田をあそこから連れ出したものの受け入れ先を見つけられなかったとしたら、最悪自分が彼の身柄を引き受けることになるかも知れない。自宅に連れ帰る？　二、三日はいいかも知れない。しかし、妻の理解が得られるとは到底思えなかったし、それが長期間となったらどうするのか。

今や自分も職を失おうとしている状態だ。正直なところ、紀藤にはさほど蓄えがあるわけではない。紀藤自身も浪費家だったし、妻も派手に散財するタイプなのだ。

第一、何故自分が武田を抱えてそこまで追い詰められる必要があるというのか。

「武田様、どうなるんでしょうか」

だが、不安げな伶子の顔を見るとそうも言えず、彼女の肩を抱き宥めるように言う。

「大丈夫だ。僕に任せておき。何とかする」

とはいえ、何ともならないことは紀藤自身がもっともよく分かっていた。唯一安堵したのは会社にまだ籍が残っていたことだ。万平も啖呵は切ったものの、本気ではなかったということか。

いや、そうではないのかと紀藤は思う。二年間の契約なのだ。その間は銀行との関係もあり契約を切れないということかも知れない。

不思議なことに、新海房子は紀藤に対し好意的だった。あれだけのことを言ったのだ。房子本人の耳に入っていないはずもないと思うのだが、何故か彼女は機嫌良く、軽口さえ交えて紀藤を相手に世間話までする。それが不気味であるともいえた。

いずれにしても、いつまでもここに留まるわけにはいかないだろう。

武田の件が重くのしかかる中、求職活動を始めた紀藤はある日、異変を悟った。

手始めに銀行時代の知己に当たったところ思わぬ言葉を聞かされたのだ。

「紀藤さん、昔のよしみで言うけど正直難しいと思いますよ」

現役時代は随分と引き立ててやった後輩だ。見たこともない彼の険しい顔に首を傾げる。

「そりゃまあ、うちの取引先だもんな。入社して半年も経ってないわけだし、確かに聞こえは良くないとは思うけどさ」

「いや、紀藤さん。そうじゃなくて。噂になってます。あんた、会社の機密盗んでしかも不倫してんでしょ？」

「は？　何の話してんだよ？」

冗談かと思ったが男は苦虫を噛みつぶしたような表情を崩さない。

「まあ他ならぬ紀藤さんだし、俺だって力になりたいのは山々ですけど、不倫はともかく今のご時世、機密はまずいでしょ。しかもこれ結構広まっちゃってるから、紹介でどっか別の会社にってのはもう無理だと思いますね」

紀藤は自分が嵌められたことを知った。

相変わらず武田の引き受け先は見つからない。

もう何日も眠れない。食事も喉を通らなくなった。救いは伶子だけだった。たとえそれが自分を追い詰める行為であると分かってはいても彼女の肉体に縋るほかなかった。その時だけは何も考えずに済むからだ。

伶子もまた夫との関係がうまくいっていないようで二人で毎日ホテルを転々とし、何日も家に帰っていない。会社には一応顔を出していたが、もはや誰も紀藤に話しかけてくるものはおらず、仕事にもタッチさせてもらえなかった。

申し訳なさそうな顔をした砂村千草が小声で言うのだ。

「すみません部長。部長に数字を見せると盗まれかねないからダメだとチーフが……」

紀藤は心身共にくたくただった。自分のことだけではない。武田に伶子、あまりに背負っているものが大きすぎて身動きが取れない。

駅のホームに立っていると線路に吸い込まれそうになった。このまま身を投げれば何もかも終わる。解放されるんだなと思うと身体が傾いだ。入線してくる電車のけたたましい警笛が聞こえる。引きつったような顔の運転士と目が合った瞬間、紀藤は我に返った。

何だよこれは。こんなんじゃヤツらに屈したことになるじゃないかと思うと自分が情けなかった。追い詰められて打つ手がないと絶望していることもそうだが、新海房子という女に対して恐れを抱いている自分を自分で許せないのだ。

怖いのだ。怖い。認めてしまうとどんどん怖くなっていく。ひたひたと何かが忍び寄って来るような怖さがあった。

ひたすら怯えている自分に気付いて、暗澹（あんたん）たる気分になる。

おかしい。自分は一体何にこれほど怯えているのだろうと、考えて考えてようやく答えに行き当たった。

一番怖いのは房子の目的が分からないことなのだ。

紀藤はグレーシアにあった資料を写し取ってきており、千草の協力もあって大体の金の流れは摑んでいた。大半が房子の意のままに動かされているのはもちろん予想通りだったが、それだけでは説明がつかないような気がする。房子は単純に金のために彼らを飼っているのか――？　考えれば考えるほどそうは思えなかった。

武田や渡辺、あるいは名も知らぬ老人たち。

しかし、それでは房子の目的は一体何なのか。紀藤にはどうしても分からないのだ。

その朝、ホテルを出た紀藤は着替えを取りに自宅に帰ることにした。数日ぶりの帰宅だ。妻の顔を見るのも気まずい。確か毎週水曜日は習い事で朝から出かけているはずだと思い出し、寄ったのだ。

玄関に入った瞬間、違和感を覚えた。紀藤の知る我が家とは何かが決定的に違う気がする。三和土（たたき）を上がると足の下で廊下が軋（きし）む。数歩歩いて開け放された襖（ふすま）の奥を覗き、違和感の正体に思い当たった。物がなくなっている。どの部屋もそうだ。大きな家具はそのままの位置にあるのに、妻の持ち物や彼女が気に入っていた小物などがきれいに姿を消していた。

重い足を引きずりながらリビングに入った紀藤はテーブルの上に投げ出された写真の

束に言葉を失った。

ホテルを出る姿、腕を組んで歩く姿、伶子との関係が様々な角度から執拗に映し取られている。

呆然と立ち尽くしているとインターホンが鳴った。

郵便配達員だ。彼が手に持っているのは紀藤宛の内容証明だった。

弁護士からのものだ。離婚の要求と、慰謝料に財産分与の文字が目の前でぐにゃりと歪み、こんな程度で動転するとは俺も随分可愛らしいじゃないかなどと考えたのも束の間、そのまま紀藤は意識を失った。

したたかにぶつけたようだ。背中がひどく痛む。吐き気がした。

左半身が冷たいような気がしたが、腕を持ち上げようとして、おやと思う。

感覚がないのだ。いつの間に時間が経ったのか、室内は薄暗い。リビングの窓越しに空が茜色に染まっているのが見えた。

もう夕方なのか？　おかしいなと思う。ここへ戻ってきたのは朝だったはずなのだが……。頭の中に霞がかかったようで考えがまとまらない。何か考えようとしてもするりと逃げてしまうのだ。段々視界がぼやけていく。冷たい。床の冷たさの他に何か身体が濡れているような気がする。臭い。小便か。失禁したのかとどこか遠い国の物語でも聞くような気持ちで考えている。

突如、猛烈な寒さを感じた。どうやら自分の身体はがたがたと震えているようなのだが、その感覚も妙に遠いものに思われる。

とにかく寒い。このままここに転がっているわけにはいかない。起き上がろうとするが、身体が動かなかった。

再び目を閉じた紀藤は夢うつつに誰かが囁くのを聞いていた。

「紀藤部長、まあお気の毒に。どうやらあなたの身に取り返しのつかない事態が起きたようですわね。でも良かったじゃない。グッドタイミングだわ。ちゃあんと保険がかかってますもの。加矢子さんに感謝しないと」

お前は誰だと言おうとして、うーうーと唸る声しか出せないことに苛立つ。

「ほほほ。いいざまだこと。大それたことを考えるからバチが当たったのよあなた。あーおかしい。おかしい。ねえ、びっくりだ。神様って本当にいるんだねえ」

そうだ。これは新海房子の声だと紀藤は気付き恐怖に戦く。逃れようと身体を捩る紀藤に房子が笑った。

「あら、心配しなくていいのよ部長。私に任せておきなさい。できるだけあんたが長生きできるようにお世話してあげますとも。アハハ。ねえ、紀藤部長。あんたさ、あれだけ私に楯突いたんだ、覚悟はできてるだろ。これからあんたの残りの人生、できるだけ引き延ばしてあげるよ。そうだそうだ。いっそ死んだ方がマシだと思うような目に遭わせてあげるわねえ。それがあんたのつ・ぐ・な・い、だ」

高笑いする女の背後から、救急車のサイレンが近づいてくるのが聞こえる。再び意識を失う瞬間、紀藤はようやく理解した。この女は残酷に支配し弄(もてあそ)ぶための獲物を狩っていたのだ。渡辺、武田、そして、どうやら次は自分の番らしかった。

◆◆◆

その日、紀藤は十時を過ぎても出社しなかった。あんなことがあった後でも彼は毎朝、八時半には出社していたのだ。自宅や携帯に何度も電話したが、どちらも応答なしだ。携帯に留守電も残しているのだがそちらも反応はない。

珍しく早めに出社してきた房子はそれを知ると「紀藤部長、最近調子が悪そうだったものね。心配だわ。いいわ、近くにいるヘルパーに様子を見に行かせましょう」などとわざとらしい口調で言った。ここ数日、紀藤が心身共に疲弊しているのは誰の目にも明らかだったのだ。自殺の心配もした方がいいのではないかと案ずる千草の耳に、房子の通話相手の声が彼女の持つスマホから漏れ出してきた。

「ひゃあ、そらえらいことだ」下品な大声は田中カツ子のものだった。

三十分もしないうちにカツ子からの着信があり、房子はスマホを持って部屋を出て行った。

「どうやら家にもいないようね。夕方にでももう一度、私が立ち寄ってみます」

戻って来た房子はそう言っていたが、救急車で運ばれた紀藤を診た医師の所見によれば、倒れたのは朝方だろうということだ。

「残念です。もう少し発見が早ければこれほど重篤にはならなかったんでしょうけど」

夕方、倒れている紀藤を最初に発見したのは、房子に同行していた千草だ。インターホンを鳴らしても応答がないのでやはり留守かと引き返そうとする千草に、背後に立つ房子が言った。

「ドア、もしかして開いてるかもよ。開けてみなさいな」

言われるままにドアノブに手をかけると、鍵はかかっておらず、すっと開いた。

玄関には紀藤の靴がある。

「部長？　奥様？　いらっしゃいませんか。砂村です。お邪魔します」

恐る恐る家の中に入った千草は床に倒れている紀藤と、モダンな室内に不似合いなパッチワークの手提げ袋が落ちているのを見つけた。趣味の悪い図柄に見覚えがある。

慌てて紀藤の状態を見極め、救急車を呼ぼうと携帯電話を取り出している千草の耳に、手提げ袋を拾い上げながら房子が笑うのが聞こえた。

「あらあら、田中さんたら。びっくりして忘れていったのね。相変わらず粗忽だこと」

房子はこれを自分に聞かせるためにわざわざ口にしたのだと千草は悟った。

一時的にグレーシアに運ばれていた機密書類は再び倉庫に戻っている。千草は房子に命じられるまま監視カメラで武田の様子を見ていた。

あっと思う。カツ子の手によってスプーンを乱暴に口に突っ込まれていた武田が突然、激しく顔を歪めたからだ。

不思議に思い音声を聞いた千草は慄然とした。調子の外れた歌が聞こえる。

「かーごめかごめ。かーごの中のとぉりぃはいついつ出ぇやある。夜明けの晩に鶴と亀がすーべった。後ろの正面だぁれだあぁ」

ワッと大声を上げる醜い顔に迫られ、のけぞる武田に婆はげひげひ笑いながら言った。

「いくら待っても助けは来ないよ、清さん。紀藤部長もクビになっちまったんだからね」

「ああ、武田様はご存じだったかしら？　弊社に紀藤という部長がおりましたんですけどね」

突然、かぶさってきた声に千草は飛び上がる。房子だ。グレーシアを訪ねるなんて一言も言っていなかったのに何故彼女がいるのか。

「それがお恥ずかしいことにうちの元ヘルパーと不倫関係になった上に合い鍵を持ち出してここに盗みに入りましてね。ああ、ここには機密書類が保管してありましたのよ。

どうやらそれを盗んで他社に流そうとしていたようなんです」

房子がちらとこちらに目をやるのが分かった。カメラ越しに千草を見ているのだ。

「そうそう。武田様もご存じですわね。不倫相手というのが富永伶子ヘルパーですわ。もうね、私もショックでしたわ。けれど因果応報でしょうか。私どもが警察に告訴しようとしたその当日にね、血圧が上がったのか脳出血を起こして倒れたそうですの。もうねえ、私たちは被害者の立場なんですけど、植物状態の人を相手にあまり強くも出られなくて怒りの持って行き場がないんです。まさかあんな人とは思わなかったと香坂も怒ってますわ」

「嘘をつけっ。そんな馬鹿なことがあるか」

「あら、武田様は紀藤部長のことをご存じでしたか？」

信じようとしない武田を、房子はわざわざ紀藤が入院している病院へ連れて行った。意識は戻っていたものの朦朧とした様子でうつろなまなざしを向ける紀藤の姿に、武田は車椅子の上で呆けたように宙を見つめていた。

◆◆◆

千草は夜ごとうなされるようになった。武田を陥れた房子の言葉が耳許で聞こえるのだ。

「武田様は気難しい方なの」「初対面の相手にはまず口を利いてはくれませんわ」「先生、ごめんなさいねえ。若い女性が相手ならそりゃあもう、武田様もにっこにこなんですけどね」

房子の言葉に何人目かの司法書士だったか行政書士だったかの男が調子良く答える。

「ははは。武田さん、野郎ですみませんね。でも、あなたの今後の生活を支えるための契約ですから、どうか話を聞いて下さい」

「人間嫌いな方ですから、私たちでも信頼してもらうまでかなり時間がかかりましたのよ。でも、頭の方はまだまだしっかりしていて頼もしいぐらいですわ」「王侯貴族の行列のようですわ」

房子の言葉に武田が車椅子にふんぞり返ったままテーブルに着く。

場所は市役所近くの公証役場の一室だ。

「さすがですわ武田様。ご立派なお姿にほれぼれします。会社員時代もそうだったんでしょうね。公証人の先生も武田様の経歴の立派さに敬服して一目置かれていますよ」

「では、武田清さん、この契約の内容に間違いはありませんね？」

公証人と名乗る初老の男がそう言って、武田の表情を窺うようにする。

差し出された書類を前に武田は注意深く見ようとしているようだった。隙のない目つきを繕おうと腐心するのか、きりりと唇を結んで見せるが、気を抜くとたちまちその緊張が消えどろんとしたまなざしが戻って来てしまう。

　投薬の影響だが事理弁識能力には差し支えなしという医師の診断が出ているのだ。代理人も公証人も疑う余地はなかっただろう。

「実に結構ですな。この通りです」武田が頷く。

「いやあ良かった。武田さん、ここぞという時はちゃんとお話ししてくれるんですね」

「だから心配なさることはないと言ったでしょう。ま、これでもう安心ですわね。先生もお忙しいでしょうし、武田様もあまり静かな生活を乱されることを好まれませんから、無理に顔を出さなくて結構ですよ」

　代理人の変更に再び武田は公証役場や銀行で書類を前に座る。寸分違わぬ同じ手順の繰り返しに、武田は必死で取り繕いながら房子に誘導されるまま受け答えをしていた。

「あの司法書士には本当に呆れましたわ。武田様を勝手に連れ出そうと画策していましたのよ。香坂も怒ってますわ。折角、色々目をかけてやったのに、恩を仇で返すようなことをして」

　うわああと叫び、千草は目を覚ました。毎日毎日、この夢の繰り返しなのだ。

◆◆◆

汐織はインターホン越しに押し問答をしていた彼らが諦めて帰って行くのをキッチン

の窓越しにそっと見送った。『株式会社ゆたかな心』を名乗る男女が訪ねて来たのだ。

もう五年近く叔父に会っていない。時折、ケアマネージャーの新海房子から近況報告がもたらされるのを聞くばかりだった。

聞くといっても、肉声によるものではない。

いつからだったろうか。汐織は房子の声を聞くことが苦痛になり、多忙であることを理由にしてメールによる報告に変えてもらった。その頻度も年を追うごとに少なくなり、今では年賀状、暑中見舞い代わりの新年と夏の挨拶だけになっている。内容も簡素なもので、二、三行の状況報告に加え「とはいえ変わらずお元気にお過ごしです」とか「春先には、花見に出かけました」などと書かれた本文に叔父の写真が一、二枚添付されているだけだった。

添付された叔父の画像を見るのが憂鬱で、最近では開くことさえしなくなっている。房子の報告によれば、叔父は年々、認知症が進行しているそうだ。それを裏付けるかのように、何度か見た叔父の画像はベッドで眠っているか、車椅子に座らされ、どこか虚ろなまなざしを宙に向けていた。かつての叔父の姿を思うと目を背けたくなるようなものばかりだったのだ。

ここ数年、新海房子とメール以外のやりとりはしていない。それでも汐織は携帯電話のメモリの中にある『株式会社ゆたかな心』を消すことができずにいた。

叔父の身に何かあれば自分のところに連絡がくるだろうし、いつか汐織の方から叔父に会いにいきたいと思う日がくるかも知れないとも考えていたからだ。

汐織にとって、叔父の存在は喉に引っかかった魚の小骨のようなものだ。

普段はなるべく考えないようにしているものの、どうしたところで完全に記憶が消えてなくなるはずもない。何かの折にふと、叔父は今頃どうしているのだろうかと考えてしまう。その度に最後に会った際のやりとりを思い出し、口の中が苦いもので一杯になる。

完全に見捨ててしまうことができればいいのだが、汐織にはどうしてもそれができなかった。そんな風に考える自分がどうしようもなく薄情に思え、自らを責めてしまう。叔父のことを考えると、心が軋む。自分にそんな資格はないと分かっているのに、抑えきれず悲鳴を上げてしまいそうになるのだ。

二〇一二年、秋。汐織は重い気分でクラブ・グレーシアに足を運んだ。叔父が自分を財産狙いだと言い出したと新海房子に聞いた時もショックだったが、後日の電話で聞いた内容は更にショッキングなものだった。

「どうやらね、武田様の認知症がまた別の方向に進んでしまったようですの」

「え、それはどういう……？」

妙に含みのある房子の口ぶりに汐織は思わず身構えてしまう。

「いわゆる色ボケというヤツね。ああ、ごめんなさい。叔父様のことだものショックだわよね。でもね、汐織さん。これは決して珍しい症状ではないの。理性で抑えていたものが出てきてしまうのよ。人間の本能ですもの仕方がないわよね」

慰めるような口調ではあったが、その実、突き放した言い方にやはり彼女にとっては他人事なのだと思った。

汐織だって子供ではないのだ。認知症の老人の中にそんな症状を見せる者がいることも知っている。あからさまに顔を顰めるような真似はしたくなかったが、それでもやはり自分の近親者となると話は別だった。信じたくないし、受け入れ難い。

「大丈夫だとは思うけど、もしかするとあなたのことも認識できなくて抱きついたりされるかも知れません。汐織さん、武田様のことを心配されるあなたの気持ちはよく分かるの。でもね、もしかしたら来ない方があなたのため、いいえ武田様のためなのかも」

確かにそんな風に壊れてしまった叔父の姿は見たくなかった。だが、いい年をして何を小娘みたいなことを、と己を鼓舞し、汐織はクラブ・グレーシアを訪ねたのだ。

そこを訪れるのは二度目だった。一度目の時は結局、叔父に会わせてはもらえなかった。

叔父は人格が変わってしまっており、汐織のことを財産狙いで寄ってくるハイエナだと罵っている。そんなところへ汐織が行っては、叔父の心が乱れてまた暴れ出したりするから今は遠慮して下さいと房子に言われたのだ。

◆◆◆

房子は汐織のことをヘルパーや代理人たちに説明する際、必ず「強欲な姪」と言っていた。側近だった千草は知っている。

汐織を武田から引き離すために房子が取った手段はこうだった。

まずは武田に対し、汐織が武田を気にかけているのは財産を狙うがゆえ。武田の財産を意のままにすることを目的としていると思い込ませようとした。

手始めに房子は汐織が『株式会社ゆたかな心』に対し、武田の居住するクラブ・グレーシアの月額利用料を訊ねてきたと言いつける。もちろん事実無根の言いがかりだ。

自らの虚言を武田に信じ込ませるため、房子は汐織が現在抱えている彼女の家庭の問題を列挙した。この内容に関してはすべて事実だ。その上で自分は彼女からこれほどの信頼を得たものの、困ったことに彼女の野望を知ってしまったと武田に告げる。

武田の財産を狙う汐織はそれを目減りさせてしまわないように、『ゆたかな心』の利用ランクを落とそうと画策。けれど、気高い理念の下で五つ星ホテル並みのサービスを誇る我が社の鉄壁の守りにはねのけられて無理だと見るや、貧困ビジネスに近い劣悪な介護事業者を探しているようだと耳打ちしたのだ。

房子は渾身の演技で切々と武田に訴える。汐織の信頼を裏切りたくないのは山々だが、ここで自分が黙っていることで、万が一にも武田に不利益が生じては大変なので、悩んだ挙げ句、心を鬼にして打ち明けることにしたのだというのである。

虚実を巧みに混ぜ合わせ、汐織の親身な態度はすべて財産目的、彼女を実にしたたかでいやらしい女だと印象づけようとした房子の試みは、しかし失敗に終わった。

「汐織はそんな子じゃない。何かの間違いだろう」と武田がまったく取り合おうとしなかったのだ。

だが、同時に房子は汐織に対しても仕掛けていた。最近、武田の被害妄想が激しく、汐織を財産狙いのハイエナのように思い込んで無用の警戒を始めたなどと、これまた事実無根の情報を吹き込んだのだ。こちらはそれなりに効果があったようで汐織は動揺を見せた。

とはいえ、この時点では汐織の足をわずかに遠のかせる効果しかなく、二人を仲違いさせるにはほど遠い状況だった。

次に房子が取った方策は実に醜悪なもので、これまでにも色んなものを見せられてきたはずの千草でさえも、あまりのえぐさに目を背けたくなったものだ。

まず、薬である。

『ゆたかな心』には田中カツ子という下品な老婆がいる。教養もなければ向上心もない、汚泥の中で蠢くような彼女はヘルパーとさえ認められず半人前の雑役係として遇されているが、一方では房子の忠実な僕だった。

密室であるクラブ・グレーシア内での武田の発言はもちろん、独り言さえ漏らさず房子に報告し、房子に焚き付けられるまま、武田がもっとも嫌がる品のない振る舞いを嬉々として行うのだ。

その効果は抜群で、武田の苛立ちは日増しにひどくなり、不健康な食事や生活習慣と相俟って、たちまちのうちに彼を些末なことですぐに切れる老人に仕立てあげた。

まったく。使い方さえ誤らなければカツ子ほど有能な工作員はいないのではないかと千草は舌を巻いたものだ。

ある日、ついに武田は田中カツ子の低レベルなからかいに耐えかね、カツ子に手を上げた。その場面は房子が周到に設置していた監視カメラに録画されていた。

バシンッと肉を叩く衝撃音が響く。

武田が平手でカツ子の頭を殴ったのだ。

ひいいいっと身も世もなく悲鳴を上げながら、しかしどこかからかうように逃げ惑うカツ子に更に殴りかかる武田老人。

「助けてええ」と叫びながらカツ子が逃げ出した後にはぜいぜいと、激しく肩を上下させて立ち尽くす武田の姿が映っていた。

映像の中、彼は自分が何をしでかしたのか理解できていないように見えた。ぽかんと口を開け、どこか虚ろな顔でその場にぼんやり佇んでいるのだ。

原因を作ったのはカツ子だとはいえ、武田が暴力をふるったのは明白だ。通常であれば、当施設では面倒を見ることができないと退所を願うところである。

主治医に対しても房子の計略は余すところなく発揮される。

父とも恃む武田を大切に敬い、手厚くお世話をしたいのに、高齢ゆえに抑制が利かない暴力性がそれを阻むのだと嘆く。更にはその症状を何倍にも大袈裟に申告することで、本来武田に必要な量よりはるかに多い薬を処方させることに成功したのだ。

当然、武田は薬を飲むのを嫌がったが、ぐっすり眠れるようになるだとか、気分がすっきりするだとか、房子によって言葉巧みに丸め込まれ、常用するようになった。

この薬は暴力性を抑えるだけに留まらず、彼から明晰な思考をも奪い取ってしまう。その空隙に忍び込み洗脳することで、房子は武田を完全な支配下に置いた。

昼となく夜となく、夢うつつに暮らす武田の前で、房子は武田の亡き妻を真似る。声や話し方などを知るわけはないのに、武田の反応を観察しながら房子は少しずつ妻へと近づくのだ。最初は不思議そうな反応だったのが、やがて目の前にいるのが妻であると納得するようになった頃、武田の脳はもはや正常な働きをしなくなっていた。

◆◆◆

二〇一二年、秋のあの日、ヘルパーによってクラブ・グレーシア内に招き入れられた汐織は居心地の悪い気分で共用リビングのソファに座っていた。ヘルパーだという中年女性は何か急用ができたとかで、すぐに戻るのでこちらでお待ち下さいと言い残して外に出てしまった。

叔父の顔を見るのにヘルパーの付き添いが必要なのも変な話だなと考えていると、突然、廊下の奥から声が聞こえた。

「美代(みよ)ー、美代ー」叔父の声のようだ。

とうに失われた娘の名を呼ぶその声があまりに悲痛で、汐織は反射的に立ち上がった。おかしなことにこの時、汐織は幼かった頃の我が子が転んで怪我をし、助けを求めて自分を呼んだときの声を想起していたのだ。対応を託そうにもヘルパーは不在だ。

慌てて声のする部屋の半開きの引き戸から中を覗いた汐織は目の前の光景に息を呑んだ。

そこにあったのは上半身裸の新海房子に抱きつく叔父の後ろ姿だった。

呆然として声も出ない。

房子は汐織を認めると、ね、仕方ない人でしょうと言わんばかりの顔で苦笑した。

汐織は何年も経った今でもなお、何かの拍子にその時の房子の顔を思い出して吐き気を覚えるのだ。

あまりの衝撃にその日はそのまま叔父と話すこともなく帰って来てしまった。

壊れてしまった叔父に対する悲しみと、嫌悪感。それを受け入れられない狭量な自分を責め、ついには考えることを放棄した。それでも汐織は繰り返し脳裏を過るあの光景に苛まれ、しばらくは食事も喉を通らず、げっそりと痩せてしまった。

◆◆◆

姪の汐織が訪ねてくる旨をヘルパーから聞かされ心待ちにしていたのだろう。カメラ越しにも楽しげな武田の様子が映っていた。

その日、武田の意識は明瞭だったはずだ。房子がカツ子に命じて二、三日前から例の薬を飲ませていなかったからだ。

「汐織はどうした。あの子が来るはずだ」

武田の問いに房子は言いにくそうに「実は」と口を開く。

彼女が武田に語ったのはこうだった。過日、汐織は一度はここへ来た。しかし、汐織は房子を自分の側に引き込むべく説得を始め、断られると激高して罵声を浴びせ、武田に会うこともなく帰ってしまったのだとまことしやかに話してみせたのだ。

「何を言っているんだ。そんなことは信じられん。大体、あの子は妻と私が死んだ娘のように可愛がっていた子なんだぞ」

「それが……。汐織さんにとってはそれが苦痛だったとおっしゃるんです。自分にとっては幼い頃から美代ちゃんと重ねて見られて辛かった。だから、叔父さんたちの財産は慰謝料代わりに私が貰うべきなんだと……」

「馬鹿な。それが本当なら許せないぞ。私のことはまだいい。しかし、亡くなった家内の愛情をそんな風に貶めるとは」

そこで房子はほろりと涙をこぼす。

「ええ、私もそう思うのですけど、汐織さんがおっしゃるには、子供の頃から叔母さまが怖いというか、苦手だったと……」

これはあながち嘘ではないのだが、聞かされた武田にとってみれば最悪のタイミングだっただろうと千草は思う。

そこへ汐織がやって来たのはもちろん房子の計略だ。ここ数日、武田の頭がはっきりしているのでこの前のようなことも起こりそうにないし、今のうちに顔を見せてはどうかと勧めたのだ。

汐織を見た瞬間、武田の顔色が変わる。

「出て行けっ。何しに来た、この守銭奴が。お前にやる財産などないぞ」

汐織が反論する間もなくまくし立てる。

武田の憤激にひどいショックを受けた汐織は二度とグレーシアを訪れることはなかった。

ようやく房子は武田清を孤立させることに成功したのである。

投薬、そして外部との接触を遮断された刺激に乏しい生活。

その密室は甘い夢を老人に見せ続ける。

だが、この世で彼は一人きりだった。

その日から間もなく、寄る辺ない我が身の孤独に怯える日々、老人は房子の「親身」を買うために、悪魔の契約に署名した。


二〇一七年十一月。

武田が自宅に帰ることになった。

房子が手配したタクシーで、ニュータウンを走る。武田にとっては実に五年ぶりに見る景色ということになる。ごみごみした中心部とは異なり、広い道幅、計画的に整備された清潔な街並み。武田は安堵を見せ、表情からも浮き立つ心が伝わってきた。

後部座席で房子がしきりに武田に話しかけているが、武田は聞いていない。耳も随分遠くなっているうえに、もうこれで縁が切れると思っているのだろう。いい顔をするつもりも、体裁を繕うつもりもなさそうだった。

「やあ、君たちにもずいぶん世話をかけたね。感謝してますよ」

以前の傲慢さを取り戻したように言う。清々したと顔に書いてあるのがおかしい。

「汐織の連絡先を書き留めた電話帳はどこに置いたかな」

先ほどから武田は同じことばかり繰り返していた。まずは彼女に連絡を取って新生活を始めるつもりなのだろう。

「家に着いたらまず捜さなければ」

高台に建つ二階建ての家が見えてきた。思わず顔をほころばせかけた武田の表情が曇り始める。

武田は首を傾げた。

「うん？　妙だな。家のこちら面には雨戸があったはずだが」

タクシーを降りた武田の前にあるのは門扉から玄関へと続くスロープだ。

「なるほど、これがバリアフリーか」

感心するのも束の間、千草の支えでどうにか立っている武田に房子が車椅子に乗るよう促す。

「要らないよ。自分で歩く。階段でないならさほど苦労じゃないだろう」

「ええ、もちろん分かっていますわ。ですが、新しいお宅に慣れるまではお乗り下さい」

　武田は癇癪（かんしゃく）を起こしたが、長いスロープに屈する形で「本当は必要ないんだが」などとぶつぶつ言いながらもどこかほっとした様子で座面に腰を下ろした。

　スロープを上りきり、玄関前まで来ると武田は背後で車椅子を押す房子を振り仰いだ。

「これは……一体誰の家だ」

「ほほほ、イヤだわ。忘れてしまわれました？　武田様があれほど焦がれたご自宅ですわ」

「違う」「違う。違う。違う」車椅子から転げ落ちるように玄関先に降り立った武田はよろめきながら扉を開ける。

　床も天井も壁もすべて張り替えられていた。そこにあったはずの襖も扉も何も残っておらず、武田にとってはまるで見覚えのない景色だろう。武田はぜいぜいと激しい息をしながら、もがくようにして階段を這（は）って登り、こけつまろびつ二階を探す。

「どこかに痕跡があるはずだ。私の家だ。家。君、君、どこにいる？」

　恐ろしい叫び声が上がった。

「うわあああああああ」

　武田だ。その叫びは長く尾を引き、止まらない。

「まあまあ、そんなに大きな声を出して、ご近所から苦情が来るわよと言いたいところだけど、大丈夫よ。防音工事も追加で頼んでおいて正解だったわね」

白に薄いクリーム色、清潔な色調で統一された、どこかの介護施設のように無個性な部屋のどこかから、ひょっこり顔を出したのは田中カツ子だった。相変わらず汚らしい。武田が信じられないものでも見るようにカツ子を見ている。それはそうだろう。今朝、グレーシアを出る際に上機嫌の武田は彼女に言ったのだ。「あなたにも長らく世話になった。ありがとう」と。

カツ子は歯のない口許を隠そうともせず、いひひと下品な笑い声を上げ、薄くなった武田の背中を叩き「ひゃあああ、清さんたら何を言い出すやら。そんなにしおらしいやなんてあんたらしくもない。雨でも降るんと違うかね」などと軽口を叩いていたのだ。

いやらしい婆の登場に武田の顔が恐怖と嫌悪でぐしゃりと歪んだ。

「わあああああああああああ」

どこにこれほどの体力が残っていたのか、耳をつんざくばかりの叫びがほとばしり出る。

「おやおや、清さん。大きな声を出して。よほど家に帰れたのが嬉しいと見えるね」

「さあ、それじゃ改めて、これからも二十四時間、よろしくお願いしますわよ、武田様」

サイレンのように叫び続ける武田の声にかぶせるようにして、過去の面影一つ残さず綺麗（きれい）にリフォームされた武田の家に高笑いする新海房子の声がこだましていた。

4

梅雨（つゆ）の午後、千草は葬儀会館の授乳室にいた。もっとも外で母乳を与えるつもりはなかったので、持参した粉ミルクを水筒のお湯で哺乳瓶（ほにゅうびん）に溶かす。くふくふと懸命にミルクを飲む愛（いと）し子を見つめ、千草は場違いであることも忘れ、幸せを噛みしめていた。

子供の名は翼（つばさ）。千草の子だ。

千草が『株式会社ゆたかな心』を退職したのは武田の解約騒ぎが起こって間もなくだ。その後に授かった子供を年明けに産んだ。

年齢的にぎりぎりかと思われたが、幸いに子供は健康そのもので、すくすくと育っていた。

でも、今日は本当にタイミングが良かったわと千草は思う。

そろそろ首も据わってきたところで、少し長めの外出も何とか可能になっていたのだ。

もう少し前であれば、そもそも告別式に参列しようなどとは考えられなかったはずだ。

実際、今年の二月にあった武田清の告別式にも本当は参列したかったのだがさすがに新生児を連れ出すことはできず、千草自身の身体もまだ本調子ではなく断念した。

もっとも、千草の参列が許されたかどうかは疑問だった。その時点で『株式会社ゆたかな心』と武田の姪、汐織との関係はこじれにこじれていたからだ。たとえ退職した後であっても、あの会社にいたというだけで、追い返された公算が大きいのだ。

授乳後におむつを替えて、しばらくあやしているうちに翼は眠ってしまった。ベビーカーに乗せて、授乳室を出る。親族でもない女がベビーカーを持ち込むのはさすがに行き過ぎの気がして、ベビーカーを預けてその部屋に向かう。

松戸加矢子の葬儀だ。

ある時、千草は彼女が房子と自分の噂話をしているのを聞いてしまった。

「千草さんもねえ固いわよ頭が。彼女だってもうアラフォーでしょう？　房子さんも頭が痛いよね。頼りの右腕があんな夢見る夢子さんじゃやね。まるで中学生レベルだわ」

呆れ果てたように言う加矢子に「そうなのよ」と応じる房子。二人は相似形の姉妹みたいに同じ表情で千草を馬鹿にして笑い合っていた。

鋭い嗅覚の持ち主である彼女は千草をこき下ろすことで房子の機嫌を取り結べることを本能的に摑んでいたのだろう。

その後も、千草の態度の変化に気付かぬはずもないのに彼女は千草に対し親身な態度で接することを止めなかった。「いい加減に現実を見ろ」だとか「早く結婚しないと子供を授からないよ」などと親切ごかしに言い募るのだ。

若い頃に離婚したという彼女はその意味で房子とてもよく似た境遇だった。

「亭主なんかいなくても困らないけどね、やっぱり子供がいると心強いわよ。何があっても安心なんだから」

一見親切なアドバイスに聞こえるが、言葉の端々から、とうに醒めた相手にいつまでも執着し続ける行き遅れの経理のオバサンを揶揄するものが感じられた。

千草は「そうですね」と頷きながら、子供を信じて疑わないところまで房子とよく似ているなと考えていた。

「千草ちゃんねえ、子供は絶対に作っておかないと将来困るよ」

皮肉なことに、そう言い募っていた加矢子は何らかの事情で自分の子供と仲違いしたらしい。その辺りの事情について彼女は決して口を割ろうとしなかったが、とにかく外交員時代に貯め込んだお金で「究極のオーダーメイド介護」を利用するべく、『株式会社ゆたかな心』に申し込んで来たのだ。

この時点で既に房子の心は『株式会社ゆたかな心』から離れていた。

まるで魔術が解けたようなもので、究極のオーダーメイド介護とやらも有名無実のものと化してしまっていたのだ。とはいえ、それでも普通レベルのサービスを受けることはできただろう。

同時に、やはり房子は房子だ。表面上はうまく付き合えていたとはいうものの、その実、一触即発で目の上のたんこぶみたいに鬱陶しい相手である加矢子を房子が見過ごすはずもなかった。ライオンが獲物を弄ぶように爪を立てたのだ。

あれほどしっかりしていた加矢子の早すぎる認知症の発症と進行も疑えば疑える。だが、その辺りの事情を千草は詳しくは知らなかった。その少し前から千草はことの片棒を担がされる立場から外されていたからだ。紀藤部長との繋がりを房子によって疑われたせいだ。

ある意味、正解ではあるが、不正解でもある。千草は結局、紀藤の味方でもなかったからだ。傍観者の立場を貫き通したのだ。

武田に渡辺。彼らがあそこまで追い込まれたのは周囲の協力あってこそだ。

登場人物はこうだ。房子や万平といった中枢となって悪事を働く人間、そして仁川や関口老人といった周囲の協力者たち。ここまでは積極的消極的を問わず、害意の自覚があるだろう。千草や美苗のように、自分のエゴのために見て見ぬふりをし続けた内部の者も同罪だ。そして善意の「村人」たち。彼らは何の害意もなく、よかれと思って武田たちの退路を断っていったのだ。

告別式が始まるまでは三十分近くある。

乳児連れゆえいつ退席することになるかも分からない千草は先に焼香だけでもさせて

もらえないかと頼んでみるつもりで時間より早く来たのだ。

会館のスタッフが喪主だという加矢子の息子に声をかけに行ったのを待っていた千草は、彼と話をしている人物を見るともなしに見て驚いた。

嘘でしょ？　なんで彼女がこんなところに――？

驚きながらも加矢子の息子のもとへ向かい、お悔やみを口にし、名乗る。加矢子の訃報は彼女の顧客を引き継いだ外交員からもたらされたものだ。千草は翼が生まれたのを機に保険を見直したので、もはや関わりはなかったが、後任の女性は律儀に連絡を寄越してきたのだ。

「私、生前のお母様には本当に心を砕いていただいて。無事に子供を授かることができたご報告もできないままにこのようなことになってしまいました。せめて最後に息子の顔を見ていただこうと」などと殊勝な口上を述べると、加矢子の息子は恐縮し、焼香台に案内してくれた。

型通りの挨拶を終えると、彼は待たせていた人の方に向き直り再び話の続きに入ったようだ。

焼香を終え、ずり落ちてくる翼を抱え直していると、係員に椅子を勧められた。加矢子の息子に近い椅子を選んで腰掛け、翼をあやすふりをしながら、彼らの話に耳を傾ける。

話をしている相手は男女二人組だ。喪服姿の眼鏡の中年男ともう一人。加矢子の息子に挨拶をする際、近くで見直したので間違いなかった。何故、彼女がこんなところにいるのかさっぱり分からなかったが、その女は誰あろう武田の姪の汐織だった。

彼らの話を聞いているうちに千草は笑い出しそうになり、すんでのところで堪えた。どうやら彼らは『株式会社ゆたかな心』の悪事に関する情報を交換しているようなのだ。

まさかと思ったが同時に好奇心がむくむくと湧いた。これは面白い。退職して一年と少し。果たしてあの会社の中がどうなっているのか是非知りたかった。

「あの……。もしかして武田様の？」

おずおずと声をかけると、汐織はびっくりしたように千草の顔を見、腕の中で眠る翼に視線を落とし、再び千草の顔を見る。

「あなたは確か、『ゆたかな心』の……？」

半信半疑といった様子で訊く汐織に千草は改めて頭を下げた。

「はい。経理の砂村です。といっても武田様のご解約を機に退職したのですが」

汐織と加矢子の息子、更には脇に立つ眼鏡の男が色めき立つのが分かった。

間もなく告別式が始まるとのことで喪主である加矢子の息子や眼鏡の男はここに残り、近くのファミレスで汐織と二人で話をすることになった。

思いがけず、千草はその後の会社の様子を知ることになった。

実のところ、千草は今日もしかすると房子か、あるいは会社の誰かが顔を出すのではないかと危惧する反面、期待もしていた。加矢子の遺影に対してしたのと同様、息子を授かったことを見せつけてやりたいという思いがあったのだ。

しかし、その心配も期待も共に見当外れのものだった。

汐織によれば、加矢子の遺族は加矢子の財産の異常な減少ぶりに疑問を抱き、数ヶ月前に契約を解消しているそうだ。以後『ゆたかな心』とは没交渉なので、恐らく加矢子が亡くなったことさえ知らないのではないかという話だった。

「異常な減少……」

呟く千草の顔を汐織が窺うように見ている。千草はいたたまれないような顔をしながら、同時に感心していた。

この汐織という女と初めて会った時から七年近くが経つ。

当初の汐織は千草の目にはひどく自信なさそうに映った。叔父である武田の問題にどこまで介入していいのか分からず、また彼を生涯背負う覚悟もなく、重責に途方に暮れていたのだろう。

それがどうだろう。今、目の前の彼女は怒りを原動力に逞しくもしたたかだった。

この探るようなまなざしは、と千草は考える。恐らく彼女は武田の件を機に退職したという千草を糾弾すべき相手なのか否か見極めようとしているのだろう。

「あの、実は私、『株式会社ゆたかな心』を相手取って裁判を起こせないかと思っているんです。あなたにとってはあまり気持ちのいい話ではないのかも知れませんけど」

そう言って強い視線を寄越しながら、千草と翼を見比べると、たちまち攻撃的な光が弱まる。

「裁判を……。それはあの、どういった？」

愚鈍で矮小な女を演じ、怯えたように訊く。自己保身に走り、降りかかって来る火の粉の下で身を小さくしている。房子の前でずっと演じてきたものだ。

「ああ、ごめんなさい。あなたを責めるつもりじゃないんですけど、どうしても腹に据えかねることがあるものだから」

汐織が言わんとするのは、武田の資産の減少のことと、武田の元自宅のリフォームが適切だったのかどうかということだろう。確かにその家はとうの昔に武田の所有ではなかったから、真の所有者が思うままに改装する権利があった。房子である。

しかし、実際にその費用を負担したのは武田である。元自宅に戻った賃借人武田が暮らし良いようにリフォームしたとはいうものの、その改装は実のところ予定の十年を待たず退職を早めた親戚が早晩介護ステーションを開設するために都合の良いよう房子が指示したものだ。

今日、汐織が加矢子の葬儀に来たのは彼女の遺族と連絡を取り合うためだそうだ。一緒にいた眼鏡の男は訪問薬剤師で、武田の自宅を訪れた彼はたまたま知ったオーダーメイド介護にかかる費用の高額ぶりに驚き、明らかに認知症の老人が囲い込まれていることに義憤を覚え、汐織に連絡してきたものらしい。程度の差こそあれ極めて似た状態の加矢子のケースでも家族が疑問を抱いていることを知り、汐織を紹介するため同道して来たのだ。

クラブ・グレーシアから自宅に戻った武田清はそこで飼い殺しにされ、ゆっくりと死を待つはずだった。

しかし、助けは来たのだ。汐織である。

だが、すべて遅かった。絶望の中、食事を拒否し続けた結果、武田の身体状況は目に見えて悪くなり、全身がひどく衰弱していたのだ。

「私、本当に驚きました。だってあの家、幼い頃からよく知っていた叔父の家とはまるで違うものになっていたので。それにいつの間にか人手に渡っていたなんて」

頷く千草に汐織は険しい顔をした。

「叔父自身もですね。一瞬、幽霊かと思ったほどです」

汐織が閉ざされた扉を開けた時、中で囚われていた武田はもう手遅れで、長くは持たないであろうことが誰の目にも明白だったのだ。

「なんでああなるまで放っておいたのか。私は自分で自分が許せませんでした。それは今でも同じです」

房子の謀略によって遠ざけられた汐織が武田の許を訪れたのはある人物の進言があったからだそうだ。その名を聞いて驚いた。富永伶子だったのだ。

紀藤が倒れた後も、伶子は孤軍奮闘していた。彼女は武田を救い出し、『ゆたかな心』と房子の悪事を暴き、復讐（ふくしゅう）するつもりだったようだ。

武田が寄付した五千万円、そして複雑に結ばれた各種契約。その締結時期と武田の意思能力を突き合わせれば会社を叩くことは可能だと思ったようだ。窮鼠（きゅうそ）猫を噛むとでも呼びたくなるくらいだ。エグゼクティブに昇進した頃のおっとりした表情からは想像もできないほど伶子は執拗だった。どうにか会社に傷をつけようとあの手この手の策を講じていったのだ。その執念深さはどこからくるのか――。

まあ、当然といえば当然かと千草は思った。ここで防衛しなければ伶子には何も残らないのだ。大切だったはずの家族も、人が羨む住宅も金もこの先の未来さえも彼女の前から消え去ろうとしていたからだ。

だが、すべては失敗に終わった。

同時に房子による報復が開始される。

ただでさえ気に入らなかった伶子が自分に向かって牙を剝いたのだ。家庭を壊すだけでは飽き足らず、二度と社会復帰できないようにしてやるとばかりに伶子の自宅はもちろん、夫の勤め先、どこで調べたのか親族にまで再三電話をかけ、伶子の悪行をあることないこと含めて並べ立てた。こういうと房子の方が異常だと思われそうなものだが、あまりの言葉の巧みさに相手がみな房子を信じてしまうのだ。

伶子はかつての自分の夫と紀藤の妻の両者から求められた慰謝料を工面するため、風俗に身を落としていた。そんな伶子と千草は今でも連絡を取り合っている。伶子は千草をレジスタンスの同志か何かと勘違いしているようで、休日を使って調査したことを逐一千草に報告してくる。実は武田が亡くなったことも伶子から知らされたのだ。

その彼女が汐織の許を訪ね「武田様を助けて下さい」と頼んだというのである。

しかし、汐織もまた房子から伶子の悪評をたっぷり聞かされた後で、当初伶子の言葉に耳を貸すつもりはなかったそうだ。

それでも、彼女の真摯な訴えがずっと気になってはいた。そこへ薬剤師の男性から連絡が入ったのである。

そして扉は開かれた。汐織の姿に力を得たのだろう。武田は一時的に驚くほどの回復を見せ、意識も極めてクリアな状態になった。

その時に武田は言ったのだ。

「ようやくヤツらから逃げることができた」「助けてくれてありがとう」と。

汐織の話を聞くまでもなくこの辺りの経緯は房子から聞かされ知っていた。「お二人でごゆっくり」と田中カツ子は退出したが、武田の自宅にも設置されていた監視カメラは作動したままだったからだ。

その後、正式に武田の成年後見人に就任した汐織は、叔父が『株式会社ゆたかな心』と結んだ究極のオーダーメイド介護の契約解除を申し入れてきた。

房子の激高ぶりと来たら見物だった。

「家族のつもりであれだけ親身になってやったのに何様だ」と言うのである。

房子は汐織を悪し様（あしざま）に罵倒した。聞くに堪えないほどの罵詈雑言（ばりぞうごん）を浴びせたのだ。

「お前が放っておいたくせに今になって金が惜しくなったのか」「守銭奴め」「この恩知らずが」「うちの会社がなければとうの昔にこの爺（じじい）は野垂れ死んでたんだよ。その恩も忘れて」等々。

汐織は「とにかくもう結構ですから」「今までお世話になりました」と言うばかりで一切耳を貸そうとしなかった。賢明な対応だったと思う。

「あれには参りました。悔しいやら恐ろしいやら、今でも時々夢に見ます」

本当に恐ろしかったようで汐織は身震いした。

だが、と千草は思う。彼女はまだ幸運だったのだ。

武田にとっては長い不幸の果ての遅過ぎた救出だったろうが、丁度潮時でもあった。

当初、一億五千万円ほどあった武田の資産はごく早い段階で五千万円が寄付として消えた。更に武田清にとっての究極のオーダーメイド介護は渡辺老人がそうであったのと同様、二十四時間常に誰かが付き添っている契約だ。クラブ・グレーシアの滞在費用とほぼ同額、一日あたり四万円超え、月々約百三十万円である。ちなみにグレーシアにいる間はこれが二重にかかっていた。結局、グレーシアの滞在費を割り引くことで体裁を保っていたようだが、それでも一日六万円である。更には元自宅の賃借料だ。武田がグレーシアにいる間、そして名義が房子に変わった後も支払い続けていた。だからこそ最終的に戻ることができたともいえるのだろうが、これもまた結構な額だ。武田が受け取る年金や不動産収入で足りない分は預貯金を取り崩すこととなり、五年を超えたところで残額はわずか数百万円ばかりとなっていた。

武田についていた司法書士の星崎は馬鹿正直にも、この高価な究極のオーダーメイド介護こそが武田の望みであると疑わず、その生活を守るため既に武田が所持していた株を売却、ついで田舎(いなか)の土地の売却をも視野に入れ始めているところだった。

だが、これは実のところ面倒な話である。

不動産の売却となれば武田の現在の意思能力が問題になるし、それが欠けているのならばもはや財産管理の段階ではなく、同時に締結している任意後見契約を発動せねばならなくなるからだ。あくまでも房子は星崎に対しては武田の意思能力があるとしていた。ならば契約は財産管理委任の段階に留まり、任意後見を申し立てる必要は生じない。ボンクラの司法書士だけを騙すことができればいいのだから、そのレベルに留めたかったのだろう。

星崎は最後まで武田の意思能力が保たれていることを疑わなかったようだ。世の中が性善説で回っていると思っているような育ちのいいエリートにはみずみずしい葉の裏側にびっしりと貼り付いた昆虫の卵のような悪意に気付くことはできなかったのだ。

そもそも、房子からすればもはや武田には旨(うま)みはなかったのだ。むしろこれ以上無理をすることでリスクが生じることを恐れたのだろう。もう十二分に搾り取った後だし、彼女の大嫌いな尊大な老人を蹂躙し尽くした。

何よりも房子の興味は新しく手に入れた紀藤という玩具(おもちゃ)をいたぶることに移っており無理に武田を支配下に留めておく理由などなかったのではないかと思われる。

それに対し妻や子供たちから見放された紀藤は一人では生きられず、房子の軍門に降(くだ)ることになった。彼はもしかすると今でもクラブ・グレーシアの二号室にいるのかも知れない。

そんなことに思いを馳(は)せている千草の耳に汐織が話す声が聞こえてきた。

彼女は、武田に判断能力がなかったと証明できるのならば五千万円の寄付金を取り戻せるのではないかと思って調べたのだそうだ。

実は紀藤部長もまたこの金に最初に目をつけていた。

だが、その寄付がなされた時期は武田がやってきたごく初期の話である。彼の認知能力には何の瑕疵もないのが明らかだった。

更にいえば動かぬ証拠があるのだ。

NPO会員たちを前に彼が講師を務めた研修会を録画した映像である。

汐織は実際に会員の何人かに話を聞いたらしいが、当時の武田の意思能力に不安があるとは思えなかったという答えばかりだったそうだ。房子の息のかかった仁川や関口老人などの証言では弱いかも知れないが、佐野やその他、まったく利害関係のない純然たる第三者も沢山いるのだ。

彼らは万平の理想に共感してNPOに集った人々だ。その実、中身などないことにそろそろ幻滅している頃だろうか……。などと考えていると、汐織がじっとこちらを見ているのに気付いた。

「あ……ごめんなさい。私に何ができるのかなと考えていたんです」

「何かご存じのことがあれば。いえ、できたら裁判で証言していただけませんか」

真正面から汐織に言われ、千草は思わず翼をぎゅっと抱きしめた。

目を覚ました翼がふにゃふにゃと泣き出し、慌てて千草は彼をあやす。しばらくぐずっていた彼が静かになると、千草はしおらしく頭を下げた。

「私は経理を担当していただけで、あの人たちがやっていたことはよく分からないんです」

汐織がそうだろうなと言わんばかりの顔で頷くのを見て、千草は内心そっと笑った。長年、房子の前で愚鈍で地味な経理のオバサンを演じて来たことは無駄ではなかったようだ。

千草は眠る翼の顔を覗き込んで言う。

「私、あの人が怖いんです。私が裁判で何か言おうとするとこの子をどうにかされそうで」

「ああ、新海房子さん？」

頷く千草に汐織は溜息をついた。

「それは仕方ないですよね。私も正直に言うとあの人とはもう関わりたくないんですけど、でも叔父の無念を晴らすためにはこれしかないのかなと……」

特に汐織が憤っていることがある。

武田と『ゆたかな心』の契約を解消するためには早急に受け皿を探す必要があった。身体状況の悪さを理由に一時的に入院させることはできても、病院は治療をする場所だ。体力さえ回復すればすぐに退院を迫られる恐れがあった。よもや自宅で二十四時間の介護ヘルパーをつけるわけにはいかない。預貯金残高も心許なく老人ホームの高額な入居一時金がすぐには工面できない。安価な施設を探し大部屋でも厭わず入れてもらうしかないのだが、この引き受け手探しが難航した。

近隣の介護事業者には虚構のカリスマ香坂万平が張り巡らせたネットワークがある。抜かりなく手が回っており、まったくどこも引き受けてくれようとせず、ようやく見つけたのは隣接市の事業者だった。例の薬剤師の尽力によるものらしい。

究極のオーダーメイド介護とはいうものの、ベースの部分では介護保険を利用している。その不足部分を個人対『ゆたかな心』の契約でカバーしている状態だ。後日の話だが、新しい事業者にはこの引き継ぎの書類が送られず、ヘルパーの派遣拒否等大小様々な嫌がらせがなされたそうである。

とにかく事業者切り替えの日、『ゆたかな心』からは房子と男性社員が数人、午前中から武田宅にやって来て、武田の寝ている介護ベッドを持ち去ろうとした。これはレンタル品であり確かに『ゆたかな心』から借りているものだが、上には既に寝たきり状態となった武田がいるにもかかわらずの狼藉（ろうぜき）である。

朝から詰めていた汐織に向かい、不快感を隠そうともせず房子は言った。

「契約ですからベッド持って帰りますよ。この人どうする？　床に転がしといたらいい？」

冗談ではなかったようで、武田はフローリングの床にタオルケット一枚で放り出されたという。

汐織によれば、実際のところ裁判をするのもなかなか難しいらしい。

明確に法に触れている部分がないせいだ。

認知症の老人にこれだけ多額の支払いをさせていたのならば問題だが、意思の明瞭な時期に将来の約束をしていたのなら何ら不都合はないことになる。

千草の反応が鈍いため話すことも尽きてしまったのだろう。少し表情を和らげた汐織が千草の腕の中で身じろぎしている翼を見て言った。

「やっぱりハーフちゃんは可愛いわね。ご主人のお国はどちらなんですか？」

翼の父親は白人だ。何度も受けた質問に、千草は笑って答える。

「パパはアメリカ人なんですけど、事情があって一緒には住んでないんです」

「あら、それはお寂しいですね」

それきり汐織はその話題には触れなかった。

嘘は言っていないものの、そもそも翼の父親は最初からこの世に存在しない。生物学的な意味での父親はアメリカのどこかにいるだろうが、翼の親は千草一人だ。千草は翼の半分を精子バンクで買ったのだ。

千草は汐織に別れを告げ、その場を後にした。客待ちしていたタクシーのトランクにベビーカーを収めてもらい、翼を抱いて座席に座る。

今日の喪服は安い方だ。

本当は高い方を着て来たかったのだが、翼に涎を垂らされそうだし、自分の胸も張っており、溢れた母乳で汚れそうなので安い方にした。

もはや香坂家のために置いておく必要もないので、惜しげもなく使えばいいようなものだが、これから先、お金はいくらあってもいいので、できるだけ大切に扱いたかった。これから死ぬまで、高い方の喪服で通すつもりだ。まさしく一生ものだと思うとおかしい。

『ゆたかな心』ほどの高給は望めないが、もう少ししたら千草は翼を保育園に預けて働きに出るつもりでいる。

精子バンクで使った費用を除いてもまだ四千五百万円以上の預金がある。これは翼を育てるためのお金だ。

上質の教育を与え、してやれることは何でもしてやり惜しみなく愛情を注ぐ。優秀で生活力のある優しい子に育てるのが目標だ。

◆◆◆

武田清　資料No.1　分類：手紙　発見日／2013.11.13

君がこの世を去った日、玄関の扉を開けた瞬間、滞留していた空気がゆっくりと流れ出てくるのを感じた。まだ暑さの残る九月半ばのことだ。むっとする熱気と混ざり合った我が家の匂いとでもいうべきものを嗅ぎ取った瞬間、寂寥に胸を締め付けられ、僕は玄関の三和土で声を上げて泣いた。

数ヶ月前、一時帰宅したのを最後に君は自宅に戻らなかった。なのにこの家には随所に君の気配がある。僕は家中を歩いて君の痕跡を探した。台所に君の部屋、家事室として使っていた洗面所脇の小部屋。現役時代、日々の慌ただしい生活で僕が気にも留めなかった君の細やかな心配りやこだわりが立ち上がって見えてくるような気がした。

几帳面にファイリングされた料理の切り抜きや手書きのメモに少女の持ち物のように愛らしい裁縫箱、手芸に使う道具、色とりどりのはぎれ。床下収納を開ければ、梅干しやらっきょうの保存瓶が並んでいる。食卓に上るのが当たり前すぎて、どこかから無尽蔵に供給されるのが当然と錯覚していたけれど、僕が仕事に出ている間に君が手間をかけて作っていたのだと今更ながら気付かされた。

納戸の奥に積み重ねられた古びた紙箱があった。昔、まだ若かった頃にデパートで誂えた背広の箱だ。手書き文字で記された顧客番号のシールに君の文字で「グレー細いストライプ」と書き加えられている。色褪せたインク文字に、当時僕が使っていた万年筆を君が貸してと言って、特別だものねと嬉しそうに書いていたのを思い出したよ。

思い出は家の隅々に降り積もっている。君と僕と美代が確かにこの世に存在した証。大事な家、おもいで。

だけど、あそこには君も美代もいない。

家に帰れば、また一人の日々が始まる。寂しい。寂しい。誰かに話を聞いて欲しい。誰かに笑いかけて欲しい。その渇望を僕はここへ来て思い知らされた。

だから君、ごめん。もう少しここにいるよ。

武田清　資料No.2　分類：手紙　発見日／2014.9.21

備考　資料No.3と連続した前半部分。※後に中間部分、資料No.8を挟み、三分割されたうちの一つ目と判明。

君がこの世を去って、何年が経つのだろう。薄情にも僕は正確な年月を思い出せない。

大切なことを忘れてしまった僕を君は笑うだろうか。それとも軽蔑するだろうか。けれど、恐ろしいことに僕が忘れてしまったのはそれだけではないんだよ。多くの大切なこと、些細なこと、つまらないこと。沢山のことを忘れてしまった。

——あなた怖いの？　君はそう訊くだろうか。

そりゃあ怖いさ。長年連れ添った君ならとうに気づいていただろうけれど、実は僕、そりゃあ臆病なたちだから。それでも僕はずっと強いふりをして君を守って来たつもりだった。

——私も六十を過ぎちゃった。もうおばあちゃんよ。

いつだったか君は笑いながら言っていたけれど、僕の目に映る君は最期まで少女のようだった。無邪気で天真爛漫、そのくせどこか不器用で、人付き合いがうまくない。

そんな君が傷つかないよう一生守るつもりだったのに、僕は何かを見過ごした。

ある夏の日、何の変哲もない小さなシオカラトンボが我が家の庭にやって来た。

庭の物干し竿に止まったトンボに君は美代を重ねていたね。

——昨日から同じトンボがずっと遊びに来てくれているのよ。

——美代が帰って来てくれたのよきっと。

そう。あれは幼くして亡くなった僕たちの娘の三十数回目の命日だった。

庭に出る君の周囲をつかず離れずふよふよ漂うトンボに娘の魂を見ていたのだね。どこか夢見がちな君がそんな言葉を口にするのは初めてではなかったから、僕は大して気にも留めなかった。

翌日だったか、その翌日だったか、土曜で仕事が休みだった僕は君を誘って映画を観(み)に出かけた。デパートで買い物をし夕食も外で済ませ、かなり夜遅くなって帰宅したっけ。

その翌日、朝寝を決め込んでいた僕は庭に出た君の悲鳴に飛び起きた。

何事かと庭に出てみると、君の目の前でトンボが蜘蛛(くも)の巣にかかっていた。

一目見て、もう手遅れだと分かった。トンボは蜘蛛の糸でぐるぐる巻きにされ、かろうじてはみ出した翅(はね)で、在りし日の姿がしのばれるといった有様だったから。

――美代ちゃんっ。

半狂乱で蜘蛛の巣からトンボを救い出そうとする君を僕は慌てて止めた。だって、どう見たってトンボは死んでいる。それなら、蜘蛛に食べさせてやればいいと思ったからだ。

第一、蜘蛛の餌食(えじき)になったトンボが君に懐いたように飛び回っていたのと同じトンボかどうかも分からないだろう。過剰反応だと思った僕は、君に対して、蜘蛛は益虫だからとか何とか、今から思えばずいぶん頓珍漢(とんちんかん)なことを言って、うまくなだめた気になっていた。

少年時代の経験で蜘蛛の巣から取りのけた獲物の足や翅がばらばらになったり、ひからびた様子はよく知っている。そんなものを君に見せる方がよくないと思ったのも確かだ。

ひとしきり泣いた後、君は蜘蛛の巣のあった庭の木には近づかず、そちらを見ようともしなくなった。異変が起こったのはその頃からだったのだろうか。君は図書館で借りて来た本で熱心に蜘蛛の生態を調べていた。

――蜘蛛なんかに興味あった？

無神経に訊ねた僕に、泣きそうな顔で図鑑から顔を上げ、きっとこちらを睨みつけた君の顔ははっきり覚えている。

――美代を殺した仇（かたき）ですから。

あの時、君らしくもないよそよそしい物言いにぞっとしたのを覚えているよ。

武田清　資料No.8　分類：手紙　発見日／2015.6.2

備考　2014.9.21 資料No.2、2014.10.5 資料No.3の中間部分。

それからの君は取り憑（つ）かれたように蜘蛛のことばかりを話すようになった。

蜘蛛は獲物を頭からバリバリ齧って食べるのではない。蜘蛛の糸でぐるぐる巻きにして、獲物が身動きできなくなったところで消化液を注入し、相手を溶かして、滋養のある液体と化した獲物を啜るのだとか、そういったことだ。

――もう止めないかそんな話は。

たまりかねた僕がそう言うと、君は泣きながら自分の太腿をこぶしで何度も叩き、美代の魂がどんな目に遭わされたのか、あなたは知ろうとしないのかと僕をひどく詰った。

トンボに美代を重ねていた君は、自分たちが遊びに出かけた間に狡猾な蜘蛛の罠に捕らえられ絶命した小さな命を救えなかったことを悔いていたのだろう。

思えばあの頃、君は既に精神のバランスを崩し始めていたのだね。

だけど僕はそんなことを信じたくなくて、君が必死に発していたＳＯＳに気づかないふりをして鈍感な夫であり続けた。

毎日、会話といえば蜘蛛がどれほど残酷な殺し屋であるかと、救えなかった自分たちを責める言葉ばかりになっていた。

――もういい加減にしてくれないか。

つい声を荒らげた僕に、君は真っ青な顔になり、自分の頭を掻きむしり、泣き喚いた。

——あなたね、生きたまま囚われて、どんなに叫んでも助けが来ないのよ。最後まで正気を保ったまま身体の自由を奪われて生き血を吸われていくの。それがどれほど絶望的なことなのか、あなたには分からないの？　折角、私たちのところへ帰って来てくれた美代をあんな目に遭わせて。ああ、できることなら代わってやりたかった。

——美代ーっ。ごめんね、ごめんなさぁい。

血を吐くような君の叫びが今も耳に残っている。

多分、僕も真っ青な顔をしていただろう。だがそれは、君が変わっていくことに対する恐怖や絶望感からで、蜘蛛の巣に囚われた獲物の気持ちを想像したからではなかった。ましてや、僕はたまたまうちの庭が気に入ってやって来たらしい昆虫に、死んだ娘の魂が宿っていると考えるほどの夢想家ではない。

さすがに見過ごせなくなって連れて行った病院の治療によって、君の心は少しずつ回復したけれど、まさか君の身体に巣くっていた別の病魔が君を連れ去ってしまうことになるなんて僕は夢にも思わなかった。

武田清　資料No.3　分類：手紙　発見日／2014.10.5

備考　資料No.2と連続した後半部分と思われる。※後に中間部分、資料

No.8を挟み、三分割されたうちの三つ目と判明。

あれ以来、君は庭に出ることを恐れ、過剰なまでに蜘蛛を嫌うようになっていた。嫌うなんて生やさしいものではなかったのかも知れない。

君は蜘蛛をひどく憎んでいた。

家の中に入り込んできていた小さな蜘蛛を見つけた君が殺虫剤を丸々一本使い切らんばかりの勢いで吹きつけながら、氷のように冷たい目で見下ろしているのを見た時、僕は心底ぞっとしたものだ。

あの時、そこまで憎まなくてもいいのにと思った僕は、何も分かっていなかった。

君の言う通りだ。生きながら蜘蛛の巣に捕らえられ、助けを求めても誰にも声が届かない。おまけに僕を捕らえているこの蜘蛛はひどい性悪だ。死なない程度に生き血を吸いながら、獲物が少しずつ弱り、抵抗する気力を失い、絶望していく様を眺めて楽しんでいるかのようなのだ。

僕は少しずつ正気を失いつつある。

年齢から考えて、いわゆる認知症というヤツなのかも知れない。僕の正気は溶かされ、やがては蜘蛛に吸い尽くされ、ひからびた骸（むくろ）をさらすことになるのだろうか。

だが、僕には守りたいものがある。

君や幼くして亡くなった美代がかつて暮らした家を守りたい。そこには君たちの思い出が息づいているからだ。

だから僕は君への手紙をしたためる。

蜘蛛に囚われ、脳味噌を冒され始めた哀れな獲物のせめてもの抵抗。かろうじて正気を繋ぎ止めるためのよすがなんだ。

武田清　資料No.4　分類：手紙　発見日／2014.12.27

僕たちの娘、美代は幼くして亡くなった。もう四十年も前の話だ。それから正確に何年経っているのか、今の僕には思い出せない。ただ美代と共に暮らせたのが僅か三年と数ヶ月の短い時間だけだったことは覚えているよ。

その後、僕たちが新たな子供を授かることはなかった。

美代は重い喘息だった。夜中にひどい発作が起こり、救急車を呼んだことも一度ならずあったっけ。真っ青な顔で苦しそうに咳をし続ける娘にしてやれるのは背中をさすってやることぐらいで気休めにもならなかった。何度自分が代わってやりたいと思ったことだろう。男親の僕でさえそうなのだから、自分の腹を痛めて産んだ我が子が苦しんでいるのを見守る君の心痛はいかほどだったただろうか。

君は美代を弱い身体に産んでしまったことで自分を責めていたね。はっきりそう聞いたわけではなかったけれど、もしかして君は次の子にも同じ苦しみを与え死なせてしまうのではないかと恐れていたのではなかっただろうか。

正直に言ってしまうと、僕に君のそんな気持ちがきちんと理解できていたとは言い難いと思う。そのうちに気も変わるだろうと思っている間に時が経ち、結局、次の子供を授かる機会を逃してしまった。

子供がいないからといって、劣等感を抱く必要など何処にある？　僕は常に胸を張り、生きて来たつもりだし、君だってそれは同じのはずだ。

だが、そこにまったく強がりがなかったかと問われると返答に困るのも事実だ。まだまだ結婚して子供を産み育てるのが当たり前とされていた時代だ。「子はまだか」とか「どちらかに問題でもあるのか」などと心ない言葉を投げかけられ、気の毒そうなまなざしを向けられることも珍しくはなかった。

君は人一倍そんな視線に敏感で、その度に怒りを顕わにしていたね。死んだ美代を貶められる気がするのだという君の気持ちは僕にもよく分かる。

君には兄さんと弟がいた。若くして出奔した兄さんの方は長年音信不通で生死さえも定かではなかった。弟に関しては昔は姉弟仲が良かったと君は言っていたけれど、それも彼が独身の間だけだったように思う。

弟嫁の文子（ふみこ）さん。あれは困った人だった。ことあるごとに君の気持ちを逆撫（さかな）でするのだから。娘の美代を失いふさぎ込む君に、文子さんは毎日のようにあすこの子供たちを我が家に預けて出歩いていた。さすがに耐えかねた君が断るようになると、彼女は悪びれもせず「少しでも慰めになるかと思ってウチの子を貸し出してやったのに」と言ってのけたのだったね。

君は怒りのあまり頭を掻きむしり、思いつめるあまり、ついには円形脱毛症を発症してしまったのに、その憤りは彼女には何ら影響を与えなかったようだった。

クリスマス、正月、誰かの誕生日、その度に子供たちがやってくる。入学や卒業の時期になれば数ヶ月も前から何が欲しい、あるいは好みのものを買いたいので現金の方がいいだとかいう無遠慮なファックスや手紙が送られてきて辟易したものだ。またあすこの子供たちときたら、二人とも、もらうのが当然だと言わんばかりの態度だったからね。ついには学費の一部を援助してくれないかとの申し出を受けるに至って、さすがに疑問を感じ弟と文子さんを交えて話し合いの場を持つことになったのだ。

その時、文子さんが言った言葉を僕は一生忘れないだろうと思う。

――だって、あれでしょ。お義兄（にい）さん、お義姉（ねえ）さんには老後の面倒見る子供がいないでしょう。だったら必然的にウチの子たちが見ることになるじゃないの。ただ世話になるんじゃそちらも心苦しいんじゃないかと思って、今のうちに貰ってあげるようにしてるのよ。ね、学費だって出してもらったってなったら、そりゃもう親子も同然だわ。

呆れて声も出せずにいる僕たちに彼女はぺらぺらと上機嫌で続けた。

——ウチの子たちにはいっつも言い聞かせてるのよ。これだけしてもらってるんだから、あんたたちは幸せ者よ。だから将来、ちゃんとおじさん、おばさんの面倒見てあげなきゃダメよってね。ちょっとはありがたいと思ってもらいたいもんだわとまで言う彼女に、君が怒りに震えていたのを覚えている。

——お宅の子供たちの世話になる気はありません。どんなことがあったって、あなた方に迷惑はかけません。どうぞ二度と顔を見せないで下さい。

君はそう言ったね。以後、君の怒りが収まることはなく、弟夫妻からの連絡にも応じず、子供たちが訪ねて来ても門前払いを繰り返し、完全に縁を切ってしまったのだ。

亡くなる間際まで、君は絶対に葬儀に彼らを呼ぶな、知らせるなと何度も念押ししていたから、その連絡さえしていないけど、本当にそれで良かったかい？

——君は本当に後悔してない？

弟一家と疎遠になって間もない頃、君に訊いたことがあった。

君は迷わず言ったのだ。

――大丈夫よ。薄情な親戚より近くの他人の方がよっぽど頼りになるんだから。第一、これからの時代、お金さえあれば介護なんていくらでも頼めるようになるわ。ね、だから、私たちお金を節約して、老後に備えて貯金しましょうよ。

まだ四十代だっただろうか。僕には君の言っていることがあまりピンと来ず、そんなものかねえなんて苦笑していたものだ。

君は実際に介護施設探しを始めていたようだった。僕が仕事から帰ると、君が老人ホームのパンフレットを拡（ひろ）げていて、正直に言ってしまうと、少しばかりうんざりさせられるようなことも一度ならずあったっけ。

武田清　資料No.15〜21　分類：メモ　発見日／2015.12.29

――シンカイ君いい人だ

――しんかいフサ子クモだ　くも　くわれる

――フサ子　フサ子　オレのむすめ？

――ナンだ　どこ行った　オマエオレからにげるきか　だめだ　だめだ　おいかけようオニサンコチラ　たのしい　たのしい

――明日の僕へ告ぐ。だまされるな。まわりをよく見ろ。まわりにいるのは全員ニセ者だ。ホンモノはどこにもいない。ちょうしいいコトバにだまされるな。おまえのまわりは敵ばかり　じごくじごくじごくじごく
――ここはじごく　きをつけろ
――シンミ　シンミ　ミンミンミンミンみんなみんなしんせつシンカイふさこ　くもおんな

武田清　資料No.34〜40　分類：メモ　発見日／2017.11.13

――きみはホントウにいたか　ボクのユメ？　ああたいくつだたいくつ　雨　しゅくだいしなきゃ
――武田清、ホコリたかき双和商事しゃいん。しっかり　くわれるな　イシキをたもつてにげる　ニゲのびるのだ
――トビラビラビラ　むこうにあるのはボクのイエ　きみイタ　みよイタ　いひらびみずみ
――つみきどこいった　いやちがう　ちがうぜ　会社だ　会社　なんで会社やすんでるんだオレ　いかないといかん　いかん　はやく　はやくしたく　おい　したく

まだか　はやくしろ
――ワスレ　わすれ　すて――じがいっぱい　あてよめない　なに　わすれ　わさし
――だいすき　だいすき　だいす　すすすすすすすすすすすすすすすすすすすすすすすすすすすすすすす
――かえらないと　思いで思いで　ぼくは思いでとともにくらす　よ

開いた窓からそよそよと風が入る。

千草は自宅の食卓に拡げたぶ厚いファイルをめくった。透明のポケットに挟みこまれているのは数十枚のコピーだ。大きさも材質もまちまちの紙をＡ４判の用紙に写し取ったもので、それぞれの欄外には資料番号が書き込まれている。ついで形式分類と発見日。何だか博物館の収蔵庫に収められた遺物のようだと考え、まあ似たようなものかと思う。

用紙も払底（ふってい）していたらしく破られた本のページの余白の走り書きであったり、何かの包装紙の裏に書かれていることもあった。記された文字は書き手の状態を映して歪み、乱れ、時に幾重にも重なり真っ黒になっている。最後の方に書かれたものはもはや判読さえ難しく、そもそも意味ある言葉をなしていなかった。

ここにあるのは一人の老人の五年間の懊悩と恐怖、煩悶（はんもん）を書き連ねた文字の標本たちなのだ。

汐織は裁判が厳しいと言っていたがこの手紙があれば話は変わってくるだろう。意思能力の証明にはならないかも知れないが、『株式会社ゆたかな心』の正体を世の中に知らしめるには十分な資料だ。

当然といえば当然なのだろうが、千草が退職するのを房子は許さなかった。万平と二人で引き止めにかかったのである。

千草が退職を決めたのは預金額が五千万円を超えたからだ。

武田の寄付と同じ金額なのは偶然だし、別に出所の怪しい金ではない。

千草は小さなアパートに住み、無駄金はほとんど使わなかった。出費らしい出費といえばたまに行く一人のカラオケと身体を鍛えるためのジム通いぐらい。毎日の夕食は閉店間際のスーパーで買う見切り品の総菜、昼ご飯はコンビニのおにぎり二個と決め、これといった贅沢もせずに貯めたお金なのだ。

それだけあれば、万平にしがみつかなくとも一人で生きていけるだろうと考えていた。だが、どこかで万平を諦められずにいたのも事実だ。もし、彼が結婚しようと言うのなら、それに応じる気はあった。

しかし、現実は残酷なもの。千草を引き止めるため、万平は再び交際を申し込んできたが、それは房子の命令だった。

「じゃあ万平さん。私と結婚してくれるの？」

千草の問いに、万平が言葉に詰まる。

「いや、そこまではちょっと約束できないけど。ほら、別に結婚って形にこだわらなくても、千草ちゃんのことは一生大事にしたいと思ってるから」

調子の良い男の言葉に、千草はかつて耳にしたやりとりを思い出していた。

武田から五千万円を引き出した時の話だ。その直前に房子と万平が話しているのを扉の陰にいた千草は偶然聞いてしまったのだ。

「それじゃまるで詐欺じゃないか」

子供のように唇を尖（とが）らせているのが目に見えるようだ。異議を唱える万平に房子は甘ったるい色を含んだ声で答えていた。

「だから死ぬまで面倒見るんじゃないの。それなら詐欺にはならないでしょう」

「でもなあ、そのクラブハウスがいつまで経ってもできあがらないってなったら、さすがに怪しまれるだろう」

「大丈夫よ、それまでにあの爺の判断力をなくしてしまえばいいんだから」

「うわあ怖っ、房子サン。悪党だなあ」

「怖くないっ。言わなきゃ分かんないの？　あなたは選ばれた人間なんだから、爺の貯め込んだ死に金なんか気にせず貰っときゃいいのよ」

「でもさ、何だか気の毒じゃん」

「何が気の毒なもんですか。身寄りのない年寄りに家族みたいな『親身』を提供してやろうってのよ。こんな有効なお金の使い方他にないわよ」

恐らく、自分を引き止めるためにも同じような会話が交わされたのだろうと思うと、急激に気持ちが醒めていくのを感じた。

それからしばらくは房子との戦いだった。ありとあらゆる嫌がらせと罵倒を受けたがとにかく耐えた。万平はといえば、徹頭徹尾知らん顔だ。ついには会社にとって不利になることは一切他言しないという念書を書いてどうにか退職に漕（こ）ぎ着けた。

もちろんそんな念書は法的に無効だし、千草はとにかくあの場所から離れる必要があり、その程度の約束ならば容易（たやす）いものだった。

しかし驚いたことがある。先日、今回の葬儀を知ってたまたま『株式会社ゆたかな心』のホームページを検索した千草はぎょっとした。役員の名を記したページから房子の名が消えていたのである。

それでも房子のことだ。いつ何時、嫌がらせや恫喝（どうかつ）が始まるかも知れない。その時のための切り札としてこの手紙とメモの写し、数十枚分をずっと持っておくつもりだ。

「何かの時に必要になるかも知れませんからね。私が預かっておきます」

そんな建前と共に彼女が持ち去った紙片の行方は知れない。慟哭（どうこく）のように刻み込まれた文字はあの女を大層喜ばせたが、同時に彼女を告発するに十分な証拠だったのだ。狡猾なあの女が後生大事に保管しているとは思えなかった。

千草は閉じたファイルに指を這わせる。あの女は千草がコピーを残しているなどとはつゆほども疑っていないだろう。千草を心底馬鹿にしきったあの女は、命じられてもいないことを自発的にする能力がないうつけ者と千草を侮っていたからだ。

千草には身を守る武器が必要だった。我が身だけではない。命に代えても守らなければならないものがあるからだ。

万平に見切りをつけた瞬間、千草は五千万円の使い道を決めた。

元々、一生独身の可能性を考えて老後資金として貯めていたものだが、気が変わった。お金さえあれば安泰かと思っていたが、必ずしもそうではないことを武田や渡辺らの件で思い知らされたのだ。もちろん、こんな悪徳事業者に引っかからなければいいだけのことだが、年を重ね、判断能力が鈍った時に目の前にこれほど巧みな罠を張り巡らされ、果たして回避しきれるかどうか疑問だ。

ならば、本物の「親身」を手に入れればいいのではないかと思い至ったのだ。

眠る翼の額に口づけて、千草は幸せを嚙みしめていた。

5

——ある介護施設職員の話——

大学を卒業したものの就職活動に出遅れた私は希望の会社すべてに玉砕、結局、介護事業所の経理として採用された。

給料は信じ難いほど安い。

デイサービス施設の片隅のオフィスで覇気（はき）のない職員たちと机を並べている。冴（さ）えない職員たちの他に出会いがあるかというと、まったくなかった。自分と同じ低賃金の同僚は申し訳ないが結婚相手にはなりそうもなかったし、接する相手は当然のことながら見事に高齢者ばかりだった。

こんな状態ではモチベーションを保つのも難しく私は既に退職を視野に入れていた。

そんなある日のことだ。突然、社長が新海房子という女を伴ってきた。

怖そうなおばさんだという私の第一印象はぴったり当たり、三日もしないうちに房子は社内の実権を完全に掌握していた。

それからは房子の独壇場だった。

彼女の営業手腕は大したもので次々に大口の契約を取ってきたかと思うと、今度は社長が謎の社訓を作り、「介護革命」を叫び始めたのだ。

「介護革命」の旗の下、社長の表情がきりりとしたものに変わっていく。

あれよあれよという間に在宅介護、施設利用共に利用者が急増した。

ある日、房子に声をかけられた。

「太田さん。一緒に来て頂戴。利用者様のお話を聞かせていただくのも勉強よ」

突然の指名に戸惑ったが、房子はそもそも役員待遇で入社して来ているのだ。いうまでもなく上司にあたる。否も応もないので大人しく房子の運転する車に乗せられ郊外の家に到着すると、彼女は介護ヘルパー利用を勧めるパンフレットを手際良く拡げ、内容を説明し始めた。

相手は認知症の奥さんを抱え苦労している高齢男性だ。彼は他者の手を借りることを潔しとしない様子で、もう何年も一人で奥さんの介護を担い続けているそうだ。

房子は男性をねぎらい、どうか介護保険制度を利用してくれと頼んでいる。

渋る男性に、房子はほろりと涙を流して言った。

「いけない。黒川様がこれまでどんなに大変だったかと思うと涙が」

普段の彼女とあまりに違う様子に面食らう。

あんたに何が分かるんだと声を荒らげる男性に、房子はそっと目頭を押さえ、頭を下げた。

「出すぎたことを申し上げておりますわね。お怒りになるのはごもっともですわ。ですが、私、まるで自分の亡くなった父と母を見ているようで黒川様が他人とは思えないのです」

間もなく男性は態度を軟化させ、一時間もしないうちに「ご利用」が決定していた。

この人、一体何者なんだろう。

私は呆然と房子を見ていた。

その後しばらくして、誰かがどこかからこんな話を持ち込んできたのだ。

「新海さんって、『ゆたかな心』にいたんでしょ？　あそこ評判悪いすよね。何件も訴えられて裁判になってるとか」

房子は「そうなのよ」と悲憤に堪えないように頷く。

「あそこの社長は理想ばかり高いんです。なのに世間知らずでね。あんまりひどいから逃げてきちゃった」

「へえ、そうなんだ」

皆が納得している。あんな風に利用者のことを思って親身になれるこの人に一目も二目も置いているのだ。

彼女が来てから社内の空気は激変した。心なしか利用者たちの表情も明るいようだ。

今日も社長は房子にぴったりくっついて戦略を練っている。

「介護革命」なるものがどんな新風を吹き込むのか、今からその日が楽しみだ。

巻末特別対談

安田依央×菅野久美子

菅野　久美子（かんの　くみこ）
ノンフィクション作家。1982年、宮崎県生まれ。大阪芸術大学芸術学部映像学科卒。出版社で編集者を経て、2005年より文筆業に。著書に『家族遺棄社会　孤立、無縁、放置の果てに。』『超孤独死社会　特殊清掃の現場をたどる』『孤独死大国　予備軍1000万人時代のリアル』など。

菅野　介護や終活をテーマにした本作ですが、安田さんはデビュー作『たぶらかし』（集英社）で家族代行サービスを、第二作の『終活ファッションショー』では終活を描きました。「家族」から今回の「最期（さいご）の看取（みと）り」に至る、自作の一貫したテーマを教えてください。

安田　やはり「いかにうまく死ぬか」ですね。

今の時代って、ある意味、激変のさなかにあるんですよ。家族や老い、死をめぐる価値観が百八十度ひっくり返ってしまって、これまでの常識がまったく通用しない。家族制度や家父長制といったものが崩壊した、そこまではいいんです。私みたいに常識外の生き方を選択して来た人間には有り難いんだけど、じゃあそれに代わるものが何なのか、社会を支えるバックボーンになるべきものは何なのか、正解を誰も知らない。

個人主義、自由主義といえば聞こえはいいんだけど、それって実は茨の道なんですよね。流れに乗っかっていれば何となく生きて死ねた時代とは違って、生きるにも死ぬにも自己責任。相当な覚悟や哲学が必要なんだけど、そのことに気づいている人が一体どれだけいるのか。これは自分自身の問題としてもその答えを探っていかなければ、と考えています。

菅野　本作は、タイトルこそ介護とついていますが、その背景にある高齢者の孤立の問題にスポットを当てた作品だと感じています。最近だと、日本でも孤独・孤立対策担当大臣が新設されるなどの動きもあり、社会問題として行政機関も危機感を感じているのでしょう。一方で、おひとりさま本や孤独礼賛本が売れたり、ソロ活などのブームも起きています。この日本社会を取り巻く状況は、まさに分断という言葉が相応しく、日々居心地の悪さを感じずにはいられません。

安田　なるほど分断ですか。居心地の悪さというのも同感です。日本社会がいびつなのは他の問題すべてにも共通して言えることですよね。そこには必ず分断があるという気がします。その上で思うのですが、孤独と孤立は似ているけど根本的に異なるのではないかと。孤独を楽しめる人はいるけど、孤立を楽しめる人はいないのではないかな。言葉遊びのようですが、覚悟もなしに孤独を強いられるのは孤立に近いのかも知れません。

実は私自身、結婚もしていないし子供もいない、ついでに一人っ子なので、まあ将来の孤独死予備軍筆頭なわけです。なので相当な覚悟を持っているつもりですし、今は孤独でいるのも悪くないと思っています。

ただ、その孤独は真の孤独ではないのかも知れない。私自身、友達や社会とのつながりがあるから強気でいられるわけで、そこをすべて断たれても「孤独？　いやあ最高ですね」と言っていられるのかどうか……。ただ、死ぬ時は一人でいいなとも思うのです。もちろん腐乱死体になっては困りますが。

菅野　「独りで死ぬこと自体は悪いものではない」と私も思うのです。でも孤独死の取材をしていると、亡くなった人の家はたいてい庭の草がボーボーで腰くらいまであったり、部屋の中は歩くのも危険なほどのごみ屋敷状態でした。それで近所の人に本人が亡くなったことを告げると、「気持ち悪いから早く死んでくれて良かった」と言われることもしばしばあります。

しかし、そういった高齢者は孤立ゆえに様々な金銭的被害にも遭いやすいし、孤独死しても長期間見つからない。本作に登場する渡辺老人もごみ屋敷の住人でしたね。

本作では、人生の終盤で孤立したが故に罠(わな)にはまる高齢男性が描かれています。この着想はどこから？

安田　司法書士としての実体験が元になっています。犯罪の仕組みなど細部は創作ですが、今もあちこちで起きていておかしくない事件でしょうね。

菅野　私も終活支援団体を取材していると、本作のように悪徳介護施設が高齢者の金銭を使い込んだり、倉庫のような場所に寝たきりの高齢者を放置していたりと、かなりグレーなケースを見聞きしてきました。そのため、本作の描写はあまりにリアルで身につまされるのですが、孤立した高齢者に付け込む商売は今後、増えるのでしょうか？

安田　確実に増えるでしょうね。実は最近、パソコンを使った公的申請の支援をする機会があったのですが、パソコンに不慣れな高齢の方々は、もう何か恐ろしいものを相手にしているみたいで、触るのも怖いと。頼むから代わりにやって下さいと懇願されることが多かったです。パソコンもスマホも持っていない。固定電話もしくはガラケーのみという方も決して珍しくはないんです。情報弱者という言い方が適切かどうかは分かりませんが、世代間による情報格差は深刻ですね。

その際に思ったのですが、情報社会から取り残された高齢者の中には「子供に相談してみる」という人と、それができない人とがいて、後者はとにかく全面的にこちらに頼ってくる。もちろん公的な支援なればこそですが、高齢者がここまで無防備に他人を信用して寄りかかってくるなら、それを悪用することはたやすいでしょうね。何より、相談相手となるべき「家族」が機能していないのは深刻な問題だな、と。

菅野　本作では、孤立した高齢男性たちにより孤独で残酷な死が訪れました。この結末を単なるフィクションとして捉えてはいけないと思うんですよね。

安田　その通りです。この本に関する読者の評価はおおむね悪かったんですけど(笑)、すごくショックを受けている人と、そもそも拒絶してしまっている人がいたようです。もしかすると何年後かの自分の姿を見ているようで、身につまされたのかもしれませんね。

菅野　ちなみにそうした人は男女どちらが多かったですか？

安田　男性です。女性の場合、「これはあり得る話だ」と思う人が少なくないようです。

また「えげつなすぎて読めない」「一週間くらい引きずった」という声もありました。まあ、実は私にとっては誉め言葉なんですけど。

菅野　同じ終活を描いた安田さんの小説でも『終活ファッションショー』はほっこりした話でした。今回、こうしたリアルで「えげつない」方向に向かった背景は？

安田　『終活ファッションショー』を書いた当時は、終活という言葉自体がそれほど浸透していませんでした。しかしここ数年で広まり、皆が「自分は薄氷の上に立っている」ということを肌感覚で理解し始めたのではないかという気がしています。

一方で「まだまだ生ぬるい」とも感じます。自分が孤独死する可能性に多くの人が気付けていない。特に「自分には奥さんも子どももいる」と思っている男性が分かってないんじゃないかな。熟年離婚でもされれば、地獄のような明日が待っているかもしれないのに、「自分には関係ない」と感じている。見て見ぬフリをしているのかもしれませんね。じゃあいっそ劇薬をぶち込んでやろう、と思いました。

菅野　男性の方が孤独死の現実を直視しないケースが多いのかもしれません。

安田　女性は子育てや介護のプロセスを経ることで、「自分で何とかせねば」「子どもに迷惑を掛けられない」と考えさせられる機会が多いのかもしれませんね。

あと、本作によく寄せられたのが「キャラクター全員に感情移入できない」という声でした。確かに登場人物はみんな自分の事しか考えず、悪に立ち向かうヒーロー役がいない。でも今の日本人全般が割とそうなのでは、とも思うんですよね。金品を盗んだり詐欺を働いたりする程の悪ではないけれど、圧倒的多数が他者に無関心というか自分を中心とした半径2メートルの中の事しか考えていないような気が。

菅野　私は、遺品整理の現場にも取材でよく行くのですが、まるで泥棒が入った後のようになっている家があるんです。荒らしたのはもちろん泥棒ではなくて、親族なんです。故人の部屋のタンスの引き出しを片っ端から空けて、貴金属や通帳を漁りまくる。それを業者は、「ガサリ」と呼んでいる。本来であれば、金目の物を捜索するとき、プロの業者とやったほうが効率的なんです。だけど、故人の財産を長男などに持っていかれるという不安から、別の親族がガサるので業者が入ると部屋が荒れ切っている。カネを巡っては、親族間ですらそんな状況ですからね。

安田　規範意識が薄くなっているのかも知れませんね。以前はまだ「お天道様が見ている」的な価値観があったような気がするのですが、そんなものもないですし、宗教も機能していない。コンプライアンスとか遵法意識は高まっているんだけど、そこに収まらない民衆レベルの暗黙の了解というか、「よりよき人間であろう」というような目に見えない部分で社会を支えていた規範意識がどこかに消えてしまった。今や、血縁も親族を助ける理由にはならないですよね。

私は本作の被害者の一人、武田清(たけだきよし)をどうすれば救えたのかずっと考えていたんですが。姪(めい)や甥(おい)に彼がもっと優しくしてお金をあげておくことも、一つの手だったのかもしれない。しかし、もはや「血縁だから、昔、可愛がってもらったから面倒を見なきゃ」というものでもない。だったら親族に頼らず知り合いを増やすしかないよな、と。ただ、人によってコミュニケーションの上手・下手もありますし、悩ましくはありますが。

それで考えたんですけど、「AI（人工知能）家族」というのはどうかな、と。案外これ、超高齢化社会を生き延びるための最終兵器になり得るんじゃないですかね。

たとえば武田清は地域のコミュニティに入ろうとしてはじかれました。今の日本社会は自分たちにとって心地よい人しか受け入れない傾向があるように思うんです。昔は多少問題のある人や面倒くさい人でも受け入れる余地があったのか、受け入れざるを得なかったのか分かりませんが、それなりに市民権を得て、偉そうにしていたわけです。それが今では「あっ、もう大丈夫なんでー」「どうぞお引き取り下さい」となっちゃう。

作中に武田と同じような会社人間の高齢男性が出てくるんですが、こちらはどうにかコミュニティの中でうまくやれている。彼の場合は後ろで奥さんが「あなた、それはダメよ」と軌道修正してコミュニケーションのやり方を指導しているんですね。その役割をＡＩが担うといいんじゃないかな。いわばコミュニケーション指南ですね。

菅野　果たして、ＡＩで家族の役割は完結すると思いますか？

安田　悪くない気がします。武田清のような高齢男性が他人を嫌うのであれば、人間に代わるＡＩ家族もありだなと。ＡＩ搭載の人型アンドロイドとか。いや、ペンギンでもいいんだけど。当然、話相手にもなりますしね。同じ話を何回聞いてもイヤな顔をしないとか、あるいは人間臭い設定にしておけば「もうそれ聞いたよ」とか面倒くさそうに答えたりする。初回からの会話データを蓄積していて、変化を察知すると「最近認知症の疑いが出て来たようです」と医師や包括支援センターに連絡してくれるとかね。もちろんスマホの機種選びから使い方まで懇切丁寧に付き合ってくれるし「５Ｇとは」とか教えてくれるんですよ。ついでに全国の特殊詐欺事案とか新海房子みたいな犯罪者の闇の手口について常に最新情報を学習していて、「今、あなたがお話中の相手が悪事を企んでいる可能性は85％。現在のあなたの判断能力、あなたの性格傾向から判定した結果、引っかかる確率は90％以上です」とかね。ついでに死にそうになってたら救急車を呼ぶ機能もつけておいたら孤独死対策にもなりますね。逆に孤独死希望ならＡＩが看取ってくれるし、何ならペンギンが手を握っていてくれる。その状況をＡＩ搭載のカメラで動画撮影しておけば検死の必要もないし、コトが終われば各所に連絡するので腐乱死体になる心配もない。理想の死に方さえ決まっていれば最強の応援団になると思うんです。

菅野　一方で武田を巡っては物語の終盤、彼の亡き妻への「手紙」に胸を打たれました。この手紙の記述がなくても、物語としての強度は十分にあるし、読み物としては成立しますよね。しかし、手紙の描写によって武田のこれまでの人生が露になることで、より多面的な人間の洞察が生まれたと思うんです。この部分は私も深く共感したし、孤独な高齢男性に対する安田さんの「愛」を感じましたね。私も自著の中で、ごみ屋敷の当事者や孤独死した人のご遺族などからその人の歴史を聞き取ることを大切にしています。その人が負った目に見えない「傷」や、その傷を与えてしまった社会のいびつさこそ、向き合わなければならないと感じるからです。

安田　武田は「壊れていく」というより「壊されていった」人物でした。その過程をどう描こうかと考えてこうなりました。彼が新海房子たちに食い物にされる描写だけでは、「モノ」が壊れていく話にしかならないと思ったからです。武田は横柄な老人でしたが、これまでの人生で幸せな記憶もあれば、彼自身に良いところだってあった。おっしゃる通り、一人の人間の歴史みたいなものも描きたかったのです。

菅野　確かに現状の高飛車だったり偉そうな態度だけに目をやると、ただの迷惑な老人にしか映らない。しかし、その背景には、会社人間として高度経済成長期を支えた企業戦士としてのコミュニケーションしか困難であるという面もありますよね。

安田　時代の犠牲者といえるかも知れません。ある種の老政治家がジェンダーの多様性についてまったく理解していないのと同じで、情報から取り残され、柔軟な思考も持てなければ、これほど急激な価値観の変化についていけるはずがない。自分の置かれている場所を客観的に見ろという方が無理なんです。

武田の最期は悲惨ですが、新海が入ってこなくても普通に孤独死を迎えていたでしょう。「一瞬だけ夢を見ることができて良かったのかな」と思わなくもない。でも、そうした孤独な高齢者から悪意を持って利益を得る行為は許せない、というのが本作を書いた私なりの正義感でした。

菅野　最近は取材の中で、特にコロナ禍が社会全体のこうした「孤立」を加速させていると感じます。武田のような孤独な高齢者のもとには、親族もますます寄りつかなくなるでしょう。一方で、知り合いの終活支援団体によると、そんな単身高齢者を対象にした有料の傾聴だったり、病院や買い物の付き添いなどのビジネスが好調のようです。先が見えない不安な時代だからこそ、思いを誰かと共有したいという願望は誰でもありますよね。そしてそんな些細なコミュニケーションでさえも、カネに置き換えられていく時代へと今まさに突入している。

安田　コロナ禍によって高齢者の間でも分断・孤立化が進み、そこに付け込みたい人にとっては「入れ食い」状態になると思います。武田清の家にもきっと、フェイスシールドを着けた新海房子が「武田様！」と駆けつけてくる。そして武田は「コロナ禍の中来てくれてありがとう」と、感激してしまうんですよ。

（構成／ハコオトコ）

本書は、二〇一九年七月、集英社から刊行されました。

初出「青春と読書」二〇一七年一〇月号～二〇一八年九月号
（「ある高齢者の豊かな生活」を改題）

本作はフィクションであり、実在の個人、団体とは関係がありません。

集英社文庫

ひと喰い介護

2021年3月25日　第1刷　　定価はカバーに表示してあります。

著　者　安田依央
発行者　徳永　真
発行所　株式会社　集英社
東京都千代田区一ツ橋2-5-10　〒101-8050
電話　【編集部】03-3230-6095
【読者係】03-3230-6080
【販売部】03-3230-6393（書店専用）
印　刷　大日本印刷株式会社
製　本　大日本印刷株式会社

フォーマットデザイン　アリヤマデザインストア　　マークデザイン　居山浩二

ISBN978-4-08-744220-5 C0193